この本を盗む者は

深緑野分
Fukamidori Nowaki

角川書店

この本を盗む者は

目次

装画　宮崎ひかり
ブックデザイン　鈴木成一デザイン室

第一話

魔術的
現実主義の
旗に追われる

読長町《よむながまち》の御倉嘉市《みくらかいち》といえば、全国に名の知れた書物の蒐集家《しゅうしゅうか》で評論家であり、おぎゃあとこの世に産まれ落ちてから縁側で読書中にぽっくり逝《い》くまで、読長に暮らし続けた街の名士であった。「わからないことがあったら御倉さんに訊《き》け」「本探しなら御倉さんで一発だ」「悩みなら医者よりまずは御倉さん」等々、生き字引と珍重されていた御倉嘉市だが、その書庫に果たして何冊の本が詰め込まれているのかは、誰も知らない。

読長町は角のまるい菱形《ひしがた》をしている——太い川が分岐し、いったん北と南に分かれ、また合流するちょうどその間、島のように周囲から切り離された地形にできた街である。

この菱形の真ん中に立つのが〝御倉館《みくらかん》〟だ。床や柱の改修補強工事を繰り返し、嘉市が死ぬ頃には地下二階から地上二階までの巨大な書庫と化したこの御倉館は、かつて「読長に住む者なら幼稚園児から百歳の老人まで一度は入ったことがある」とまで言われるほどの、街の名所だった。

一九〇〇年に産まれた嘉市が大正時代からこつこつ集め続けたコレクションは、同じく優れた蒐集家だった娘、御倉たまきに引き継がれ、ますます増殖していった。

そして本のあるところには蒐集家がやってくる。蒐集家にも善人と悪人がいる。

たまきはある日、御倉館に所蔵された稀覯本《きこうぼん》の一部、約二百冊が書架から消え失《う》せているのに気づいた。その前後から本の盗難はしばしば起きており、一度など、たまきは父の知己である古書商を脅して古本取引所を張り、高額で転売しようとする輩《やから》を怒鳴りつけて警察に突き出したこともあった。

しかし一度に二百冊の稀覯本が失われたのを見て激昂《げっこう》したたまきは、ついに御倉館を閉鎖することに決めた。近所の住民たちは、大手の警備会社から来た作業員たちが、たまきの監視下、一日がかりで、建物のあらゆる場所に警報装置をつけているところを目撃した。これ以降、御倉一族以外は誰ひとり、館内に入ることも、本の貸し出しもできなくなった。たとえ父の親友であろうと、名の知られた学者であろうと、頑として拒んだ。

御倉館は閉ざされた。その結果、これまで盗難が発覚するごとに聞こえていたたまきの叫び声も、二度と聞こえなくなった。やれやれこれで平和になる、御倉館の蔵書に触れられないのは残念だが、今や読長は書物の町、本を読むのに苦労することはない。そう言って街の人々は胸をなで下ろした。

しかしたまきが息を引き取った後、ある信じがたい噂がひっそりと流れた。

その噂とは「たまきが仕込んだ警報装置は普通のものだけではない」というものだった。たまきは愛する本を守ろうとするあまりに、読長町と縁の深い狐神《きつねがみ》に頼んで、書物のひとつひとつに、奇妙な魔術をかけたのだという。

この物語は、たまきの子どもで、現在の御倉館の管理人である御倉あゆむとひるねの兄妹《きょうだい》のうち、あゆむが入院した数日後よりはじまる。

だが主人公はあゆむとひるねではない。そのさらに下の世代、あゆむの娘、御倉深《み》冬《ふゆ》である。

深冬は電車に揺られながらうつらうつらと船を漕《こ》いでいた。学校帰り、高校一年生のまだ着慣れない制服姿で、もう少し首を左に傾けると銀のポールに頭をぶつけてしまいそうだ。時刻は午後四時過ぎ、帰宅ラッシュ直前、車内のまばらな乗客は、大半が深冬と同じ高校の生徒だった。溶かしたバターのようにとろりと黄色い西日が窓から差し込む。やがて電車は橋梁《きょうりょう》に差しかかり、川を渡りながら、床や座席シート、乗客たちにストライプの影を流していく。ふいにブレーキがかかって停車すると、大きくごとんと揺れたはずみに深冬は起き、手にぶら下げていたコンビニ袋を膝《ひざ》の上に乗せる。無造作に頭を掻《か》いて、切る暇も金も惜しくて長く伸ばしすぎたと思っている黒髪を手櫛《てぐし》で梳《す》き、ぽかっとあくびをひとつする。電車は駅の前で停まったままだ。白黒ストライプ柄のリュックサックから、クラスメイトに〝ガラパゴス〟とからかわれる二つ折りの携帯電話を出して、時間を確認した。急がないと病院の夕食時間になってしまう。

　デジタル時計の分がひとつ繰り上がったところで電車はのろのろ動き、窓の外の景色は鈍色《にびいろ》の川面《かわも》と橋梁の鉄骨から、ドーム型のホームへゆっくり変わる。駅前の衣料品店の看板が大サマーセール開催を告げ、大型書店の道案内がよぎり、電車は並んだ背広姿の人たちの前に停まる。

「読長ー、読長駅に到着です」

　あくびを噛《か》み殺しつつ立ち上がったところで、向かいに座っていた同じ学校の女子と目が合った。メガネをかけ、手には文庫本。深冬は（それ知ってる。売れてるやつでしょ）と思う。ただ思うだけだ。深冬は内容を知らないし、知りたくもなかった。本が嫌いだから。

　さっさと電車を降りようとすると、「あの」と声をかけられた。ホームに立つ深冬の後を追いかけて、文庫本の女子生徒も降りる。

「御倉さんだよね？」

ピンク色の縁のメガネをかけた女子生徒に、まるで覚えがなかった深冬は、制服の襟元の校章をさっと確認した。青色は二年生。一応敬語にしておくか。

「……そうですけど」

「やっぱり！　あの一族の人が入学したって聞いたから、いつか会えないかなって思ってたんだけど」

深冬はうんざりしながら名前も知らない女子生徒に背を向けて、乗降客で混雑するホームを大《おお》股《また》で突っ切る。

「あ、ねえ待って！　文芸部に入らない？　ねえ！」

聞こえないふり、知らないふり。御倉の人間だと正直に言わなければよかったと後悔しながら、深冬は定期入れをブレザーのポケットから出した。

初夏の夕暮れ、あかね色に溶けそうな色合いの空の下、改札口を出て右手の道を進む。光と影に縁取られたハナミズキの並木道の先に、近隣で最も大きな大学病院があり、深冬は面会受付口から中へ入った。入院棟の三階にある四人部屋はベッドの間を白いカーテンで仕切ってあり、互いの様子は見えない。

「やっほー、お父さん」

奥のカーテンを開けると、パジャマ姿の父のあゆむが手を振った。頭は包帯で巻かれ、右頬に大きな痣《あざ》があり、右足はギプスで固められている。大柄な体格のせいでベッドがやけに小さく見えた。

「調子はどう？」

「すこぶる元気だよ。頭の具合もいいって」

「でもまだ退院はできないんでしょ？」

深冬は持ってきたコンビニの袋を突き出す。中身は父の好物であるマックスコーヒーの黄色い缶が二本と、かりんとうの袋。

「あとどのくらいかかるの？」

「どうかなあ、リハビリもあるし。道場は崔《チェ》君がやってくれてるだろ？　大丈夫、大丈夫」

「そういう問題じゃなくて」

さっそくマックスコーヒーのプルタブを開ける父に、深冬はため息をついた。

御倉館の管理人である一方で、柔道の道場も経営しているあゆむが事故に遭ったのは、先週のことだった。夜、気分良く川沿いの堤防を自転車で走っていたら、物陰から猫が飛び出してきた。無類の猫好きでもあるあゆむは慌ててハンドルを切り、自転車ごと堤防から落下した。

幸い猫は無事だったし、ちょうど後ろを走っていて始終を目撃していたジョギングランナーが救急車を呼んでくれたが、長い柔道歴ならではの受け身をもってしても、けがは全治一ヶ月と診断された。とはいえ、道場は師範代の崔智勲《チェ・ジフン》に任せておけばいいし、家のこともある程度は自分でできる。しかし大きな問題がひとつ残っていた。

「ひるね叔母《おば》ちゃんはどうするの」

父はマックスコーヒーを飲む手をぎくりと止めた。

「……ひるねがまた何かしたのか？」

「何かしたっていうか、してないからやばいっていうか」

深冬は再びため息をついた——さっきよりも深く、心の底からのため息を。窓の外から豆腐屋のぱあぷう鳴るラッパと、夕刻を告げる夕焼け小焼けのメロディが流れてくる。

「お父さんが入院してから、もう三回も苦情がきてんの。最初は空の弁当箱がむき出しでゴミ捨て場に捨ててあったって。昨日は、御倉館の警報が三十分ごとに響いて三時間止まらなかったんだってさ。要はひるね叔母ちゃんの管理できてなさすぎ問題。市役所からも電話があったし」

かりんとうの袋を開け、焦げ茶色の塊を取って齧《かじ》る。膝より長いスカートにぼろぼろとかけらが落ち、深冬は顔をしかめ、ひとつずつ拾って口に入れる。

「……俺が入院して何日経ったっけ」

「五日」

「五日で三回か……」

あゆむは頭を掻きむしった。

「あいつ、俺にはひとりでも平気だと言ったのに」

「平気じゃないから、今までもお父さんが管理人を兼任して、叔母ちゃんの面倒もみてたんでしょ。あたしだってひるね叔母ちゃんのすごさはわかってる。でもいくら頭良くて、御倉館の蔵書の全部を読んだって言っても、誰かが面倒みないとろくに生活できないなんてさ。大人じゃないじゃん。近所迷惑だし」

深冬は気まずさと罪悪感を感じながらも、溜《た》まっていた不満が溢《あふ》れ出るのを抑えられず、そのまま父にぶつけた。今年で三十歳になる若い叔母のことが、深冬は子どもの頃から苦手だった。それはあゆむも気づいている。

「……じゃあ、どうしようか。ひるね問題を解決するための深冬の案は？」

「えっ」

不満をただ聞いてもらいたかっただけの深冬は、しどろもどろで両手を握り合わせた。

「特に思いつかないけど」

「でも俺はすぐに退院できないよ。退院できても、この足じゃ御倉館の仕事はしばらく難しいし」

「……御倉館からひるね叔母ちゃんを出して、御倉館を完全に閉める」

「どこへ出すって？　うちで預かるか？　たまきばあちゃんが亡くなった時、同居に反対したのは深冬じゃないか。そもそもひるねは絶対に御倉館から出ないよ。あいつは本がないと生きられないんだから」

父の表情は柔らかいが口調は真剣そのもので、深冬はふっと目をそらすとかりんとうをもうひとつ口に放り込んだ。指先がべたつく。

「ご近所さんに我慢してくださいって言う」

「しばらくはそうした方がいいだろうね。そうだ、ゴミ捨て場にじかに弁当箱が捨ててあった件は、その後も苦情があったのかな」

「聞いてないけど……」

「なるほど。少しは学んだのかな、あいつは」

「そんなわけないと思う」

「だよな。なあ、ひるね叔母ちゃんはよく寝るよな？」

顔を上げると父と目が合い、深冬は嫌な予感が胸に広がるのを感じる。

「深冬は心配じゃないか？　ひるねは飯も食べず水も飲まずで眠り続けているかも」

御倉ひるねはその名に違《たが》わず、「昼寝をするために生まれてきた」とせせら笑われるほど、放っておけば十二時間でも二十時間でも眠り続けてしまう。若い頃はもっと長い時間起きていたらしいが、深冬が生まれてからはずっとそうなんだという。だからたまきの死後はあゆむが御倉館に通い、ひるねの面倒を見ていた。

誰かに手伝ってもらえばいいのにと深冬は思うが、御倉館への入館は一族のみ、とたまきが定めたきまりをあゆむは守り続けている。深冬の母は早くに亡くなったし、他の親類とは疎遠だ。本を読んでいなければ、食べるか、眠るかして、身の回りのことはろくにできずにいる叔母の世話を、毎日のように焼く父。その姿を見て育った深冬は、以前から「もしお父さんが死んでひるね叔母ちゃんが残ったら、あたしがこのぐうたらな叔母の世話を引き受けなきゃならないの？」と、自分の将来にうんざりしていたのだ。

まさかこんなに早くその経験をする羽目になるとは。

御倉の人間に生まれてよかったことなんて、ひとつもない。さっきだって、知りもしない先輩にいきなり話しかけられて文芸部に入れとか言われるし。あたしは本なんか好きじゃない。読みもしない。大嫌いだ。

深冬は喉元《のどもと》まで出かかった不満を、まだ開けてなかった方のマックスコーヒーで流し込み、甘ったるいげっぷを吐いた。

「わかったよ、もう。だってあたししかいないじゃん……ご飯とか水とか、そういうのをやるだけでいいんでしょ?」

父あゆむはにっこりと微笑み、頷《うなず》いた。


病院を後にした深冬は、試しに御倉館へ電話をかけてみたが、いつもどおり通話中のプープーという音が聞こえるばかりだ。仕方なくコンビニのATMで、父と共有している生活費口座から五千円を下ろす。

駅前は帰宅途中の会社員や学生が行き交い、緑の掲示板の前では、帽子をかぶった中年男性ふたりが、読長神社の水無月祭《みなづきさい》を告知するポスターを貼っている。いわく、「来たれ〝本の町〟読長町の名物神社へ!」。読長神社は御倉館のすぐ裏手にあり、この時期はいつも混雑する。深冬は足下の空き缶を自動販売機に向かって思い切り蹴《け》り飛ばしたが、ぐつぐつ悩みながら結局拾い上げて、ゴミ箱に捨てた。

読長町は海抜が低く、駅前から中心部へ進もうとすると、自然に下り坂を下りていく格好になる。とりわけ商店街のあたりはぐっとくぼんでおり、商店街ゲート前の階段は、まるで崖《がけ》の上に立ったように見晴らしがよく、ちょっとした撮影スポットとしても知られる。今もまさに熱した鉄のような太陽が街の果てに沈むところで、スマートフォンやカメラを構えた人々が、眩《まばゆ》く輝く夕日の町並みに向かってシャッターを切っていた。

商店街は醤油《しょうゆ》やソースの焼ける香ばしいにおいと煙でいっぱいだ。精肉店の前にはいつもどおり行列ができ、揚げたてのコロッケやメンチカツを、白いエプロンと白いゴム長靴の店員が、手早く袋に入れていく。鮮魚店の今日の目玉は鰹《かつお》で、店頭の焼き台では店の次男坊が金串《かなぐし》に刺した鰹を手に、色よくあぶってたたきを作っているところだ。青魚の皮と脂が炭火でじゅわっと焼けるにおいは、食欲をそそってしかたがなく、通行人たちが次々と立ち止まって、白猫までもがにゃーんと鳴いて待っている。一パック四百五十円。薬味は別売りで、刻んだ小ネギとシソ、茗荷《みょうが》、おろし生姜《しょうが》を入れたちょこんと小さなカップが五十円。

　しかし一人前で五百円はちょっと。深冬はこみ上げてくるヨダレをごくりと飲み込み、後ろ髪引かれつつ向かいの青果店を覗《のぞ》いた。店頭には鮮やかな赤いトマトと緑の獅子唐《ししとう》、つやつやした茄子《なす》、早くも入荷したトウモロコシなどが並んでいる。

「あら深冬ちゃん、お父ちゃんの調子はどう？　具合はいいの？」

　買い物かごにトマト一袋と長茄子一本、パック入りの茗荷を入れてレジへ持って行くと、茶髪の前髪をクリップで無造作に留めた、馴染《なじ》みの店員に訊《たず》ねられた。四十歳前後の女性で、いつ見てもせかせかとよく働き、相手の都合の如何《いかん》にかかわらず要点だけを早口でぱぱっと話す。深冬は具合が悪かったらもっと慌ててる、と思いながら「はい」と答えると、店員は「そう！」と頷いて、もう次の客の相手をはじめた。

　深冬の家事の腕は、必要に迫られればやるという程度で、料理も味噌汁《みそしる》くらいなら作れるが、だしは顆粒《かりゅう》ですませるし、具材の応用をひらめくほどレパートリーが多くもなければ、増やすほどの興味もない。普段料理を作ってくれる父が不在の今のように、味噌汁を作る理由がある場合は、豆腐とわかめ、あるいはキャベツとにんじん、または茄子と茗荷、の三種類をローテーションで回している。あとは米を炊いて、おかずになる惣菜《そうざい》を買って合わせればいい。

深冬は蕎麦《そば》うどん店と中華料理店の前を通りすぎ、鶏肉《とりにく》専門店がこしらえる、一本九十円のやきとりの短い列に並んだ。厨房《ちゅうぼう》には大柄な体つきにパンチパーマの店主がいて、長年の汚れで黒ずんだ焼き台に並んだ串を、なめらかな手つきで返していく。

「ねぎま三本、つくね三本、肉三本……それから鶏皮を四本下さい。たれで」

跳ねた鳥の脂とたれでぎとぎとした窓を覗き込みつつ、注文を言うが、音がうるさいせいか聞こえないらしい。隣で唐揚げを揚げていた店主の娘、由香里《ゆかり》が代わりにメモを取る。

「ごめんね、換気扇が壊れちゃって、店の中がうるさくてさ。ねぎま三本と肉三本、あとは何だっけ？」

「つくね三本、それから鶏皮四本」

深冬は好物の鶏皮を一度に二本は食べることにしている。

「はいよ！　相変わらず皮好きだね深冬ちゃん。混んでるから十分ぐらい待ってね。お父ちゃんに差し入れかい？」

「ううん、崔君とあたしの分と、後はひるね叔母ちゃんに食べさせる……」

すると由香里は顔をしかめた。

「あらまあ、ひるねちゃんの？　ひるねちゃんの分は塩にした方がいいんじゃないかな。一本ずつ塩にしておこうか」

好みを把握されているのかと、深冬はなんとも言えない恥ずかしさで赤面しながら、「お願いします」と消え入りそうな声で頼む。五分後に焼き上がったやきとりは、気を利かせてくれた由香里のおかげで、三個のパックに分けられ、ビニールの小袋を受け取ると、底がやけどしそうに熱い。

　ブレザーのポケットに片手を突っ込み、猫背で顎《あご》をやや前に出しながら、商店街を抜ける。年季の入った美容室の白いドアの前に、紐《ひも》で束ねられた数冊の本と〝奉納〟と書かれた札を見かける。駅前で見た水無月祭のポスターを思い出し、深冬はさらに背中を丸めた。

　商店街を抜けると賑《にぎ》わいは一変して、静かな、読長町らしい〝本の町〟に変わる。

　御倉館ができる前の読長町は川沿いの素朴な寺町で、田んぼや林が多かった。それが〝本の町〟と呼ばれるようになったのは、やはり御倉館の影響が大きい。とはいえ、平成の不況のあおりはこの街にもおよび、昭和の最盛期に比べると、だいぶ様変わりはしていた。

　ちょうど商店街を出たところを横に走る大通りは、休日になると多種多様の本好きで賑わう。赤色に塗ったドアと青い看板のかわいらしい店は絵本専門店で、その隣はスロープ付きバリアフリーのブックカフェ、横断歩道を渡った先には、大手書店を退職した書店員が開いたしゃれた新刊書店がある。さらに、昔ながらの古書店、翻訳小説を主に扱う古書店、街に住んでいた小説家の書斎を改装した喫茶店、チェーンの新刊書店などなどが軒を連ね、十歩歩けば本にまつわるなにがしかの店に行き当たる。

　深冬の父あゆむがよく使っている新刊書店〝わかば堂《どう》〟の店頭で、黒いキノコをかぶったようなマッシュルームカットにメガネの若い男性店員が、泥よけマットの上を掃除していた。深冬が前を通り過ぎようとすると目が合い、ぺこりと挨拶《あいさつ》される。

　大通りの角を曲がり、ゆるくカーブする狭い道を進むと、民家の庭やベランダで鬱蒼《うっそう》と茂る緑が目に鮮やかで、深く息を吸いたくなる。蔓薔薇《つるばら》の茂みの下に〝ＢＯＯＫＳミステリイ〟と書かれた看板が揺れ、隣の雑貨店では、赤いバンダナを巻いた主人が、店頭に並べた安売りのブックカバーや読書灯を片付けているところだった。

狭い道を抜けるとまた開けた道へ出る。このあたりは車通りが多く、今風の書店は減り、マンションやアパート、クリーニング店や医院などが立ち並び、人々の生活の場らしい雰囲気に変わる。

やきとりの袋をぶらぶら揺らしながら、ゆるやかな坂道を下ると、やがて畳の上で受け身を取るどすんばたんという音がひっきりなしに聞こえてきて、道場が近いのがわかる。二階建ての鉄筋コンクリート製のがっしりした道場は、磨《す》りガラスの窓から白い光が溢れ、歩道の隅に停めてある子どもたちの自転車を照らす。隣の昔ながらの古書店はシャッターが閉まり、下のわずかな隙間から、古い紙独特のつんとするかび臭い風が吹いた。

「こんちは！」

重い鉄の引き戸を開けると、受け身の音がはっきりと大きくなる。道場の照明は白くとても明るい。一面に敷かれた道場用畳の上で、下は小学生から上は中年まで、さまざまな年齢層の生徒たちが、おのおのの相手と乱取りの稽古《けいこ》中だった。

「ちぇー君、はいこれ」

深冬が声をかけると、ちょうど崔がタオルで頭をがしがしと拭《ふ》きながらこちらにやってきたところで、やきとりの少しべたつくパックをひとつ渡す。こなれて柔らかくなった柔道着に黒帯を締めた師範代の崔は、まだ三十歳を過ぎたばかりで若く、あゆむよりも体つきが細かった。柔道一本で生きてきた彼の両耳は潰《つぶ》れ、鼻も少し曲がっている。一人っ子の深冬にとっては兄か年若い叔父《おじ》のような存在で、夕方の小腹が空《す》く時間に食べ物を差し入れるのが日課だった。とはいえ、タダではない。

「やったね、やきとりだ。ありがとう。いくらだった？」

「四本で三百六十円。六十円まけて、三百円でいいよ」

「出血大サービスじゃん。あ、師範の具合はどう？」

「退院はまだみたいだけど、具合はよさそう。それより聞いてよ、これからあたし毎日ひるね叔母ちゃんのところへ行くことになっちゃった」

「ひるねさん？　そりゃ大変だな」

　崔は小銭入れからやきとりの代金を出しながら、ふいに顔をしかめ、深冬の頭越しに向こうの空を見た。御倉館のある方角だ。

「さっき道場にも、御倉館への苦情の電話が入ったんだ。警報がまた鳴ってるって」

「マジで？　もー！」

　深冬は苛立《いらだ》ちもあらわに叫んで、道場の壁にどんと背中をつけた。あの叔母、今度こそ本気で叩《たた》き出すべきではないか？　深冬は叔母にやきとりを買ってやったことが急に恨めしくなり、あの人の分も崔にあげてしまおうかと思った。彼が好意を寄せている事務の原田《はらだ》さんと食べればいい。しかし崔はさらに気になることを言う。

「でもさ、警報がこっちまで聞こえなかったんだ。昨日はそこらじゅうに響いてたけど、今日は何も。ひるねさんは電話に出ないしさ」

「ふうん……？　分館にいて聞こえなかったんじゃない？　あそこ、救急車のサイレンも聞こえないし。崔君だってスーパーかどっかに行ってたとか……」

「いや、俺は一日こっちで稽古してたよ。俺だけじゃない、近所の犬たちも静かだったし、原田さんも聞こえなかったって」

崔は原田への思いを隠しているつもりのようだが、深冬ですら感づくくらいに態度に出ており、公然の秘密と化している。深冬はいつものように崔をからかいたくなったが、それどころではないのはわかる。今すぐ行かなければ。

「でも苦情があったってことは、何かは起きてたってことでしょ。こっちには聞こえなかっただけで、誰かにとってはうるさかったのかも。やっぱり悪いよ」

深冬はやきとりのパックが袋の中で傾ぐのも気にとめず、憤然と御倉館へ向かった。

読長町には全部で五十店ほどの、本に関係する店が点在しており、インテリア用にと装幀《そうてい》が美しい本を買いに来る客や、栞《しおり》やブックカバーなど雑貨目当ての客から、初版本や希少な帯付き本、稀覯本を探しに来る客まで、あらゆるタイプの本好きを受け入れることができる。その中でも特にマニアックな本の蒐集家にとっての〝本の町〟の深層、核心は、やはり御倉館周辺の書店街だった。

道場を出て来た道を戻り、ゆるやかな坂道をゆっくりと登ると、銀杏《いちょう》の巨木と、御倉館が見えてくる。道はまるで川の水が中州に当たって分かれるかのごとく、二またに分岐し、その並びには灰色に汚れた古い古書店がずらりと、御倉館を囲うように軒を連ねていた。

二またに分かれた道は、御倉館の敷地を囲み終えると再び繋《つな》がり、さらにその先にある小高い丘に突き当たると、またまた分かれてT字路になり、一方は住宅地の奥へ、一方は駅方面へと流れていく。この緑茂る丘の上に、読長神社がある。再来月行われる〝水無月祭〟に備えてか、丘の斜面に幟《のぼり》を立てるためのポールがすでに並びはじめていた。

書物を司《つかさど》るという稲荷神《いなりしん》を祀《まつ》る、読長神社への往来は多い。参拝客が賽銭《さいせん》を投げてがらんがらんと鈴を鳴らし祈る、その時に頭の中にある思いは、それはもうさまざまではあろうが、風に揺れる絵馬の内容はだいたいが書物や読書、書き仕事にまつわるものであった。たとえば、

〝八十年に出た『定本蒐書散書』の特装限定三十五部が十万円以下で買える機会がありますように〟

〝SF作家の陶片朴太郎《とうへんぼくたろう》のやる気を起こさせて下さい、もう二十年も新刊を待ってるんです〟

〝文芸新人賞を獲《と》る！　絶対に絶対に今度こそ獲る！　獲らせて！〟

〝うちの書店の売り上げが良くなりますように。できればネット書店のイマゾンの経営を悪化させてもしくはスキャンダルが発覚して潰〟

などなど、書物に関するありとあらゆる祈りや願望、呪詛《じゅそ》の言葉が、青空の下で風にあおられている。この〝本の神〟を祀るという神社に、書物の悩みを抱える人々が全国津々浦々よりやってくるのだが、読長町図書館の資料室に眠る本を読み、ここがいつから書物の神を祀っているのかを知る者は少ない。知っていたとしても口をつぐむだろう。

ともあれ深冬は、この神社も、御倉館も、そこへ至る古本通りも、すべて大嫌いだった。神社が祭りで賑わうたび、祖母が非常に不機嫌になり、御倉館に誰か侵入するのではといつも以上に

神経を張り詰める。今でも、死んだはずの祖母がすぐそばで怒っている気がしてしまうのだった。

日が暮れて、街を包んでいた黄色と赤の光のヴェールが消え、空は濃紺の正体を現し、かすかに星を瞬かせている。御倉館に近づくと、大震災にも戦火にも耐えた大銀杏が電灯の光に照らされて、複雑に影を落とす。吹く風はそこはかとなく古本のにおいがする。大銀杏の裏にはブロック塀に囲まれた緑豊かな庭があり、その向こうに御倉館の屋根が見える。

御倉館は洋館で、通りすがりに最も目を惹《ひ》くのが、三角の切妻屋根を頂いたガラス張りのサンルームだった。どっしりとして角張った印象の館の中央が、一階から二階まで、一面の巨大な窓になっており、白く優雅な細い窓枠で彩られている。

しかし館の中で陽射しをいっぱいに受け入れているのは、このサンルームだけだった。建物の大部分は極端なほど窓がない。作りは土蔵とほぼ同じで、土に漆喰《しっくい》を塗った壁に、換気用の小さな扉付窓が設《しつら》えられている。なぜなら本は日光と湿気を嫌うからだ。

人間ではなく本のために建てられた御倉館は、サンルーム以外に人間の居場所を用意していない。後を継いだたまきはより本に忠実で、庭を一部潰して増設した分館は、換気扇を設置したために扉付窓すらなく、まるで牢獄《ろうごく》のようだった。

幼かった頃、父に連れられて御倉館に来るたび、深冬はわんわん声を上げて泣き「もう帰ろう」とせがんだ。漆喰の壁にはびこる蔦《つた》は不気味だし、いまにも幽霊が出てきそうだ。大銀杏のぼこぼこした瘤《こぶ》も深冬にとっては気持ち悪く、ここにいていいことなんてひとつもない、と思った。

ブロック塀越しに覗き込むと、サンルームの一階の窓は暗いが、二階からはかすかに橙色《だいだいいろ》の明かりが漏れ、中に誰かいるらしいのはわかった。

高校生になった深冬はさすがに泣きはしないものの、庭の鉄門の錠前を開け、中へ入る時には心臓がばくばくと早鐘を打つ。ひるねの様子を確認したらすぐに家へ帰ろう。早く帰ってバラエティ番組を見て、明日《あした》が土曜なのをいいことに夜更かしし、マンガを読むのだ。どうせ遊ぶ約束をしている友達もいない。

色をつけはじめた紫陽花《あじさい》、葉の縁が白っぽいイワミツバ、スミレなどの草木でいっぱいの庭を通り、青いタイルを敷き詰めた玄関ポーチに立って、呼び鈴を押す。どうせ反応はないだろうと思っていたが、案の定ひるねは出てこなかった。

父から預かった鍵《かぎ》をドアに差し込む——軽くひねるのではなく、ぐっともう一段階ひねって、ポーン、という機械音が鳴るのを確かめる。本当にこれで警報は解除されたのだろうか？　見上げれば、大手警備会社のロゴがついた警報装置が、知らぬ顔でドアの上に佇《たたず》んでいる。しかし深冬は首をひねる。警報装置の隣に、判読できない奇妙な赤い文字を連ねた、金属製の板が貼ってあった。あんなもの、前からあったっけ？　いや、そもそも御倉館には近づかないようにしているし、たまに来る時は地面ばかり見ていて、玄関の上を見たことなんてなかった。

不安で胸をざわつかせながら、深冬はドアをそっと開ける。警報音は鳴らなかった。

「ひるね叔母ちゃん？」

外は夏日になることもあるというのに、室内はひやっとして、肌が粟立《あわだ》つ。古本特有のつんとするにおいに、鼻の奥から上顎のあたりが痺《しび》れるような感覚がして、くしゃみが出そうになった。

電気のスイッチを上げると、たちまち室内はオレンジ色に明るくなる。洋館とはいえ日本式には変わりなく、茶色と白のタイル張りの玄関には大きな下駄箱《げたばこ》が置いてある。深冬はスニーカーを脱ぎ、スリッパに履き替えようとして「ぎゃっ！」と叫んだ。下駄箱の中にゴキブリがひっくり返って死んでいて、危うく触るところだった。

「……もう帰りたい」

ゴキブリが晩夏の蟬のように死んだふりしていませんように。いきなり起きて飛んでいったりしませんように。泣きたい気持ちを堪《こら》えて祈りながら、深冬はひとつ間を空けた隣の箱から、スリッパをおそるおそる出した。

絨毯《じゅうたん》敷きの玄関ホールから廊下が延び、突き当たりの壁の手前で右に折れている。廊下を挟むクリーム色の壁にはそれぞれドアがあって、書庫へ続いている。

右手の小部屋は御倉館のいわば〝創世記〟で、嘉市が二十歳頃に創刊から買いそろえた雑誌『新青年』や、大正時代末期に発売された円本の全集、翻訳本の近代名著文庫などの初期コレクションがおさめられている。一方、左手のL字型に長い部屋は、かつて一般公開していた頃の名残で、昭和時代の絵本や児童書、大人向けの娯楽小説や文学などが、棚にぎっしりと並んでいた。御倉嘉市のコレクションは基本的に小説、読み物が中心で、戦前から戦中、戦後にかけてのものがそろっていた。そして多くの蒐集家と同じく、版が変われば書い足し、評論が出ればそれも集める。

ともあれ、深冬の興味はまるでそそられない。念のため開けてひるねを捜すが、無人だった。

廊下を進んで右に曲がればサンルームへ着く。敷き詰められた赤い絨毯は何度となく踏みしめられてずいぶん平べったくなり、家具はいずれも上等だが年代物すぎる。翡《ひ》翠色《すいいろ》の長椅子には赤い毛布がくしゃくしゃに丸めて置かれ、枕が床に落ちている。便所はあるが出火の恐れがある台所はなく、一ドアの冷蔵庫が部屋の端にぽつんと置いてあるだけ。インターネットも繋がっていない御倉館の、唯一の連絡手段である黒電話は、受話器を外したまま床に置きっぱなしだった。道理で電話が繋がらないはずだ。

　ひるねの姿は、一階にはない。となればあとは二階だ。

　二階への階段はサンルームの左手にあり、その下のひしゃげた段ボール箱に、コンビニ弁当の容器や割り箸《ばし》、鼻をかんだらしいティッシュなどが無造作に突っ込まれていた。

　部屋中散らかっている。それでも、テーブルの上に積まれた古い本はきっちりと隅をそろえて丁寧に重ねられ、開きっぱなしの本や、ページが折れ曲がった本などは一冊もない。

　本当に本以外に関心がないのだ、ひるね叔母ちゃんは、と深冬は呆《あき》れと尊敬が入り交じった複雑な心地で、窓の外を見た。とっぷりと暮れ、真っ黒い影となった家々の向こうに、濃いサファイア色の空が広がっている。

　サンルームを一階から二階へ上がる。サンルームは半分が吹き抜けになっており、壁は一階から二階まで一面が書架、二階の張り出し廊下から階下が見下ろせる。廊下はルーフバルコニーのように広く、この壁すらも本棚として活用されており、ぎっしりと本が詰まっている。ここにある書架以外の家具は、中央の手すり側にぽつんと置かれた革のソファとローテーブルだけだ。そこで、ようやくひるねを見つけた。

　ソファではなく、ローテーブルとの間の床、赤い絨毯の上に仰《あおむ》向けで寝そべり、健やかないびきをかいて眠っている。

大きなメガネをかけ、色素の薄い肌にそばかすが散った顔は、二十代にも三十代にも四十代にも見え、要するに年齢不詳だ。赤い絨毯に明るい茶色の髪が野放図に広がり、何日洗っていないかも不明なボーダーのカットソーと、パジャマのようなゆるいズボンという格好で、まるで棺《ひつぎ》に入れられた死者のように礼儀正しく両足を伸ばし、手をきちんと胸の上に乗せている。その手の中に、メモ用紙のようなものが挟まっていた。

「叔母ちゃん、叔母ちゃんってば」

深冬はうんざりしながらも、叔母の肩を揺さぶって起こそうと試みた。しかしさすが昼寝の名を持つだけあって、ちょっとやそっとで目を覚ますはずもなく、のんきにふがっと鼻を鳴らすのみ。

ローテーブルの上には分厚い台帳が広げたままになっており、几帳面《きちょうめん》そうな小さな字で、蔵書の状態が記録されている。本館と分館を合わせたらおそらく数十万冊にもなる本の一冊一冊が、棚ごとに分類され、修繕の必要があれば補修技師へ送るリストに載せる。

深冬は台帳にしおりを挟んで閉じ、ため息をついた。

「まあいっか……やきとりを置いておけばいいよね」

十五歳も年上のこの叔母が自分よりも何倍も寝坊助《ねぼすけ》で頼りないのが、深冬にはまったく解せない。食事を運ぶ程度ならいいが、それ以上の世話を焼くのは絶対に嫌だ。深冬は赤いマジックペンで「塩」と書かれたパックを袋から出し、ローテーブルに置き、少し考えて、床でよだれを垂らしている顔の近くに置き直した。この食欲をそそるにおいが目覚ましになるかもしれない。

これですぐに御倉館を後にしてしまえば、深冬は三十分後には自宅のアパートに戻り、台所で茄子と茗荷の味噌汁を作り、早炊きした無洗米とやきとりの晩ご飯を食べ、金曜の夜をのんびり過ごせたはずだった。

しかし深冬は立ち上がる間際に、叔母の手の中の紙に目を留めてしまった。

はじめ、これは叔母が書いた何かのメモだと思った。しかしよく見ると、それは文字というよりも奇妙な文様で、溢れ出た血のように赤いインクで書かれている。深冬は手を伸ばし、紙の端を指先でつまんで、ゆっくりと引き揚げた。

メモじゃない。御札だ。あるいは護符とでも言おうか。

玄関先で見かけた、警報装置のそばにあった不思議な金属製の札を思い出す。あれとよく似ている。細長い真っ白な紙に、妙に横が広く縦に潰れた文字。まるで小さい頃に見た、キョンシーの額に貼られた札のような——深冬ははっとして、紙を裏返し、逆さまにした。

読める。装飾されているせいで文様に見えたが、これは日本語で書かれた言葉だ。

「えっと……〝この本を盗む者は、魔術的現実主義の旗に追われる〟？」

声に出して読み上げたとたん、たちまち背筋を冷たい指先が逆撫《さかな》でしたような感覚がして、肌がぞわっと粟立った。

「何これ、気持ち悪っ……」

得体の知れないものを触ってしまったと、慌てて御札を手放した瞬間、どこからともなく風が吹いて深冬の体にまとわりついた。いったいどこから吹いてるの？　と驚き振り返ったが、サンルームの窓はきっちり閉じている。

風はまるで意志があるかのように深冬から離れると、御札をふわりと宙に吹き上げ、くるくると旋回させて、廊下の壁際にある本棚の前に落とした。

　そこに人の足があった。

　真っ白い運動靴と靴下を履き、深冬と同じ高校の制服を着て、すっくと立っている。あどけない顔をした少女だった。

　声を限りに深冬は叫び、後退《あとじさ》って尻餅《しりもち》をついた。少女は幽霊だと思った。何しろ物音も気配もなく突然姿を現したし、肩にかかるくらいの髪は、雪のように真っ白だったから。

「あ、あんた、あんた誰なの？」

　少女は答えずに、ゆっくりと腰をかがめて御札を拾うと、足音も立てずに深冬に近づいてきて、ずいと腕を差し出した。

「……落とし物」

「は、はあ？」

「落とし物。深冬ちゃんのだよ」

　深冬の顔はぐしゃっと握り潰した紙のようになった。

「あ、あたしのじゃない。叔母ちゃんが持ってただけで」

「それでも、深冬ちゃんのだよ」

　かちんときた。意味がわからない。いったい何なんだ？　突然現れて、違うって言ってるのにそうだとか言うし——恐怖よりも苛立ちの方が勝った深冬は、急速に冷静になっていく。帰宅途中に声をかけてきた生徒の顔が記憶の底から起き上がってくる。

「待って。わかった。あんたひょっとして文芸部？　あの先輩に言われて、つけてきたんじゃない？」

　この街で御倉を名乗るということは、大きな看板を背負って歩くようなものだ。深冬が本を読まないとも知らずに、御倉一族の一員だというだけで、同好の士を見つけたとばかりに愛書家たちが近づいてくる。中には御倉館の蔵書目当てで、コネクションを作ろうとする者もいた。今日、電車を降りる時に追いかけてきたあの先輩も、それを狙っているのだろう。

　そう考えると、この少女のどこもおかしくないし、怖がる必要は一ミリたりともない。どうせ髪はブリーチしたか、生まれつきこういう色の髪の人だろう。ここにいるのだって、きっと一階のサンルームの窓に鍵がかかっていなかったか、玄関の鍵をピッキングしたか何かで、先回りして侵入し、二階の書庫に隠れて待っていたに決まっている。ひるねに気を取られている間に、引き戸を開けて出てきたのだ。ここの書庫へ入る引き戸はひとつだけ、本棚と本棚の間。そう、まさに少女が現れた場所だ。

　すると勇気がぐんぐん深冬の体に漲《みなぎ》って、足にも力が湧いた。床にへたり込んでいた深冬はきっと目つきを鋭くして立ち上がり、胸を張って指を突き出す。

「帰って。あたしは文芸部には入らない。本なんて大嫌いだし、国語の教科書を読むのだって苦痛だし、マンガ以外は一年に一冊たりとも読まない。あたしを入部させたっていいことなんかひとつもないよ。もしあたしを仲間に引き入れて御倉館に入る許可が欲しいってんなら、無駄だからやめなって、あの人に言って」

「ぶんげいぶ？」

　白い髪の少女は首を傾げ、黒目がちな目をぱちぱちと瞬かせた。

「ぶ・ん・げ・い・ぶ……回文じゃないね、惜しい」

「はあ？」

「〝ぶんげんぶ〟だったら上から読んでも下から読んでも」

「いいからさっさと出て行ってよ。冗談に付き合ってる暇はないの。行かないなら警察を呼ぶからね、不法侵入だよ」

深冬は少女の背中を押して——ほら、ちゃんと手で触れる、幽霊だったら触れるはずがないんだから——と思いながら、階段の方へ向かわせる。しかし少女は階段の前に来たところで手すりをぐっと摑《つか》み、下りようとしない。

「不法侵入じゃないよ。そこの人に呼ばれたから来たの」

少女はそう言って、まだ眠り続けているひるねを指した。

「ぶんげいぶのことも知らない。嘘じゃないよ」

「……本当に？　ひるね叔母ちゃんの知り合いなの？」

「知り合い。広義の意味ではそうかな」

「辞書みたいな話し方するのやめてよ。〝変人〟っていう意味じゃ、あんたは確かにひるね叔母ちゃんと似てるけど」

背中を押す手の力を緩め、少女の頭のてっぺんから足のつま先まで、じろじろと観察する。背丈は深冬よりも少し高いくらい。鼻が低く、口がやや大きい顔、改めて見てもやはり見覚えがない。制服は白いブラウスに緑色のネクタイを締め、濃紺のブレザーとスカートの冬服仕様だ。スカート丈は膝が隠れる長さで、深冬と同じくらい真面目に校則を守っている。しかし校章がなく、何年生かは不明だ。

「あんた、名前は？」

ただ身元調査のために尋ねた質問なのに、なぜか少女は嬉《うれ》しそうに顔を輝かせる。

「ましろ。真剣の真に、白で、真白《ましろ》」

その時、深冬の頭の奥の方で、何かがちりりと、まるで線香花火からはじける火花のように瞬いた。しかしそれはほんの束の間で、掴むこともできずに消えてしまう。深冬はさっとかぶりを振ると少女の腕を取り、ひるねの傍らに戻った。

「叔母ちゃん、起きて。いい加減起きてってば。この子、いったい誰なの？」

しかし押せども引けども叔母は目を覚まさない。

もういい。こんなところで時間がかかるとは思わなかった。晩ご飯を鰹のたたきにしていたら悪くなっていたかもしれない。やきとりはレンジで温め直せばいいし、面倒だから米は炊かないで、コンビニでレトルトを買おう……全身が脱力するのを感じ、深冬は片手にぶら下げたレジ袋を持ち直して、階段を下りようとした。するとその手を真白と名乗る少女に掴まれた。

「……何？」

「帰れないよ」

「どういう意味？」

「そっちからは帰れないの。泥棒が来て、呪いが発動したから」

「泥棒？　呪い？　何言ってんの？」

「信じて。深冬ちゃんは本を読まなくちゃならない」

じっと見つめてくる真白の黒く大きな瞳《ひとみ》に、吸い込まれそうになる。この子、ひるね叔母ちゃんより変だ——深冬は慌てて真白の手を振りほどこうとしたが、存外握力が強く、びくともしない。

「離してよ！　あんた怖い」

「ごめん。でも深冬ちゃんはあの本を読まないと」

そう言うやいなや、真白はつかつかと本棚と本棚の間に歩み寄り、引き戸を勢いよく開けた。たちまち古書のかび臭い風が吹き、埃《ほこり》が舞い上がり、深冬は咳《せ》き込みながら手で顔を覆い隠す。なんで書庫から風が？　換気中だった？　でもその間に寝ちゃうなんて叔母ちゃんらしくなさすぎる。

顔を上げたその先、目の前に現れたのは一面の書架。天井から床まで作り付けられた本棚が、人を通す隙間も惜しんで、ずらりと奥まで数十列にわたって並んでいる。この書庫だけで本棚は二百以上あり、そのすべての棚にぎっしりと本が詰まっていた。それは壮観というより威圧的で、音もなく、戒律の厳格な神殿のような雰囲気があった。

足の裏にじわりと汗が滲む。御倉館嫌いの深冬にとって、ここは忌まわしい場所だった。幼い頃に一度だけこの引き戸を開けたことがあるが、記憶に残っているのは鬼の形相をして自分を見下ろしている祖母の顔だけだ。

「こっち」

呆然《ぼうぜん》として反応が遅れた深冬は、真白に手を引かれるまま書庫へ踏み入った。本棚と本棚の間は五十センチほどしかなく、小柄な人間がやっとひとり通れる狭い通路を縫うように進む。天井の電灯はひとつも点《つ》いていない。それにもかかわらず、書庫はまるで蠟燭《ろうそく》をともしているかのようなぼんやりとした橙色の明かりに包まれ、書架の陰影を浮かび上がらせていた。

「……蠟燭なんてあるわけないのに」

たまきの時代から御倉館に火気は厳禁、ひるねもあゆむも絶対に火を持ち込まない。深冬は何度も目をこすってみたが、発光源のわからない灯火《ともしび》は一向に消えない。

深冬にとってはどれも似たようなものに見える書架の間を、真白は右に左に曲がりながら進んでいく。その背中を、仄暗《ほのぐら》く透ける白髪を、深冬は不安げに見つめながら手を引かれるまま進む。

「ここだよ」

ある書架の前で真白は足を止め、ようやく深冬から手を離した。少し痛む手首をさすりながら顔を上げて、目を瞠《みは》る。

いかな本嫌いの深冬でも異変には気づく。他の棚はどこも隙間なく本が詰まっているのに、その一段だけはがらんともぬけの殻だ。つまり二、三十冊の蔵書がごっそりとなくなっている。

「……まさか」

「これを読んで」

指さされた方を見ると、棚の端に一冊だけ本が取り残されていた。背表紙にあの御札に似た文様が記されている。手に取ってみるとかすかに埃が立ち、表紙の丸い刻印が橙色の灯火にきらりと輝く。全体に絡みつくような細かな蔦模様が施された美しい装幀の本で、『繁茂村の兄弟』というタイトルが明朝体《みんちょうたい》で品良く印字されていた。

「読んで、深冬ちゃん」

真白に促されて深冬はごくりと唾《つば》を飲み込む。いつもだったら本を手にしただけで体が引きつり拒絶反応を起こすのに、今の深冬は不思議と落ち着いて、嫌悪感も湧いてこない。『繁茂村の兄弟』。おかしなタイトルだ。表紙を開くと、なぜか懐かしい香りが漂った気がした。

内容は想像もつかないが、無性に惹かれる。読んでみたい衝動に駆られる。この本の内側に隠された何者かに、優しく名前を呼ばれたような感覚があった。

「国語の教科書以外で本を読むのなんか、小学生の時以来なんだけど」

深冬は腹を膨らませて深く息を吸い、ゆっくりと吐きながらページを繰った。

◆◆◆◆

物事にははじまりと終わりがある。繁茂村もはじめ、ベイゼルとケイゼルの兄弟が黒い甲虫を追いかけてたどり着くまでは、ただの乾ききった赤茶色の荒野であった。いくら黄ばんだ雲が雨を降らせようと雨粒は灼熱《しゃくねつ》の大地に触れるや否や蒸発するばかり、人間はおろか昆虫も、水すらも寄りつかぬ。

ベイゼルはひどい雨男であった。新月の晩、産声を上げたその刹那《せつな》、突如として暗雲が現れ、村の上空を覆い、止めどない豪雨が降り注いだ。村は、月が再び膨らむまでに完全に水没し、逃げ延びた住民は、鼻と耳の穴に詰め物をして深く潜り、水底に沈んだ自宅に帰って、忘れ物を取りに戻るほかなかった。

母がベイゼルを連れて隣村の両親に会いに行くと、雨は止み、帰宅すると再び雨が降る。やがてベイゼルは雨鬼と呼ばれるようになり、新しく立て直された集落には三日三晩しか滞在が許されなくなった。赤子のベイゼルを負《お》ぶって、母は旅に出た。母が見上げると、もくもくとした黒い雨雲が後からついてくる。足を止めれば、たちまち雨雲が追いつき、ぱらぱら雨粒が落ちたかと思うと肌が痛むほどの豪雨となる。母は歩むことをやめず、雨の降らない土地へ向かうことにした。

ふたりは乾いた土地に雨を降らし、植物の根が腐らないうちに出て行き、次の村を目指す。地の球がめぐりめぐり、着物の生地が薄いものから厚いものへ、厚いものから薄いものへと再び戻った頃、母は次男のケイゼルを産んだ。

ケイゼルはひどい晴れ男であった。小さなベイゼルをよそに預け、産婆の手でケイゼルを産むと、かんかんと照りつける太陽が村を襲い、母の乳をケイゼルが吸う間もなく、ため池が干上がった。死に絶えた魚やザリガニの魂は天に昇って循環し、怒れる稲妻となって大地を揺るがせ、産婆は悲鳴を上げる。死んだ魂はやがて地中深く潜って種となり、いつか芽を出すその日を待つ。

灼熱の日照りが続き、畑は見る間に枯れる。そこにベイゼルが連れてこられ、産婆の家に横たわる母を見舞うと、たちまち雨が降り出した。太陽は中天でぎらぎらと輝いているのに、雲から雨粒がごろごろ転がり落ちてあたりを濡《ぬ》らす。世を呪って死んだ魚とザリガニの魂も芽吹いて、鮮やかな青や赤の双葉を広げる。

これを見た母は喜び、同時に悲しんだ。自らの胎内で育て、産まれ出《い》でた子のどちらもが、天から愛されなかったと嘆いた。

黒雲は太陽の周りをぐるりと囲み、雲が泣いたかと思えば太陽が笑う。あべこべになった天候を恐れた人々は土地を治める首長の元へ押し寄せ、輿《こし》に乗せるとえっさほいさと担いで、まだ横たわる母と幼い兄弟の元を訪ねた。偉大なる首長は母の嘆きに耳を貸さず、彼女から兄弟を引き離すと、よそ者の旅人に預け、天候庁を作って学者を雇い、黒曜石の板に、兄弟の移動日と滞在日を決めた運行表を定め、そのとおりにした。

　旅人に連れられて、ふたりはともに雨雲を引き、太陽を引き、愛され憎まれながら育った。ひとり残された母の肌は日に日にしわが寄り、髪は白く骨がもろくなり、ある日、黒曜石の運行表を眺めながら息を引き取って、その知らせは黒い花びらに乗って息子たちの元へ届く。成長した息子たちは激しく悲しみ、互いに憎み合った。雨がなければ、晴れがなければ、母が孤独の中で死ぬこともなかったろう。天気雨の中、ベイゼルが巨大な岩を持ち上げ弟を潰そうとし、ケイゼルが鋭利な木の枝で兄を刺し殺そうとした時、旅人がふたつの賽を投げた。ひとつは西を、ひとつは東を示して止まる。

「ここまでだ。ベイゼルは西へ、ケイゼルは東へ向かいなさい。振り返ることも、追いかけることも、互いのことを考えることもしてはいけない。ただひたすら進むのだ。いずれ虫の導きでまた巡り会うだろう。そうして天気雨が降ったら、そこを村にしなさい」

　ふたりは旅人の言葉どおり、西と東に別れて旅に出た。兄弟が離ればなれになると、太陽の周りを黒く囲んでいた雨雲も離れ、ベイゼルの後をついていく。人々はやっとこれで平穏になると安堵《あんど》で胸をなで下ろしたが、制御のままならない気まぐれな天候に、それはそれで困った。

　十二歳と十一歳でしばしの別れを告げた兄と弟が再び巡り会い、繁茂村を築き上げたのは、成人の儀式をとうに過ぎた頃のことだった。ベイゼルは雨粒をたたえた水甕《みずがめ》の下で、ケイゼルはカンカン照りの市場で、それぞれ黒い甲虫を見つけた。カブトムシは太い腹を仰向けにして眠っていた。

「……真白」

深冬は本から顔を上げ、不満げに言った。

「まさかこれを全部読めって？」

すると真白は不思議そうに首を傾げ、「続きを読みたくないの？」と訊ね返す。真白の両耳は頭のてっぺんににょきっとふたつ生えていて、犬のように長い鼻をすんすんと鳴らした。

「だって絶対長いじゃん。ベイゼルとかケイゼルとか何者なの？　っていうか、これ支離滅裂で変な話すぎる。雨の呪いとか晴れの呪いとか意味がわかんないし、ついて行けない。虫は気持ち悪いしさ――って、なんであんた犬耳生やして、鼻にマスクつけてるわけ？　コスプレとかやめてよ」

深冬は立て板に水のごとく真白に言い募り、返事も待たずに本を閉じると、書架のがらんとした棚に戻した。真白の頭に生えた犬耳が動いて、本物の犬のようにしゅんと垂れるが、深冬は本を睨んでいて気づかない。

「つまらなかった？」

「つまるとかつまらないとかっていうよりさ。ここ、狭すぎて座れないじゃん。立ちっぱなしで本を読み続けるのはきついし、そもそもあたしみたいに本が嫌いな人間には、活字を追うだけでも苦痛なの。ほんと、こんなに字を読んだの久しぶりすぎて」

だるくなった首筋に手をあてがい、深冬は大あくびをしながら上下左右へ頭を回した。腕時計を確認すると、もう七時になるところだった。

「ねえ、あたしもう帰るよ。本はいつかまた読むから。それよりその犬コスプレ、帰る前に外しときなよ」

そして床に置きっぱなしだった、青果店のレジ袋とやきとりのパックを取ろうと手を伸ばす――が、指先に触れたのは、ふわっと、それでいて妙につるりとした、生き物の感触だった。

「コケッ」

深冬の足下で、一羽の雄鶏《おんどり》がかくかく首を動かし、赤いとさかを揺らしている。深冬はあんぐり口を開け、手のひらで包むように雄鶏に触れた。本物だ。雄鶏は黄色い足でやきとりパックを踏み潰し、うろうろと書庫を歩き始めた。

「な……なんで、鶏が、こんなところに」

潰れたパックを見ると、あったはずのやきとりがない。べたついていた醬油だれもきれいさっぱり消えている。その上、青果店のレジ袋からは三本の芽が出て、上を目指してにょきにょきと伸びていく。

深冬は後退って本棚に背中をぶつけ、くらくらしながら真白を見た。真白は鶏の登場に驚きもせず、後ろの壁の方を見ていた。雨音がする。壁を叩く雨粒の音、軒から垂れ落ちるぽたぽたという雫《しずく》の音。

「天気予報じゃ、今日も明日も晴れだったはずなのに」

ぽつんと呟《つぶや》いてから、深冬は思い出したように「あっ」と声を上げた。突然現れた鶏も何かの芽もどうでもいい、慌てて踵《きびす》を返し、狭い通路を小走りに抜けようとする。

「深冬ちゃん、待って。どこへ行くの」

「洗濯物！　学校行く前に干したのを忘れてた！」

後ろから真白がついてくる気配を感じながら、深冬は心なしかさっきより複雑になった気がする書架の迷路を抜け、出口を目指す。

ようやく引き戸を開けて廊下に出た深冬の目に飛び込んできたのは、床でなおも眠り続けるひるねの姿だった。けれども先ほどのひるねとは様子が違う。水晶のような透明な石が、ひるねの全身を覆い、蔦がうねうねとまわりを取り囲んでいた。

「おっ……叔母ちゃん？」

深冬は両手を固く握り合わせながらおそるおそる近づく。まさか石の中で窒息死してるのではと思い背中がぶるりと震えたが、よく見れば腹部がゆっくり上下して、呼吸しているのはわかった。そのまぶたには不気味な深紅の字で〝母〟と書かれている。

「なにこれ、どういうこと？」

「コケッ」

「わっ」

足に触れたのは、とさかの小さな雌鶏《めんどり》だった。

「こ、今度は雌鶏？」

「やきとりが塩味だったから」

「そんな理由？　いや、ていうかあんたの犬耳どうなってんの？　めっちゃ動いてんだけど……鼻も長っ」

明るい廊下に出て改めて見れば、真白の頭の白い耳もどうも本物らしく、長く突出した鼻面にちょこんとついた、湿り気のある黒い鼻はひくひく動いている。目元と髪以外の顔が犬になってしまったようだ。異常事態だが、真白はけろりとして「深冬ちゃんを手伝うのに役立つ」と言う。

「……あたし、やっぱ本を読みながら眠っちゃったみたい」

深冬は両目を固くつぶり、現実世界で本を読みながら居眠りしているはずの自分に語りかけた。早く目を覚まして。もういい、もう夢は充分。

起きろ、起きろ、起きろ、起きろ、起きろ……。

強く念じて、少しずつまぶたを開ける——しかし叔母は相変わらず水晶の中、真白は犬の耳と鼻をつけたままだ。むしろさっきよりも本物っぽい。

「ああ、もういい加減にして……」

深冬が何を言おうと真白は首をひねるばかり、みるみるうちに床や壁、本棚から植物が生えていく。しゅるしゅると枝を伸ばし、一面に黄色やピンクの花を咲かせる蔓薔薇、鬱蒼とした羊歯《しだ》は細い葉先をそよがせ、あそこの隅に生えているのは蕨《わらび》だろうか。どこからか水の音がする。サンルームの広い窓を激しい雨が叩いては、滝のように滑り落ちる。その下には池ができていた。ちゃぽん、と音を立てて魚が跳ねる。

悲鳴を上げ、半狂乱になって階段を駆け下り、針が六時五十分で止まったままの柱時計のそばを走り抜けると、つむじ風が巻き起こった。

人の声がする。それも複数のおしゃべりが。声はどんどん大きく、雨音すらかき分けて聞こえ、耳を塞《ふさ》ぎたくなるくらいに騒がしい。人の気配はない。それなのに、何語ともつかない無数の会話が、幾重にも混ざり合って深冬の鼓膜を震わせる。本棚ががたがたと小刻みに揺れ、一階の書庫のドアがかすかに開き、声の源は本だと気づいた。

言葉が勝手に侵入してくる！

深冬はすくみそうな足を奮い立たせ、玄関から外へ出ようと走る。しかし今度は色とりどりの満艦飾の旗、長い紐に飾られた色とりどりの旗が、本という本、書架という書架、あちこちに開いた隙間から伸びてきて、深冬の手足、顔にまとわりついた。

「こんなの絶対におかしい、こんなの絶対に信じない！　夢だ、夢だ！」

あんな変な本を読んだせいだ。あんなおかしい物語を読んだせいだ。極端な雨男と極端な晴れ男、そんなの存在するはずないのに、物語ってやつは本当に嘘ばっかりつく。魚やザリガニが稲妻になって土に潜り、種として発芽するなんて、生物の教師に聞かせたら成績を下げられてしまうだろう。

ああ、読まなければよかった！　これだから本は嫌いなのに！

体に絡みついた満艦飾の旗を毟《むし》り取り、払いのけながら深冬が顔を上げると、玄関ドアの上の明かり取りの窓の向こうを、ザリガニがばらばらと落ちていき、全身が脱力した。

「深冬ちゃん」

ぎょっとして振り返る。白い犬の頭に髪が生えたようになった真白がすぐ後ろにいて、深冬の体から旗を一枚一枚丁寧に取り除きながら言う。

「これは夢じゃなくて、〝呪い〟なの。さっき見たでしょ？　御札を。〝この本を盗む者は、魔術的現実主義の旗に追われる〟っていう」

深冬は肩で息をしながら真白を見つめ返す。

「やめてよ。呪いだなんて気持ち悪いこと言わないで」

しかし真白はまるで動じない。

「御倉館の本――現在二十三万九千百二十二冊、そのすべてに、〝ブック・カース《本の呪い》〟がかかってるの。盗んだら、御倉一族以外の人間が館《やかた》の外に本を一冊でも持ち出したら、発動する。物語を盗んだ者は、物語の檻《おり》に閉じ込められるの。今回選ばれたのは魔術的現実主義のブック・カース。マジック・リアリズムとも呼ばれる、魔術的現実主義の世界に、泥棒が閉じ込められるという呪いだよ」

真白が説明する間も、廊下から、壁から、赤や青、黄色に緑、茶色に黒、なんとも形容しがたいどどめ色の旗が這《は》い寄ってきて、深冬の体にすがりつこうとする。

「これもあれも、マジック・リアリズムの呪いだからこうなる。書物に呪いをかけるという行為は、印刷機がまだなくて、本がとっても貴重だった時代に、本を守るために人々が行ってきたものなんだ。防衛魔術。修道士はアナテマとも呼んだ、破門の呪い」

「……あんた、頭でも打ったの？」

泣きたい気持ちを堪えながら下駄箱に手を伸ばすと、指先に、腹を出してひっくり返っていたゴキブリが触れる。すっかり忘れていた。深冬が絶叫すると、ゴキブリはちょうどよい目覚ましだったと言わんばかりに起き上がって、黒光りする翅《はね》を震わせた。細長く、弓のようにしなった触角であたりを探り、軽々と飛ぶ。

卒倒しかけた深冬を真白が後ろから支え、座らせると、ドアを開けてゴキブリを逃がす。降りしきる大粒の雨の中、ゴキブリは、暗雲がすさまじい速さで流れていく空へと飛んでいった。

　御倉館のまわりを囲む読長町の古書店街にも、派手な満艦飾の旗が溢れ、道路を覆っていた。緑色だった銀杏の葉は黄金に輝き、風が吹くと金粉のように舞い散って、灰色の街を照らす。葉が舞い散るそばから枝に新芽が生え、いくら散ってもきりがない。

「古来のブック・カースは一冊につきひとつの呪いだったけど、今は本の量が多いから、盗んだ冊数にかかわらずひとつの呪いなんだよ。その分すごく強力で、街全体が変化する――つまり私たちも『繁茂村の兄弟』の世界にいるんだ。呪いは読長町だけに有効で、泥棒はこの街のどこかで物語の檻に閉じ込められている」

　戸口に立った真白の姿が、逆光で白く縁取られるように輝く。

「深冬ちゃん、今から深冬ちゃんは泥棒を捜さなきゃならない。泥棒を捕まえたら、ブック・カースは消えて街も元に戻るから」

　外に出ると、暗い空に稲妻が光り、大粒の雨が降り、猛《たけ》る風はびゅうびゅうと吹きすさぶ。しかし夜空を仰げば中天に満月がかかって、渦巻く分厚い雨雲をはべらせていた。満月は読長町を泰然と見下ろし、ちょうど黄色い目をした黒猫が挨拶するかのように、ぱちり、ぱちりと二、三度まばたきをする。

「……月がウインクしてる。どうなってんの」

　視線を下へ向ければ、館の中と同じく地面のあちこちから植物が芽生え、まるで緑の絨毯を坂の上から転がして広げるように、どんどん生い茂っていく。

街は猛スピードで変化していた。蔦が蔓延《はびこ》り、家々の屋根瓦《やねがわら》が雨音に合わせて踊り出し、犬が歌い、猫が浪曲をうなり、アスファルトの道は泥道のように泥濘《ぬかる》む。

呆然と立ち尽くす深冬の手に、真白がそっと触れる。真白の顔はほとんどが犬と化し、制服の長いスカートの裾《すそ》から白い尻尾《しっぽ》が覗いていたが、髪と瞳、そして手はまだ人間の少女のものだった。

「さあ、行こう。早く泥棒を捕まえなくちゃ」

「……本を盗んだ泥棒を見つければ、街は元に戻るの？」

すっかり青ざめた顔で問いかける深冬に、真白は大きく頷いてみせた。

「うん！　たぶん」

「たぶんって！」

「実のところ、私もはじめてでよくわからなくて……泥棒を捕まえるというルールの他は知らないの。生まれたばかりだから」

「……どう見ても人間の赤ちゃんには見えませんが」

「確かに、厳密に言えば赤ん坊ではないけれど」

「もー！」

深冬は地団駄を踏みまくり、恐怖が怒りに変わっていくのを感じる。そうなるとだんだん元気も出てくるのだから不思議だ。

「ゲンミツでもアンミツでも何でもいいよ！　あんた、いかにもこの世界に詳しいって顔をして、さっきは自信たっぷりに〝元に戻る〟って言ったくせに、曖昧《あいまい》すぎるよ！　そもそもあんたがあんな本を読ませなければ、こんな変な夢を見ないですんだのに！」

噛みつくような口ぶりでたたみかける深冬に、真白はまるで飼い主に叱られた犬のように耳をぺたんと垂れさせ、おろおろする。こうしている最中にも雨はますます激しく、雨粒ひとつひとつが大豆ほどの大きさになり、霰《あられ》が降るかのごとくばらばら音を立てはじめた。よく見ると雨は水ではなく、輝く白い粒になっている。ひと粒拾い上げてみると、本物の真珠だった。庭も道路も、一面に真珠が転がり、月光が反射して白く光る。

「ちょっともう無理」

御倉館の中へ深冬が逃げ込もうとしたその時、真白の垂れていた耳がぴんと立った。深冬には何も聞こえなかったが、真白は犬耳を小刻みに動かし、黒くつやのある鼻をひくつかせている。

「……茂みに誰かいる。そこにいるのは誰？」

すると、庭の紫陽花の茂みがゆらゆら揺れ、ややあって黒い影がひょっこりと顔を出した。満月とまばゆい真珠雨に照らされたその生き物は、尖《とが》った耳をした、オレンジ色の狐だった。ひどく野太く不細工な声で「ぐぎゃあ」と鳴く。

その途端、たちまち真白は猟犬のように駆けて狐に飛びかかり、哀れな狐は飛び上がって逃げるも、真白の素早さに負けて庭の隅に追い詰められた。

「ちょっとあんたねえ」

動物好きの深冬は慌てて追いかけ、狐をひょいと抱き上げると、真白から遠ざけた。

「いじめるなんて最低。ねえ？　狐ちゃん。可哀想に」

腕の中の柔らかくて温かな体は、ぶるぶると震えている。深冬が真白をきつく睨《にら》みつけると、彼女はまたおろおろとする。

「ご、ごめんなさい。狐を見たら、反射的に体が動いてしまった」

「まさかあんた、中身まで犬になっちゃったんじゃないでしょうね」

深冬は狐を抱いたまま、大股で真珠雨が降りしきる中をのしのし突き進んだ。

「深冬ちゃん、その狐をどうするの？」

「このおかしな世界に、ひとりぼっちで置いていくわけにもいかないでしょ」

オレンジ色のふわふわした毛並みを撫でられ、狐は安心したのか、うっとりと目を細めている。

真白は嫌そうに鼻面にしわを寄せたが、深冬がそうするならとしぶしぶ同意する。

御倉館を出て、真珠雨の降る通りを歩いてみる。古書店街にはおぼろげな明かりが灯《とも》り、会社帰りの人々が店先の百円均一棚を覗いていた。街がこれほど変貌《へんぼう》してしまったというのに、誰も慌てていない。それに、てっきり自分は異世界にいると思っていた深冬は、その中に何人か馴染みの顔があったことに驚いた。特に、棚の右側で物色中の小太りの会社員男性は常連客で、深冬を見ると「あっ、御倉の！」と満面の笑みで手を振ってくるような男だった。

「真白、ちょっとそこで待ってて」

深冬は真白を自販機の前で待たせると、狐を腕に抱いたままおそるおそる近づいて、百円棚から古い文庫本を抜こうとしている彼に声をかけてみた。

「あの、こんばんは」

生白くでっぷりした顔の男性は、小さな目をぱちぱちと瞬いて深冬を見返す。

「何か用？」

　いつもだったら温かく手を振ってくれる人物から冷たくあしらわれ、ぐっと言葉に詰まりかけるが、勇気を出して食い下がってみる。

「用、っていうか。この雨、どう思います？」

「雨？」中年男性は頭頂部の薄くなりつつある部分を掻きながら空を見上げ、訝《いぶか》しげに首を傾げる。「どうって……いつもどおりじゃないか。明日は米是留《べいぜる》さんの婚礼の儀だし、空も祝ってるんだろう」

「……べいぜるさん？」

「そうだよ。みんな真珠を拾ってるだろ」

　一面に積もった真珠の雨粒で道はきらきらと輝き、小さな子どもたちが集まって、なおも空から降ってくる真珠の雨粒を夢中で集めていた。輪になってしゃがむ子どもたちの真ん中に、籐《とう》かごが置いてあり、拾った真珠雨の粒が山と盛られている。

　もうこれはこういう世界だと思って、覚悟するしかないのだろう。深冬は固く拳《こぶし》を握り、きっとして男性に向き直る。

「あの、もうひとつ教えてもらっていいですか？」

「はい？　まだ何か？」

「怪しい人を見かけませんでしたか？　うちの書庫から本が盗まれたんです。棚一段分、ごっそりやられちゃって。だから盗んだ犯人を捜しています」

「知らないね。それよりあんた、大事な本にそのケモノを近づけないでくれよ」

　吐き捨てるようにそう言って、中年男性は棚から三冊本を抜くと、店の重いガラス戸を開けてさっさと中へ入ってしまった。

昔ながらの古書店の並びは、元の世界と同じように、「めぼしい本はないか」と店頭や店内の棚を漁《あさ》る愛書家でいっぱいだった。だからこそ全員、御倉館に背を向けている——獲物を前にしてぼんやり後ろを向いている狩人《かりゅうど》などいやしない。

「待てよ。それなら、ここに紛れちゃえばいいのでは？　ううん、むしろこの人たちの中にいるのかも」

泥棒はなぜ本を盗むのか？　本を盗む理由は、稀覯本を欲しがる人に高値で売って稼ぎたいか、自分自身で所有したいかのどちらかだと考えた深冬は、愛書家の群れに泥棒が紛れている可能性が高い、と考える。

しかしこの全員に声をかけるのか。ただでさえ多かった愛書家たちだが、深冬がこうしてまごまごしているうちに、どんどん増えている気がする。百人が二百人、二百人が四百人、四百人が八百人……いったいどこから湧いて出るのかと思うと、どうやら道路の側溝の穴からむにゅりと人が現れ、増殖しているらしい。

「おかしくなりそう」

お手上げだ。どうにもならない。深冬は腕の中の狐を抱く力を強め、狐は不思議そうに見上げる。

「あたしに泥棒が捕まえられるわけがないし、もっと優秀な誰かに任せてしまえばいい。うん。真白にそう言おう」

その時、黒い虫おそらくゴキブリがぶうんと翅を震わせて飛んできて、目の前の本棚にとまる。

深冬は情けない声を上げ、狐が虫に向かって「ギャッ」と威嚇する。

「よし狐、あのゴキブリを食べて！」

すると真白が深冬の袖《そで》を引いた。

「深冬ちゃん、あの虫について行こう」

「げっ、絶対に嫌だ！」

「そう言わないで。『繁茂村の兄弟』では、甲虫のような黒い虫を〝甲羅がある虫〟と呼んで、神の使いとして崇《あが》めてるの。西と東、別々の道を歩いた兄弟が再び巡り会ったきっかけの虫だから。そして今の読長町は繁茂村と同じ。ひょっとしたら泥棒の元へ案内してくれるかも」

ゴキブリは確かに、いつも台所やゴミ捨て場で深冬を驚かせてくる姿よりも、翅が丸く盛り上がって甲羅を背負っているようにも見える。客がやってきて店のドアを開けると、ゴキブリは体を震わせた。そしてつやつやと光る甲羅をすぐに持ち上げ、隠れていた絹のごとく薄い後翅《こうし》を現し、真珠雨の中を満月へ向かって飛び立った。

「……ねえ。本当に読長町はあの本の世界に変わっちゃったわけ？　あのおじさん、米是留がどうとかって」

「そう、そう。だから早く泥棒を見つけないと」

真白は深冬の手を引き、スカートの裾を翻《ひるがえ》しながら風のように軽やかに駆ける。ゴキブリを追って――真白と手を繋いでいると、自分も翅がついたように体が軽くなったと感じ、足が地面に触れたかどうかもわからなくなった。

夜だが生き物が隠れ眠る闇はもう都会にない。住宅地の家々の明かりやスーパーマーケットの白い照明に、埋没しそうなパブの紫色に淡く光る看板、ぽつぽつと灯った街灯がびゅんびゅん過ぎて、やがて深冬は道場の前を通りかかった。ちょうど師範代の崔が道ばたにいて、事務の原田に話しかけているところだった。茶色く染めた長いワンレングスの髪に、目鼻がすっきりとした顔立ちの原田は、細い煙草をくゆらせながら崔の話に頷いている。一方、彼女に夢中の崔は、耳や後頭部から愛らしい赤やピンクの花を咲かせていた。

「鼻の下を伸ばしすぎ」

ふたりとも深冬たちには気づかず、ただつむじ風がそばを通ったかのように、靡《なび》いた髪を片手で押さえる。

真白の足は速い。あまりにも速くて、深冬の肩に乗った狐が悲鳴を上げたくらいだ。いつしか真白の手足は犬のそれに変わり、前傾姿勢になって四つ足を大地に着けた。ついに制服を着た大きな犬に変身した真白は、背中に深冬を乗せ、真珠と色とりどりの植物や旗でいっぱいの道を走り抜ける。甲羅をつけたゴキブリは悠然と空を飛び、ひとりと二匹が後ろを追ってこようが、意に介さないようだ。

深冬は真白の首のあたりにしがみつきながら、声を張り上げて訊ねた。

「ねえ真白。あの『繁茂村の兄弟』ってどんな話なの？　最後はどうなるの？」

読書嫌いの深冬だが、今さらながら、あれを最後まで読んでおけばよかったかもしれない、と思い始めていた。本に興味が出たのではなく、この奇妙な世界から出るためには内容を知っておくべきではという気持ちになったのだった。真白はちらりと後ろを向くと、静かに話しはじめた。

「雨男のベイゼルと晴れ男のケイゼルは、甲羅のある虫にそれぞれ導かれて、荒れ果てた土地にたどり着く。そこは兄弟の運命の地であった。大人に成長していたふたりは、いくらか天気をなだめすかすことができるようになっており、大地は太陽と雨の恵みをいっぱいに吸収した。川が流れ、湖ができ、花々は絢爛《けんらん》と咲き乱れ、草木がこの世は常春とばかりに育ち、繁茂した。たっぷりの水と繁茂した植物は豊かな土を作り、家畜を太らせ、痩《や》せていた土地はたちまち肥沃《ひよく》になった。そうなると次第に人が集まるようになり、家を建て、やがて村となった。

　ベイゼルとケイゼルは力を合わせて村を治め、兄のベイゼルが政治を司る村長に、弟のケイゼルが村の産物を仕切る植物局長になった。しかしある時、ベイゼルは村の女、ハウリに恋をする。するると、雨が真珠に変わってしまった。

　真珠雨は美しかったので高値で売れ、村の財は潤った。けれど繁茂村の売り物だった植物に、真珠雨など害でしかない。村の人々はふたつに分かれてしまった——すなわち真珠で利益を得たい真珠派と、農産物で利益を得ることを継続したい植物派。植物局長のケイゼルは村を守るため、兄にハウリとの恋をやめるように訴える。けれどもベイゼルはケイゼルを追い返し、その上植物局長の役を廃止して、完全に真珠でやっていくと宣言してしまった。

　ケイゼルは怒り狂い、満月を黒猫に封じて空に放ると、どこかへ消えてしまった。それ以来、月が沈まないので夜が続き、太陽が昇らなくなってしまう。いつまでも明けない夜、降り止まない真珠雨の中、ついにベイゼルとハウリの婚礼がはじまる」

「まさか、それが明日？」

「そう」

　いつの間にか真白は空を飛んでおり、深冬は肩の狐が落ちまいと爪を立てているのを感じる。

眼下には読長町が広がっている。

真珠雨は雲の上に昇ることで止み、ひとりと二匹は漆黒の夜空の中へ出た。ゴキブリは相変わらず飛び続けていたが、雲の上に出たあたりから、ふいに、あれほど皓々《こうこう》と照っていた満月の姿が見えなくなった。それでもゴキブリの後についていくと、雲がぐるぐると渦巻く地点で、銀色に光る棹《さお》を見つけた。棹は地上から伸びていて、長さはおよそ数千メートルはあるだろうが、針のような細さでも揺らぐことなく凛《りん》と突き立っている。

ゴキブリがその棹にとまったので後に続くと、頂点に、黒猫が体を丸めて縮こまっているのが見えた。

「今度は猫」真白はうんざりした様子で鼻を鳴らす。「泥棒猫かな」

他の生き物、特に猫や狐に敵意をむき出しにするのは、完全に犬になった証拠なんだろうかと思いながら、深冬は真白の体をぽんと優しく叩く。

「さすがに違うでしょ。猫がどうやって本を盗むっていうんだよ」

「……そうだね。虫が犯人を教えてくれるんだと思ってしまって」

真白は気落ちした様子を隠さずに耳を垂れる。

「あの猫はたぶん、ケイゼルが満月を封じて放り投げた〝夜の黒猫〟だと思う。地上へ降ろしてやればきっと朝が来るよ、深冬ちゃん。そうしたら少し話が動くかも」

真白はそう言って棹のすぐ横に体を近づける。黒猫の目は金柑《きんかん》の実のような濃い黄色だ。深冬は、先ほど見た満月を思い出す——そして黒猫を抱き上げてやろうと、立ち上がりかけた。

しかしここは雲の上、それも足下は犬の背中だ。曲芸師ならまだしもごく普通の少女が動物の背で立ち上がるのは至難の業、膝が震えた。深冬は逡巡《しゅんじゅん》した結果、スニーカーを脱いで裏返しにし、肩から降ろした狐と一緒に真白の背中に置くと、膝を曲げて真白の背中に足の裏を乗せる。

　しゃがんだ体勢からゆっくり腰を上げて膝を伸ばし、足の裏に汗がじわりと湧くのを感じつつ、真白の背中から両手を離す。ゆっくり、大丈夫、下を見るな、ゆっくり——その時、東の方から冷たい夜風がびゅうと吹き、バランスを崩した深冬は息を呑んで、両手をばたばたぐるぐると回した。前に傾いたタイミングで銀の棹に指先が触れ、決死の思いで摑む。深冬の長い黒髪とネクタイが風にはためく。

「下を見ちゃだめ、下を見ちゃだめ」

　自分で自分に言い聞かせながら、深冬は左手で棹を握り、右手を伸ばして黒猫に触ろうとした。しかし黒猫はすっかり怯《おび》えて、赤い口を開けて威嚇してくる。

「こっちへおいで、いい子だから」

　片手では無理だ。深冬はきゅっと歯を食いしばって、左手も棹から離す。たちまち体は再び不安定になり、膝が震え、足裏にじわじわと冷や汗をかく。ほんのかすかな風でバランスを崩してしまいそうで、夜の奈落《ならく》へ落下していく自分を想像してしまう。それでも深冬は両手を黒猫に伸ばした。

　指先が柔らかく温かな体に届く。黒猫も今度は威嚇することなくじっとして、深冬の手を受け入れる。深冬は手のひらを猫の脇の下に滑り込ませ、優しく抱き上げた。

「よし、捕まえた！」

　次の瞬間、夜が動いた。

漆黒の空そのものがぐうっと動き、突然、深冬の目の前で光が丸く膨らんだ。

満月だった。あまりのまばゆさに目がくらみ、うっかり足をよろめかせた深冬は体勢を崩し、腕に黒猫を抱いたまま真っ逆さまに宙へ放り出される。

「あおん！」

すかさず真白が方向転換し、両手は折りたたみ、両足は真っ直ぐ伸ばして、弾丸のように素早く、落ちていく深冬の後を追った。雲を突き抜ける前に真白の牙《きば》が深冬のはためく長いスカートの裾を捉《とら》え、ぶうんと勢いをつけて跳ね上げた。深冬はぽうんと浮かんでから、真白の背中に着地する。

「こ、怖かった……」

涙と鼻水でぐしゃぐしゃになった顔を袖で拭《ぬぐ》う。先ほどの黒猫は深冬の腕からするりと這い出て、真白の背中の真ん中にちょこんと座っている。その後ろにむすっとした表情の狐がいて、新参者を胡散臭《うさんくさ》そうに睨んだ。

「黒猫はここにいるのに、どうして満月があるの。夜もまだ明けないし」

深冬が呟くと、地鳴りのような音が響き渡った。山ほどもある巨大な石臼《いしうす》を巨人がごろごろと転がすかのような音だ。すると満月の隣にもうひとつ満月が現れ、その下にピンク色の穴がぽっかりと開いて、「なおお」と野太い鳴声が漏れた。

夜空だと思っていたものは、巨大な黒猫の体だったのだ。黒猫は再びごろごろという喉を鳴らす音を轟《とどろ》かせ、伸びをし、夜がぐらぐらと揺らぎ、耳と耳の間から薄紫色に染まる夜明けの空が覗く。

すると深冬が助けた普通サイズの黒猫が嬉しそうに「なー！」と鳴き、ぴょんと跳び上がって、宙に身を躍らせた――そしてしがみつく。夜の黒猫の毛皮に、黒猫はぺったりとくっついたのだった。仲間が無事に銀の棹から降り、自分の元へ帰ってきたことに満足したのか、夜の黒猫は満月の両目を薄く細めて挨拶すると、仲間を背中に乗せたまま巨大な体を軽々と翻し、猛烈な風を吹き荒らしてどこかへ飛んでいった。

夜の黒猫は姿を消し、代わりに朝が来た。

白い太陽が輝き、うっすらと水色を湛《たた》える薄紫色の空に黄金の帯がいくつも差し込んで、澄んだ風が吹いた。美しい晴天の朝だ。深冬も真白も、一匹残った狐でさえも、呆然と空を見上げる。いったい何が起きたのか、案内役のはずの真白もまた、「生まれたばかり」ゆえか、首を傾げている。

「ふりだしに戻る」

そう言いながら再び地上に戻ってみると、朝の風が雲を吹き飛ばしたにもかかわらず、真珠雨はまだ降り続いていた。街の様子は少し変わっていた。ブック・カースが発動した直後は生き生きと繁茂していた植物は、茶色く、弱々しくなり、その代わり建物はどこもかしこも真っ白な真珠で装飾されて、きらきらつやつやと輝いていた。

「真白の言ったとおりだ。真珠雨が植物を枯らして、〝村〟の財は潤った」

街の様子を呆然と眺めていると、人々が集まってきて、拍手で深冬たちを迎えた。

「お見事です！」

「あの大黒猫を追い払うだなんて！」

深冬たちが降り立ったのはちょうど商店街の手前で、人々は見知った顔ばかりだった。拍手されたことなどこれまでほとんどなかった深冬は、なんともこそばゆい心地で頭を掻き、「ど、どうも」と照れ笑いで返した。

しかしここでも、馴染みのあるはずの人々は、深冬が誰か気づかない。鶏肉専門店でやきとりの注文を取ってくれる由香里も、青果店の店員も——茶色い前髪をクリップで留めた髪型も、ちゃきちゃきとした雰囲気も変わらないのに、深冬には敬語を使い、まるで有名人かのように扱う。

「へえ、すごいですねえ。こんなにお若いのに」

「勇敢ですなあ」

深冬は胸の奥の温度が下がっていくのを感じた。

「……みんな、どうしちゃったの？」

あんなに御倉の人間と言われるのが嫌だったのに、今は御倉の名前を主張したい衝動に駆られる。けれどもぐっと口をつぐみ押し黙った——物語のせいだ。あのおかしな物語のせいで、みんなも変になってしまったに違いない。それならなおのこと早く世界を元に戻して、ひるね叔母ちゃんを問い詰めねば。

しかし泥棒の手がかりは何ひとつ摑めていない。この中に犯人が潜んでいるかもしれないが、誰なのか皆目見当がつかなかった。

商店街の面々や、青や赤や緑のエプロンをつけた書店の従業員たちに歓迎された深冬は、「御礼をさせて下さい。ぜひお茶を」と手を引かれて商店街の奥へといざなわれた。その中にはわかば堂のマッシュルームカットの青年もいる。みな揃ってにこにことし、機嫌が良さそうだ。その様子に冷えていた心が温まってきて、つられて深冬も笑う。頭に霞《かすみ》がかかったようにぼんやりしはじめ、なんだ、案外こういうのも楽しいじゃないかと、へらへら口元が緩む。笑っていないのは、犬から体だけ人間に戻った、犬耳の少女真白だけだった。真白は、人々に囲まれて進む深冬の横顔をじっと見つめている。主人の安全を守ろうとする忠犬のように。

　まだ降り止まぬ真珠雨の下、深冬は商店街の面々に担ぎ上げられ、神輿《みこし》のように運ばれた。頭にぽこぽこと真珠雨が当たるが、不思議と痛くはない。わっしょいわっしょい三人がかりで足を支えられ、いつかの運動会でやった騎馬戦みたいだなとぼんやり思ったところで、ふと深冬は我に返った。私は何のためにここにいるんだっけ？

「あ、ねえ。誰か泥棒を知らない？　うちの本棚から本を盗んだやつがいるの」

　すると後方にいた書店勤務の者たちが悲鳴を上げた。

「本泥棒ですって？」

「本を盗むだなんて許せない！」

「いったい何の本を盗んだんです？　うちの店はこの間、マンガを一抱えもやられましてね、泥棒を捕まえるならうちの分も取り返して下さいよ！」

「うちなんて万引きされた分を給料で補塡《ほてん》させられたんだ！　まったくもって腹立たしい、万引き犯だけでなくうちの上役も懲らしめてもらいたいね！」

　書店員は、新刊書店の人も、古書店の人も、絵本専門店の人も、ブックカフェの人も、みな一様に怒り、深冬の損失はいかばかりかと同情してくれた。そうして語るうちに憤りが沸点に達し、青エプロンの書店員の耳から煙が噴き出して、ロケットのごとく空高く舞い上がった。続いて赤エプロン、緑エプロンの書店員たちも宙へ発進し、エプロンをマントのように翻しながら飛んでいく。

「ちょっと、泥棒は？　知ってるの？　知らないの？　……行っちゃった」

書店員たちがいなくなった後も深冬は担がれたまま、商店街へ入った。並んでいる店も、水色と赤を基調にした入口のアーチも元の世界のままだ。しかし、やはりずいぶんと変わっている。

スピーカーから流れる商店街放送は〝本日セール、一挙両得青果店にてミニトマト詰め放題一パック真珠百グラム〟〝鮮魚のおすすめ、干上がり湖のぬかるみから獲れたてタニシ。バッタと併せて佃煮《つくだに》はいかがでしょうか〟などとしゃべるし、赤いテントが目印の駄菓子屋では真珠を握りしめた子どもたちが、壺《つぼ》に棒を突っ込んで、ぬるりとした虹色《にじいろ》の飴《あめ》を掬《すく》い取っていた。いがぐり頭の少年が店主の老婆に真珠を渡すと、老婆は亀のようにしわしわの首をにゅっと伸ばして勘定をし、ビニールに包まれた真っ赤な菓子をぶっきらぼうに渡した。

青果店の店頭では、かぼちゃほどの大きさがありそうなトマトが鎮座していて、その傍らで茄子と茗荷を売っていた。深冬は晩ご飯に食べるつもりだったことを思い出し、ぐうとお腹を鳴らす。鮮魚店では何かやたらと長い魚をあぶっている。

元の世界とずれているところはあれど、おおむねいつもの光景だった。学校帰りに、ここで買い物をした——たった数時間前の出来事なのに、昨日のことのように感じる。いや、ひょっとすると一週間前だったか？　それとも一ヶ月前？　一年前？

いったい今は〝いつ〟なのだろう？　その上深冬は、鶏肉専門店から大量の鶏が逃げ出し、目の前で大騒ぎになっているのも、鮮魚店の発泡スチロールの箱の中でうにょうにょとうごめいている巨大なタニシも、真珠での支払いも、おかしいとは感じなくなっていた。

深冬はこの世界に馴染みはじめているのだ。

しかし集団の後ろにぴったりとくっついていた真白は、すんすんとにおいを嗅《か》ぎ、あたりを警戒し続けていた。

「深冬ちゃん。深冬ちゃん、見て」

担がれて、人の群れからにょっきり飛び出ている深冬を大声で呼び、商店街の人々の尻に起きた異変を教えようとする。みんな太い尻尾が生えているのだ。全員同じ、太くてオレンジ色の、先端だけ白い毛の尻尾だ。深冬の肩に乗った狐とよく似ている。しかしいくら真白が注意を促そう、教えようとしても、深冬はぼんやりしてまるで聞いておらず、異変にも気づきそうになかった。

商店街の通りを真っ直ぐ進み、駅に近づいたところで、深冬をよいしょする集団はふいに立ち止まった。

駅の方から華やかな音楽が聞こえ、少しずつ近づいてくる。

駅は坂の上にあり、海抜の低い商店街から行くには階段を上らねばならない。階段の高さはゆうに建物の三階分はあって、下にいながら上の様子を知るのは困難だった。音は聞こえども、何が起きているのかわからない。やがて音はどんどん近づいてきて、目の前に立ちはだかっていた灰色の階段のてっぺんに、透き通ったオーロラ色の旗が見えた。

「米是留さんの婚礼だ！」

深冬を囲んでいた商店街の人々が一斉に歓声を上げて拍手をする。鶏肉専門店の由香里も、青果店の馴染みの店員も、中華料理店の白いお仕着せ姿の料理長も拍手で迎えるので、深冬もつられて両手を叩いた。

　空はふんわりと眠たげな色をしている。深冬は、まるでウズラの卵の殻をむいて、内側はこんな色だったのかと驚く、あの色と同じ柔らかな黄みがかった青の空だと思った。雲ひとつない快晴のもと、真珠雨はまだ降っている。

　これ以上ないほど婚礼にふさわしい天気だった。行列は旗、管楽器隊、弦楽器隊に続いて、合唱隊が現れ、朗々と歌い上げながら階段を下りて商店街に入ってきた。そして紙吹雪をまき散らす子どもの後ろから、新郎新婦が姿を見せた。

　はじめは拍手していた深冬だったが、手の動きはだんだんゆっくりになり、ふたりの顔がはっきりわかったと同時に止まった。

「嘘でしょ、崔君と原田さんじゃない！」

　道場の師範代の崔と、事務の原田が、互いに見つめ合い微笑み合いながら、ゆっくりゆっくりと歩いてくる。崔は白いタキシード、原田はウェディングドレスを着ていたが、どちらも胸に四角い布がゼッケンのようにあててあり、崔には深紅の字で〝米是留〟、原田には〝羽《は》瓜《うり》〟と書いてある。

「ちょっと……ちょっと待ってよ」

　深冬は体をくねらせてもがき、自分を担ぎ上げている三人に「降ろして！」と叫んだ。驚いた三人の腕から力が抜けた隙に地面に飛び降り、人だかりから脱出する。しかし婚礼の列に近づこうにも、商店街の店という店、付近の家という家のドアが開き、住民たちがこぞって出てきて、溢れんばかりの騒ぎになって近づけない。

　肩の狐が抗議のうなり声を上げるのも気にせず、深冬はクロールの動きで、人混みにもまれながらどうにか人と人の隙間をかいくぐり、先頭へ出て「ぷはっ」と息を吐いた。

　婚礼の列の先頭を行く旗手たちがオーロラの旗を掲げると、まるで海が割れるように人が退《ひ》いて、道が開く。崔と原田はにこやかに微笑みながら衆人に手を振り、間もなく深冬の前を通りかかるところだ。

「崔君！　原田さん！　あたし、深冬だよ！　ねえ！」

　すると列がふいに停止し、音楽も止んだ。崔と原田がゆっくりとこちらを向く。

「あれは何者だ？」

　やっぱり忘れられている——ショックを隠せず震える深冬の手を、人間の姿に戻り追いかけてきた真白が握った。深冬と同じくらい小さく細いが、温かい手だ。

「大丈夫、今だけだよ。泥棒を捕まえて世界が元に戻れば、みんなも戻るから」

　真白の黒々とした瞳は真っ直ぐで、嘘をついているようには思えない。深冬はこくりと頷き、真白の手を握り返す。

「じい、あの者は？」

　崔の問いかけに、そばで控えていた細身の老人が「ははっ」とお辞儀し、しわくちゃの顔をさらに険しくして、深冬たちに近づいてくる。腰と首が曲がって、ししゃものような体つきの禿頭《はげあたま》の老人は、今は頭や服に赤いリボンを結んで着飾り、〝従者〟のゼッケンをつけているけれど、現実世界ではBOOKSミステリイの主人で、要《かなめ》という名前だった。深冬はまだ幼児だった頃、公園で菓子を食べながら絵本を読んでいて、この要翁に「読みながら食べるな！」と怒鳴られた上に「御倉の一族にも本を愛さない者がいるんだな」と嫌みたらしく言われた。それ以来この老主人が大嫌いだった。

「婚礼の儀を妨害するとはなんたる不届き者、名を名乗れ！」

本の世界に変わっても要翁は同じだ、と深冬はつい笑ってしまい、ますます翁は怒り、ひょっとこに似た顔がゆでだこのごとく赤くなった。耳と鼻の穴から湯気まで出ている。すると青果店の馴染みの店員が、前髪のクリップを留め直しながら間に入ってきた。

「ちょっとあんた、怒鳴るとは何ごとよ？　この方は夜の大黒猫を追い払ってくれた、英雄様なんだからね！」

彼女がそう言うやいなや、婚礼の列の面々はどよめき、要翁の顔はインクを垂らしたように青くなった。

「こ、これは失礼つかまつった。まさかあなた様が、無礼な桂是留《けいぜる》が差し向けた夜の大黒猫、あの厄介者を退けて下さった御方とは」

ししゃもを思わせる体を折り曲げて、翁は思い切り頭を下げる。さすがの深冬も慌てて「やめて下さい、そんなの」と言い、頭を上げさせた。

まったく奇妙だった。よく知っているはずの人が違う人格をまとって、大真面目に振る舞っている光景は。父がいない時に面倒をみてくれる崔と、お駄賃と言ってお菓子をくれる原田までもが、マンガに出てくる昔の貴族のような仕草で、深冬に向かってお辞儀をしてみせるのだから。

「御礼を致しましょう。何なりとお申し付け下さい。欲しいものでも、願い事でも」

「欲しいもの？　まだ買ってないマンガとか？　ゲームとか？　いやいや、悪いしいいよ」

「では何かお困りのことは？」

着飾ってますます美しくなった原田の、涼しげなまなざしに見つめられて、深冬はしどろもどろになりながら答えた。

「じゃあ……泥棒を捜してもらえますか？　うちの本棚から本を盗んだやつがいるんだけど、全然手がかりがなくて」

この頼み事がひどい騒ぎを引き起こすことになるとは、深冬は思いも寄らなかった。目の前にいるのが兄代わりの崔ではなく、繁茂村の村長だということが、まだよくわかっていなかったのだ。

〝米是留〟のゼッケンをつけた崔は大声を張り上げて、読長町にいる全員の身元調査をするように命じた。たちまち、婚礼の列に控えていた立派な体軀《たいく》の男女、〝憲兵〟のゼッケンをつけた面々が、丸腰の住民たちに飛びかかった。商店街は大混乱と化した。

「ちょっと！　これはやりすぎ！　そうじゃなくて、悪いやつをひとりだけ捕まえればいいの！」

しかし深冬の声は、耳を聾《ろう》するほどの怒号と悲鳴にかき消され、まるで届かない。肩の上の狐はブレザーに爪を深く立て、ぶるぶる震え、深冬にも痛みと振動が伝わってくるほどだった。

「大丈夫？　深冬ちゃん」

「……耳」

真白に呼ばれて振り向くと、彼女ははっと目を見開いた。

「えっ？」

「深冬ちゃん、頭のてっぺんを触ってみて」

嫌な予感がした。深冬はおそるおそる手を伸ばして頭のてっぺんに触れる。そして自分の頭から、ふたつの毛むくじゃらの尖ったものが生えていることに気づいた。天鵞絨《ビロード》のようになめらかな感触は明らかに獣の耳だが、しっかり感覚がある。間違いなく自分の肉体の一部だ。しかも尻からは尻尾まで生えていた。深冬は絶叫した。

「みっ……みみ、耳が！　尻尾が！」

すると周囲が水を打ったように静まりかえった。互いに摑み合う手を止め、一斉に深冬たちに視線が集まる。つい先ほどまで賑やかで、歓迎ムードに溢れ、そして今や大乱闘の場となった商店街の空気が凍った。

住民たちの瞳は冷たく濁っている。その上、頭のてっぺんにふたつの獣の耳がにょきにょきと生え、尻から突き出たオレンジ色の太い尻尾がぶうんとしなった。深冬は真白の腕を摑んで揺さぶる。

「みんないったいどうしちゃったの？」

「さっきから尻尾は見えてたよ。まるで狐みたいな……」

「やばいじゃん！　何で早く教えてくれなかったの？」

「いや、言ったんだけど深冬ちゃん聞いてなかった……」

「いいよもう。なんで尻尾と耳が？」

「わからないけどとにかく行こう、早く泥棒を捕まえなきゃ！」

真白はそう言うと、顔面蒼白で頭から生えた毛深い耳をいじくっている深冬の体を支え、左手で肩を抱き、右手を膝の下にすべらせると、思い切り地面を蹴った。

　空を飛ぶ。先ほどよりも高度は低く、ビルの窓と同じくらいの高さを、真白はまるでスノーボードですべるかのように飛ぶ。強風が耳を打ち、ぼぼぼぼと鳴る。真白の腕の中で深冬は、肩に乗せたままの狐が落ちないよう手で支えつつ、夢中でしゃべった。

「……わかった。たぶんだけど、この世界ってあの物語の筋書きにただ沿って動いているわけじゃないんだ。読長町用に、微妙にカスタマイズされてる。街の人も全員役が決まってて、崔君はベイゼルだし、原田さんは恋人のハウリ。そうでしょ、真白」

「うん、たぶん、そうだと思う」

「でもあたしには役割がない。あたしは御倉深冬のままだ。だからみんなあたしのことには気づかない、物語に溶け込んでないから。いないはずの人間だから」

　まだ多少の混乱はしていたが、深冬の頭は緊急事態に遭って、かえって冴《さ》えはじめていた。長い髪が風にあおられて顔に張り付き、一筋が口の中に潜り込もうとするので、鬱陶しげに手で払う。

　御倉館で水晶に閉じ込められたひるねのまぶたに〝母〟と書いてあったのもそうに違いない。

「ねえ真白。『繁茂村の兄弟』の話だけど、ベイゼルとケイゼルのお母さんって死んだ時に水晶に閉じ込められちゃったりする？」

「正解。すごいよ深冬ちゃん、ふたりの母親は亡くなって土に埋葬された後、水晶に包まれて、腐らなくなるの」

「やっぱね。つまりひるねね叔母ちゃんがお母さん役ってことか。ってことはケイゼルもどこかにいるはずだよね。じゃあ狐になっちゃうのもお話どおりなんでしょ？」

　どんなに奇妙なことが起ころうと、すべては物語の筋書きどおり。そう考えれば少しは気が楽になる。結末を知っているホラー映画を観るようなものだ。しかし安心しかけた深冬を真白が否定する。

「……残念だけど、それは不正解。『繁茂村の兄弟』に狐の話なんか一切出てこない」

　深冬はぽかんと口を開けた。

「えっ？　じゃあ、どうして……ねえ、この話って最後はどうなるの？」

　すると真白はふと顔を曇らせ、言いにくそうに口ごもりながら打ち明けた。

「……村が滅びる」

「ええっ!?」

「灰燼《かいじん》に帰すの。真珠雨のせいで植物は全滅、恨んだ村人に追い詰められたハウリは空に逃げて、二度と戻らなかった。それで愛する人を失ったベイゼルは怒り狂い、ケイゼルを殺しに行くんだけど、返り討ちに遭ってベイゼルが死んでしまう。ケイゼルは生き残ったけれど、二度と雨が降らなくなり、川の水は涸《か》れ、家々は砂になって砕け、村人たちは全身が乾いて——滅びる。でも真珠の雨粒だけはいつまでも永遠に残る。それで終わり」

「そんな」

　深冬は愕然《がくぜん》としながら街を見下ろした。真珠雨の白い粒が降り続く街は、茶色や青、白の屋根がモザイク状にひしめき、人々の動く影が見える。植物は実際に枯れはじめていた。深冬は冷たくなった手のひらをぎゅっと握りしめた。

「何も滅びなくても」

「マジックリアリズム小説って、村や街が滅んで終わることが多いよ」

「いや、そうじゃなくてさ！　架空のお話ならいいけど、本当に滅んじゃったら大変じゃん！」

夜に飛んだ時には暗かったせいで気づかなかったが、空と読長町の境目に、薄く黄色みを帯びた靄《もや》が立ち上って、まるで壁のようにあたりを囲っていた。川の向こう岸や、線路が走る橋梁の先も見えない。読長町のまわりがシェルターのようなもので閉じられた様子だった。

「本当だ、あんたが言ったとおり、読長町だけが呪いにかかってるんだ。アニメとかゲームとかで観る結界って、きっとこんな感じなんだね」

人の行き来はどうなるんだろう。読長町の外にいた住民に呪いはかかるのか？　よそから来た人にも呪いはかかるのか？　車は？　電車は？　深冬はきょろきょろと視線を動かして、線路を捜した。電車は一輛《いちりょう》たりとも走っていなかった。

謎が多すぎる。ふと、夕方に道場へ寄った時、崔が話した奇妙な苦情の電話のことを思い出す。誰かが警報装置が鳴ったと言い、崔や他の人は鳴っていないと言う。

何かが引っかかるが、点と点はばらばらで像を結ばない。

それから数十メートルほど空をすべったところで、真白はあゆむが入院している病院の屋上に降り、深冬も降ろした。屋上は一面に苔《こけ》が生《む》していたようだが、その上を真珠が埋め尽くし、粒と粒の隙間から茶色く変色してしまった苔が見える。

深冬の狐化はなおも進み、手足や顔の表面までオレンジ色のふかふかした毛が覆いはじめていた。

「……少しずつ狐になっていくんだ」

しげしげと自分の手を見つめ、「ああー、わかりそうでわからない！」とひとりごちる。

その間、読長町を取り囲む靄の境に、カラフルな原色の点がちらちらと揺らめいて、こちらに近づいてくる。一方からではなく、四方八方に現れ、見る間に大きくなっていくのだ。それは最初に御倉館に現れた満艦飾の旗の群れだった。

旗の群れの先頭にいるのは、先ほど泥棒を捜しに飛んでいった書店員たちだった。彼ら、彼女らは、同じようにカラフルなエプロンを翻し、両手を翼のように広げ、深冬たちを目指して一直線に飛んでくる。

「泥棒！」

「泥棒を見つけた！」

「全体、降下、降下！」

聞こえてくる声に深冬が空を仰いだ時には、満艦飾の旗は軽く病院一棟を呑み込めるほど、巨大に広がっていた。

「げげっ！」

怒りに燃える書店員たちは巨大化した旗の連なりを投網《とあみ》のように操り、街をまるごと覆い尽くそうとしている。

その時、深冬の肩でじっとしたままだった狐が悲鳴を上げ、飛び降り、脱兎《だつと》のごとく——脱狐《だつこ》となって逃げていった。

「あっ、どこ行くの！」

呼び止めようと手を伸ばしかけた瞬間、深冬の頭の中で何かが稲妻となってひらめいた。狐は病院の屋上の隅まで走ると柵《さく》の隙間から飛び出し、病棟を包もうとしている緑の旗にしがみついたかと思うと、ぽうんと弾み、その勢いで下へと滑空する。

「真白、あの狐を追いかけて！」

しかし真白はまだ状況が摑めていない様子で、「狐なんか放っておいて、旗から逃げないと！」と言う。実際、全身から怒りの湯気をたぎらせている書店員たちが鬼の形相で目の前に迫っていたが、深冬は問答無用と真白の手首を摑み、屋上の柵まで駆ける。

「いい？　あの狐が泥棒なんだよ！　もっと早く気づけばよかった！」

深冬ははっきりとそう告げた。

真白の話によると、この世界の原作である『繁茂村の兄弟』に狐は存在しないらしい。なぜ狐なのか深冬にはわからないが、ともかく、何か別のルールによって人間が狐化させられている。逆に言えば、この世界にいる狐は、元々人間である可能性が高い。

「それに見て。狐に変化するのは少しずつで、時間がかかるんだよ。あたしの耳はもう狐だけど、この手はまだ人間の形をしている。つまり、すぐに変化するわけじゃないってこと。それなのに、あの狐はあたしが本を読んで、御倉館を出た時点で、もう狐だった。つまり誰よりも早くこの世界にいたってことになる。そんなの、呪いが発動するきっかけになった泥棒本人しかいないじゃん！　真白、飛んで！　飛んであの狐を追いかけるの！」

深冬はそう叫び、真白と手に手を取って屋上から飛び降りた。落下する速度に深冬は固く目をつぶったが、真白は目を見開き、深冬の腰に手を回して支えると、白く長い足で病院の壁を蹴った。
　真白と深冬が飛ぶと同時に、書店員たちも方向転換し、旗もその後に続く。猛スピードで疾駆する真白に深冬はしがみつきながら、猛烈な風の中、薄目で狐の姿を追った。狐は電信柱から電線を伝い、看板、路上駐車中のトラックの荷台などを渡り、地面に降り立つと、駅の方へ駆けていった。

「あそこ、真白！　駅へ向かって！　まったく助けて損した！」

　真白は電信柱を蹴り、弾みをつけてホームの屋根と屋根の間から線路の上へと滑り込む。線路にはいつもの青い電車が停まっており、その脇を真白と深冬はすり抜け、ホームに降り立った。

　しかし狐は改札の手前にいた。自動改札機のフラップドアは人間の腰の位置にあるので、切符がなくとも狐の大きさならば下をくぐってホームへ出られるはずだ。しかし狐は改札を通らず、切符売り場のある花壇の方へ向かった。深冬と真白は互いに顔を見合わせ、改札の上を飛び越えて狐の後を追う。

　読長町の空は巨大化した旗に覆われてしまい、建物や人が、赤や青、緑色に染まっている。万引きへの日頃の恨みを晴らさんと、怒りに燃える書店員たちが駅に着くのも時間の問題だった。

　逃走中の狐の目当てはコインロッカーだった。駅を彩る花壇の向かいに黄緑色の小さなドアが二十個、中くらいのドアが十個、大きなドアが四個備え付けられたコインロッカーの左端で、ぴょんぴょんと懸命にジャンプしている。逃げる余裕はあるはずだが、深冬たちの姿を見てもまだジャンプしていた。

「……何してんの？」

深冬が近づくと、狐はむっつりした顔で振り返り、丸っこい手で上を指した。ロッカーは鋼板製なので、狐は爪を立てて登れないのだろう。大きなドアの列の上段だ。狐の代わりに深冬はロッカーに手をかけた。しかし鍵がかかっていて、把手《とって》を引いてもがたがた揺れるばかり。

「鍵、かかってるし」

舌打ちして腰に手を当てた深冬に狐が飛びつき、器用にするするとよじ登って肩の上に乗った。狐の手にはどこで拾ったのか、二本のヘアピンがある。

「ま、まさか」

狐は口元をにやっと歪《ゆが》め、深冬の腕を足場に、ロッカーの鍵穴にヘアピンを差し込んだ。しばらくかちゃかちゃといじくった後、ややあって、錠が開く音がした。

次の瞬間、ロッカーのドアが勢いよく開き、中から大量の本が滝のごとく溢れた。

白地に墨でかがんだ人を描いた表紙の本、街がとぐろを巻いている絵の本、真紅の本、指輪が描かれた本、奇妙な鳥の仮面をかぶり葬儀の衣装をまとった人物が表紙の本、海よりも青い本――他にもさまざまな小説が解放され、外に出るやいなや、ページを翼のように広げ、飛び立った。

本が鳥となって飛翔《ひしょう》する姿に、エプロンをはためかせていた書店員たちの怒りも消え、空を覆っていた旗たちも急速にしぼみ、消えていく。

いつの間にか日が暮れて、あかね色に染まる空の下、夕日に溶けていきそうな本の群れを見送る深冬は、危うく狐を取り逃がすところだった。足音立てずに深冬の肩から飛び降り、抜き足差し足忍び足、そうっと逃げ失せようとする狐の、その首根っこを真白がむんずと捕まえる。

狐は悲鳴を上げたが、真白の握力は強く逃げられない。

「まったく、油断も隙もない」

深冬は狐を睨みつけ、手錠をかけるように狐の前足を両手で摑んだ。

その時、大きく地面が揺れた。

目を覚ました時、深冬は御倉館の二階にある書庫の床で、仰向けに横たわっていた。埃とかびが入り交じった古本のにおいと、甘くて香ばしい醬油のにおいが鼻を刺激する。

頭が混乱したまま肘《ひじ》をついて起き上がろうとすると、硬い板間で寝ていたせいか、体ががちがちに強張《こわば》っていた。

「いたたた……あれ、真白？」

返事はない。深冬は上半身を起こし、後頭部を掻きながらあたりを見回したが、天井まで届くどっしりとした書架が両脇にあるきりで、人の気配はない。狐もいなかった。その代わり、やきとりのパックと青果店のレジ袋が深冬の傍らにぽつんと佇み、おいしそうなにおいが漂っていた。鶏には戻っていなかった。

「えっ……夢？」

書庫は静まり返り、ただひっそりと、本を読む者を待っている。ふと顔を上げてみると、書架にはぎっしりと本が詰まり、抜けている棚はない。

関節をさすりながら起き上がって、やきとりを取り、パックの底に手を当ててみる。まだほんのり温かい。眠ってからさほど時間は経っていないようだった。

現実世界に戻ってきたのか、それともあれは夢だったのか。深冬は混乱した頭を落ち着かせるように、書庫に並んだ本棚を端から端まで確認し、空いている棚がないか確認して回った。本はすべての棚にきっちりと収められていた。犬の耳を生やした少女、真白も、泥棒狐もいなかった。書庫から廊下に出てみると、ひるねがまだ床で眠っていた。水晶も、まぶたの〝母〟の字も消えている。

「ちょっと、叔母ちゃん。風邪引くってば」

しかしひるねはふがっといびきをかいただけで、起きる気配を見せない。深冬は仕方なく、ソファに置きっぱなしのブランケットを取ってひるねにかけてやった。その時、ローテーブルの上にある本が目に留まった。布張りの凝った装幀に蔦模様の絵が描いてある。そのタイトルはこうだった。

『繁茂村の兄弟』――

深冬は心臓が止まりそうなほど驚き、げほげほとむせる。そして震える指先で本を取った。本は思ったよりも軽く、手になじむ。表紙を開いてみると、オレンジ色の毛がひと束、するりと落ちた。

これは何の毛だろう。狐だろうか。深冬は胸がどきどきと高鳴るのを感じながら、肩越しに振り返って、まだ爆睡している叔母を見下ろす。

「話して、〝夢でしょ〟って笑われたら嫌だしなあ」

深冬はため息をつき、階段を下りかけ、思い直したように戻って本をリュックサックにしまった。

御倉館の外は日が暮れていたが、西の空はまだかすかに橙色を帯びている。古書店街では会社や学校帰りの人々が百円均一棚を物色していて、遠くからは豆腐屋の笛の音が聞こえてくる。

空から真珠雨が降ってくることはなく、満艦飾の旗が飛んでくることもない。馴染みの小太りの常連客が棚の前にいて、後ろを通りすがりざま、「御倉さんとこの子、こんちは！」と声をかけてきた。

だが、安堵と同時に湧いてきたのは、奇妙な寂しさだった。帰り道を歩きながら何度も振り返る。犬の頭をした真白が今にも追いかけてくるのではないかと願ったが、通りを行き交う人はいつもどおり、友達と笑いながら帰る途中の中学生や、自転車のチャイルドシートに子どもを乗せて走る父親、スーパーの買い物袋をぶら下げた女性など。突然飛び上がったり、不思議なゼッケンをつけてしゃべりはじめたりはしない。

深冬は瑠璃《るり》色に染まりはじめた空を見上げ、あのどこかに銀の棹が立ち、黒猫が鳴いているところを想像した。そして明日が土曜日で、休日であることを嬉しく思った。

これほど本が読みたいと思ったのは、本当に久しぶりだった。ふと、幼稚園の制服を着た自分が、膝の上に絵本を乗せて熱心に読んでいた頃の記憶が甦《よみがえ》る。

ただ、続きが気になるのだ。本の続きが。あの世界のことをもっと詳しく知りたいのだ。

第二話

固ゆで玉子に閉じ込められる

ペンキを一気に流したような鮮やかな青空に、白球が弧を描いて飛ぶ。四時限目、校庭に出ている体操服姿の生徒たちは、高々と打ち上げられたボールを仰ぎ、「そっち行ったよ！」と大声をかけ合った。予測落下地点は右方向、ライトを守っている御倉深冬がキャッチすればスリーアウト。

しかし深冬は空を仰いだまま、グローブをはめた左手をあげさえせず、棒立ちのままぼけっとしていた。ボールがすぐ脇にぽうんと落ち、ようやく我に返った深冬が慌てて追いかけるも時すでに遅し、ボールは弾みながら逃げていき、クラスメイトからの「ちょっと！」「何やってんの！」の声が背中にぐさぐさと刺さった。やっとボールに追いついて握りしめた時、授業の終わりを告げるチャイムが鳴る。

昼食時間、生徒はおのおの好きに席を移動してしゃべり、菓子パンや弁当をがっつき、笑い声やがなり声をあちこちで爆発させた。廊下を走り回る音、ドアや壁にふざけてぶつかる音、一メートルしか離れていない相手の言葉も聞き取れないほど騒がしく、十代の子どもの爆発する生命力で教室は今にもパンクしそうだ。

深冬は登校時にコンビニで買った焼きそばパンにかぶりつきながら、いつも一緒に昼食をとるクラスメイトに愚痴をこぼした。

「部活ならまだしも、体育で本気になられてもさ」

「気にすんなよ。私も適当にバット振ってたらサンショに叱られたし」

　向かいに座る広川《ひろかわ》はそう軽く流し、弁当のミートボールを頬張った。サンショとは、学校の体育教師で、クラスの副担任でもある菊地田《きくちだ》のことを指す。学生時代は体操の選手だったという菊地田は、よく自分の小柄な体躯《たいく》を指して「山椒《さんしょう》は小粒でもピリリと辛い」と言うので、生徒からサンショと呼ばれている。

　深冬の昼食仲間は今のところ広川と箕田《みのだ》のふたりだ。高校に入学してまだ一ヶ月、席が五十音順で近かったために、そのまま流れで共に昼食を食べはじめ、現在に至る。しかし深冬は内心では「そろそろ解散だろうな」と思っている。今は互いに気を遣って〝イチ抜けた〟ができないだけで、明日《あした》からの連休が明けたら、あっさり変わっているかもしれない。マンガ好きの広川は最近、もっと仲良くなれそうな人をクラスで見つけたらしく、今もすでに体育の話題に飽き、隣のグループにちょくちょく顔を突っ込んでは、深冬と箕田が知らないキャラクターについて話している。一方の箕田は箕田で、体育嫌いのふたりといると体がむずむずしてくるらしい。小学生からバレーボール一筋で、机に向かう時はすらりとした背中を窮屈そうに丸める。深冬が見ているのに気づいた箕田は、気まずそうに目をそらすが、そういう態度を取られるとかえって気になるものだ。

「何、どうしたの？」

「ううん……あ、さっきのソフトボールさ。なんであんなにぼうっとしてたの？　悩みごととか？」

「ああー……」

今度は深冬の方が目をそらす羽目になった。ソフトボールの授業中についぼんやりしてしまったのは考え事をしていたからで、もしそうでなかったら、面倒なお小言を食らわないよう、ボールをキャッチしようとがんばっているふりくらいはできた。しかし深冬はそんなふりすら忘れていた。ここのところずっと、一週間前のこと、自分の身に起きたおかしな出来事をついつい思い出してしまうのだった。

本の蒐集家《しゅうしゅうか》だった曾祖父《そうそふ》が建てた、書物の館《やかた》〝御倉館〟。そこから本が盗まれ〝ブック・カース〟が発動し、物語の檻《おり》で閉ざされた街の中、泥棒を追いかけたこと。

深冬はあの出来事を夢だと思い込もうとした。何しろ家に帰ってリュックサックを開けると、持ち帰ったはずの『繁茂村の兄弟』、つまり呪いの元となった本が忽然《こつぜん》と消えていたし、さらに一晩眠ったことであの世界は疑いようもなく夢だ、と思うようになった。翌日、様子を見がてら御倉館に寄った深冬は、起きているひるねに会うことはできたが、叔母《おば》は特に何も言わなかった。

「やきとり、ありがとうねえ」

のほほんとそう言われ、あとは入院中のあゆむの具合を訊《き》かれただけとなると、「犬耳を生やした髪の白い女の子が突然現れて、本を読まされて、街が変になったんだよ。夜は大きな黒猫で、真珠の雨が降って」なんて話すのは、恥ずかしくなってしまう。もう夜に見た夢を話して笑ってもらえるほど幼くないんだ、そう考えた深冬は、叔母に対してただ「今日も何か買って差し入れるから」としか言えなかった。

しかしそれでも、鮮やかに残る記憶をふとした瞬間に反芻《はんすう》してしまう。先ほども、空高く弧を描いて飛んでくる白いボールに、白い犬に変身した真白の姿が重なって、身動きが取れなくなってしまったのだ。

あの世界で深冬は、雲上に突き出す銀の棹《さお》から小さな黒猫を助けた後、足を滑らせて真っ逆さまに落ちた。しかし犬となった真白が急降下で追いついてくれたおかげで、無事だった。夢ならばもし落ちても死んでいなかったかもしれないが、ともかく、目をつぶれば今もありありとあの美しい白を思い出せる。柔らかな毛並みの感触も、はっきりと手に残っていた。

あの子は何者？　自分の頭が作り出した、夢の中にしかいない幻なのかな？

午後の授業の間もそんなことを考え続け、ホームルームのチャイムが鳴り終わった廊下を歩いていると、後ろからファイルか何かでぱこんと頭を軽く叩《たた》かれた。むっとして振り返ると、そこにサンショこと、体育教師の菊地田がいた。

深冬は内心、「この野郎、生徒だからって気安く叩きやがって」と舌打ちしながら、口では「何っすか」と答えた。するとサンショは日に焼けた顔に白い歯で、ニカッと音が出そうなほど明るく力強い笑みを浮かべた。まるで至近距離で蛍光灯が光るようだ。

「さっきからぼんやりしっぱなしじゃないか。まったく道場の娘だってのに、集中力がないなあ」

大きなお世話だ。好き好んで柔道家の父親を持ったわけじゃない。深冬は後頭部のさっき叩かれたあたりを掻《か》き、髪がぼさぼさになった。

「親父さんの具合はどうなんだ？」

「まあ、ぼちぼち」

「明日、見舞いに行くよ。読長町の駅前の病院だろ？」

「げっ、なんで?」

「……先生も一応傷つくからさ、『げっ』とか言うなって。あゆむさんには柔道のなんやらで色々お世話になってるし、明日読長に行く用事があるんだ」

道場師範のあゆむは地域貢献と称して、小学生相手に月に一度の無償の柔道教室を開いたり、高校の柔道部の特別講師として指導を行ったりしている。深冬が通うこの高校もそのひとつで、体育教師の菊地田が見舞いに行きたがるのはなるほど納得できたが、深冬は「お前も来るんだろう?」と言われたらどうしようかと、断りの文句を必死で考えた。何しろ明日から連休なのだ、せっかくの連休初日に教師と会うなんてうんざりだった。

するとさすがの菊地田も察した様子で、やれやれと腰に手を当てる。

「安心しろって、お前に付き添えなんて言わないよ。俺と三木《みき》のふたりだけで行くし、大人だからどうやって病院で見舞いをすればいいかもわかってる。連休を楽しみなさい」

「そりゃ……って、三木先生も?」

「午前中に読長の芸術ホールの視察をしなきゃならないんだと。あいつああ見えて方向音痴でさ、俺が連れて行ってやるの」

三木は学校の国語教師で、隣のクラスの担任だが、深冬とは国語の授業以外に何の接点もない。百九十センチ近い長身、青白い顔にべっとりとした脂っぽい髪を長く伸ばし、まるで覇気がない。何しろ授業中は十分おきにため息をつく。そんな三木と、背が低く五分刈り頭で色黒の菊地田は、風貌《ふうぼう》も性格も正反対だが馬が合うのかよく一緒にいるところを見る。

しかし少し引っかかった。なぜ国語教師と体育教師が芸術ホールの視察に? それも深冬の地元に行って……深冬の通う高校は読長町の隣、曾場市《そばし》にあるため、普段は曾場市内の施設を使う。すると菊地田は「ああ」と大きく頷《うなず》いた。

「三木は文芸部の顧問だろ。今度、読長高校と合同で朗読劇をやるんだって。その視察」

なるほど、町内の高校と合同ならば、わざわざ読長町へこの体育教師が来る理由も納得できる。しかし文芸部という単語を聞いた瞬間、深冬の心の温度は一気に氷点下まで下がり、体はじりじりと後退《あとじさ》りをはじめた。

「そっすか、じゃあまあ、どうぞよろしく。もうあたしは帰ります！　お見舞いはご自由にどうぞ！」

「ああ、おい！　親父さんに明日、俺と三木が行くってことだけは伝えておいてくれよ、たぶん午後イチに！」

　めんどくさっ。という言葉は呑み込み、深冬は「はあい」と生返事だけして、昇降口へ向かった。

　深冬にとってこの世で最も近づきたくないものが、文芸部だった。古今東西の小説が集まっているという御倉館——三十年前の盗難をきっかけに、御倉館は祖母たまきの命令で一般公開をやめ、家族しか入室を許されない。だから御倉の一員である深冬はこれまでも何度か、御倉館に入りたがる古書愛好家や読書家たちに擦り寄られ、口車に乗せられかけた経験があった。

　特に記憶に残って消えないのが、まだ小学校低学年だった深冬が、〝ふるほんずきのおねえさん〟をつれて御倉館に上がりかけた時のことだ。深冬はただ、御倉館の中を見てみたいと言うおねえさんの望みをかなえてあげたかっただけなのだが、当時まだ存命だったたまきが血相を変えて飛んできて、玄関で靴を脱ごうとしていた〝ふるほんずきのおねえさん〟を至極冷淡に追い返した挙げ句、深冬はその場に残し、恐怖で泣き叫ぶほど強く怒鳴った。

「この馬鹿娘、簡単に乗せられるなんて。なぜ他人を信用するんだ。信用していいのは御倉の名を持つ者だけだ。この館にある本の価値は自分の命より高いと思え」

祖母はまだたった八歳だった孫に容赦なく罵声《ばせい》を浴びせかけると、二階の書庫へ戻っていった。薄暗く、古本のかび臭い空気が充満する玄関ホールには、涙で顔を腫《は》らししゃくりあげる深冬だけが残った。元々、人に厳しく容易に笑顔を見せない祖母が苦手だった深冬は、この老婆をますます嫌いになり、この出来事は深冬が本そのものから遠ざかる原因のひとつになった。

それ以来、「御倉の」と枕詞《まくらことば》をつける人物には警戒している。最近でも「文芸部に入らない？」という勧誘があったし、気を引き締めておかねば、付け入られてしまうかも。たまきはもうこの世にはいないし、言いつけなど守りたくもなかったが、人に利用されるのもうんざりだった。

学校を出て電車に乗り、川を越えて読長町へ戻る。駅前の小さな菓子店で差し入れのクッキーを買って病院へ向かい、そろそろリハビリをはじめるという父に「明日の午後、三木先生とサンショがお見舞いに来るって」と伝える。あゆむはずいぶん髭《ひげ》が伸びた顎《あご》を掻きながら、照れたように笑った。

「そいつは悪いな。あのふたりとは昔から腐れ縁でね。深冬、明日の午前中に何か飲み物とおやつを買ってきてくれないか？　ああ、そうだ本も」

「飲み物とおやつはいいけど、本って？　持ってきたやつは？　五冊もあったじゃん」

「そんなの読み終わっちゃったよ。それに病院の売店は本の在庫が少なくてさ。翻訳書なんだけどわかば堂ならあると思うから、頼むよ」

　深冬からすると、そんなの退院まで我慢すればと思うが、本の虫という連中の性質は嫌というほど知っている。

「今度、虫の図鑑に書いておこう。〝本の虫——読みたい本があるとすぐに手元に置いておく性質を持つ〟ってさ」

「我が娘ながらいいことを言うね」

「全っ然！　お金はきっちりもらうよ」

　書名のメモとともに菓子代と本代三千円をしっかり手に入れた深冬は、父から預かった洗濯物をリュックサックに入れ、病院からいつもの商店街へ向かった。今日は〝中国家郷菜　口福楼《こうふくろう》〟の店頭に並んでいる惣菜《そうざい》から、焦げ目が食欲をそそる韮饅頭《にらまんじゅう》と、ねぎだれたっぷりの口水鶏《コウシュイジー》を買った。換気扇で揺れる真っ赤なのれんの下、日本に来て十年という店主夫妻がてきぱきと袋に詰めていく。

「野菜は？　いいの？」

「いいの、明日にする」

　ピンク色の花柄のエプロンをした妻は野菜嫌いの子どもを叱る目つきで、キャベツの千切りとザーサイをおまけしてくれた。

　帰路の途中には、読長町の特徴のひとつ、書店街がある。大手チェーンの書店だけでなく、しゃれた個人書店や絵本専門店、読書を楽しむための雑貨店に、併設したイベント会場を売りにする書店など、最近の流行を反映した店も多く並んでいる。

しかしいつもと様子が少し違う。まだ夕方四時過ぎだというのに、絵本専門店の店員は店頭のワゴンを片付けているし、イベント会場のある書店では、ショーウィンドウの「ミステリ作家三《み》室《しつ》佐《さ》津《つ》人《ひと》トークイベント」のポスターを数人がかりで何枚も貼っていて、中から客が「レジお願いしたいんですけど」と呼びに来る始末だ。

どの店先もどことなく忙《せわ》しない雰囲気を漂わせ、客たちも落ち着かないのか、早々に退散していく。

昭和の時代からある老舗《しにせ》のＢＯＯＫＳミステリイだけは、白髪の老人が店先で煙草をふかし、泰然自若とした様子だった。深冬は、この要という名の、細身で腰と首がぐっと曲がった店主が苦手であったが、「みんなどうしたんですか？」と訊《たず》ねてみた。すると要翁はしわくちゃの唇をすぼめて紫煙をふっと吐き、「取材だよ」と答えた。

「いつものやつさ。明日来るんだと」

そう言われて納得した。読長町は〝本の町〟として年に一、二度、雑誌やテレビで特集を組まれることがある。要翁のように取材があろうが雪が降ろうが気にしない者もいれば、カメラを向けられるのであれば少しでも見栄え良くしたい、ついでに宣伝できれば、とがんばる者もいる。深冬は要翁に礼を言って、曲がり道の先へ進んだ。

御倉館に寄ってからようやく帰路につく。深冬と父がふたりで暮らすアパートは、書店街から路地を抜けて開けた道に出て、御倉館と古書店街を背にゆるい下り坂を行き、道場を通り過ぎたところにある。

アパートは築二十年とそれなりに古く、三角屋根の三階建ての棟がふたつ、双子のように隣り合っている。小さな駐車場のまわりを囲む植え込みは、雑草と灌木《かんぼく》が野放図に育ち、地域猫のすみかと化しているが、これはあゆむも深冬も植物の世話が苦手なせいだった。アパートの元の持ち主、つまり最初の大家は祖母たまきで、深冬は生まれてからずっとここで暮らしている。今は父のあゆむが大家だが、道場も御倉館もある状態では管理が行き届かず、雨樋《あまどい》は歪《ゆが》んでいるし、日焼けで褪《あ》せた外壁はずいぶん前に塗り直したきり、屋根の下は雨だれの黒っぽい雫《しずく》の痕《あと》が数本、残りはじめていた。

　郵便ポストを開けると、郵便物に交じって「あなたの物件、買い取ります！」という不動産会社のチラシが入っていた。深冬はため息をつくと郵便物を小脇に挟み、内心「時代遅れで嫌」だと感じている装飾付きの手すりを摑《つか》んで、階段を上った。

　御倉館があるために御倉一族は裕福と思われがちだが、実際のところはまったく違う。収入のない個人図書館を保全するには元手が必要だ——蔵書の修繕費、本館と分館の維持費、税金。御倉館を作った曾祖父、嘉市がいた頃は、来館費や資料提供費を徴収したり、募金などを充てたりすることができたが、たまきが館を閉鎖してしまってからは、御倉館の稼ぎはゼロになり、その他の稼ぎで充当するしかなくなった。

　厄介な御倉館とたまきに関わりたくないと、親類縁者とはすでに縁が切れ、他の保有不動産はこのアパートと道場のみ。住人の家賃収入と道場での謝礼で、生活費と教育費、そして御倉館の維持費をどうにかまかなっている。

　深冬は以前から「御倉館も蔵書もさっさと売り払うべきだ」と考えていた。そうすればあゆむの負担も減るし、深冬も学費の心配で気をもまなくて済む。生活が楽になること以上の幸福などない、これが高校一年生になったばかりの深冬の持論だった。しかしそう言うたび、あゆむは「じゃあひるねはどうするんだ？」という難問を返してくる。

二階の自宅の鍵《かぎ》を開け、廊下と居間の明かりを点《つ》ける。誰もいない部屋に「ただいま」を言うと、静けさがよけいに際立つように感じるが、小学生時代から鍵っ子の深冬は慣れている。洗面所の洗濯機に父の洗い物を放って手を洗い、制服のブレザーのボタンを外しながら台所に入ると、ティッシュボックスやら新聞やらリモコンやらがごちゃごちゃと重なったダイニングテーブルに、惣菜の袋と郵便物を置いた。

Tシャツとジャージのズボンに着替えてテレビをつけ、レンジで温めたご飯とインスタントのわかめスープ、それから韮饅頭と口水鶏の晩ご飯を食べる。画面に映るカラフルなスタジオのセット、一日に何度も目にする芸人たち、どっと響く笑い声——しかしお笑い芸人のしゃべりもアイドルのリアクションも、まったく頭に入ってこない。

悩ましいこと、抱えていることが多すぎる。深冬は気怠《けだる》げに鶏肉《とりにく》を噛《か》みながら、左手で指折り数えた。

ちょうど一週間前に見たあの奇妙な夢。白い犬に変身する少女、狐になった本泥棒のこと。あれだけでなく、現実世界でも問題とやるべきことは山積みだ。連休は嬉《うれ》しいが、それが明けたら昼食を一緒に食べる人を探す必要があるかもしれないこと——広川も箕田もそれぞれ別の新しい友達と弁当を食べる可能性が高い。明日、父を見舞う教師たちをもてなすための飲み物とお菓子を用意して、本も買っていかねばならないこと。このアパートのメンテナンスについて。具体的には植え込みに水をやり、雨樋を直す業者に連絡する。壁の塗り替えは父に相談せねばならない。

それからアルバイト。とりあえず金を稼がなければ何事もはじまらないのだ。これだけでも片手では足りない。

「あと、ひるね叔母ちゃんの世話」

先ほど惣菜を買ってから、ひるねの様子を見に少し遠回りして御倉館にも寄ったのだ。だがひるねとは何も話さずに帰ってきてしまった。

昔ながらの古書店が並ぶ二本の通り、その間に挟まれた中州のような御倉館の前で、ひるねが見知らぬ若い女と話していた。

背の高いその女は坊主頭で、ウニのような大きなイヤリングがよく目立つ。オレンジ色のTシャツに黒の長いタイトスカート、真っ白いスニーカーという出《い》で立ちで、まるでモード系のファッション誌から抜け出してきたようだった。それに対して、大きなメガネ、ヘアクリップで無造作にまとめた髪に毛玉だらけの灰色スウェットにゴム草履という、深冬が「超楽だけどコンビニに行くのも躊躇《ためら》う」と思っている格好のひるね。

これほどアンバランスな組み合わせもない、ひょっとして会話すら成立しないのではないかと、深冬は間に入るべく一歩大きく踏み出した——しかし次の瞬間、ひるねは笑った。若い女の方が何か冗談を言ったらしく、ひるねはけらけら笑っている。

人の気も知らないで。気がついた時には、深冬は御倉館に背を向けて駆け出していた。ひるねに渡すつもりだった惣菜は、道場の師範代の崔に全部渡してしまった。

何がそんなにショックだったのか、自分でもわからない。しかし苛立《いらだ》ちが腹の中をぐるぐると回り続けて止まらず、深冬はテレビのスイッチを切った。

再び静かになった部屋に、壁時計の秒針の音がコチコチと響く。居間と、普段は父がいる和室の間の鴨居《かもい》には、昨日の夕方に取り込んでからたたむのが面倒でハンガーにかけっぱなしだった、深冬の洗濯物がぶら下がっている。

やること、多すぎ。深冬は齧《かじ》りかけの韮饅頭を口に放ると、レトルトパックの白米をわしわしかっ込み、わかめスープで飲み下した。

「……相談する相手くらい欲しいなあ……」

深冬はひとり呟《つぶや》き、また白米を食べた。

翌朝、深冬は炊飯器のタイマーの音で目を覚ました。寝ぼけ眼で炊飯器を開け、炊きたての飯を弁当箱に詰める。別にどこかへピクニックへ行くわけではない。ただ昨夜《ゆうべ》、ひるねに食事を届けなかったことが罪悪感となって、じわじわと深冬を責めただけだ。

わかば堂で本を買ったら、御倉館に少し寄ろう。ひるねが起きているなら、昨日の女は誰か何の用で来たのかを訊く。深冬は頭の中で今日の段取りを復唱しつつ、白飯の真ん中に梅干しと昆布の佃煮《つくだに》をぎゅっと埋めた。

米が傷まないよう冷ます間に、身支度を整える。黒のジーンズを穿《は》いて緑と白のボーダー柄のポロシャツを頭からかぶり、洗面所の鏡の前で長い髪をポニーテールに結う。それから冷蔵庫の麦茶を飲みつつロールパンを袋から出して立ったまま齧りつくという、父がいたら間違いなく叱られるであろう方法で朝食をとった。

弁当箱の余熱が取れたのを確認して蓋《ふた》を閉め、あゆむがミシンをがたがた言わせながら縫った縞柄《しまがら》の巾着《きんちゃく》で包み、紐《ひも》をぎゅっと固く結ぶと、深冬は外出用のショルダーバッグを肩からかけて玄関を出た。階段下に停めてある青い自転車にまたがって勢いよくペダルを漕《こ》ぎ、まずはわかば堂を目指す。

　吹き抜ける追い風に服の裾をあおられながら、ゆるやかに傾斜した道を駆ける。アパートや一軒家が並ぶ住宅街は、あちこちから子どもの声、どこかで布団を叩く音が聞こえる。その先には閉店中の寂れたパブや、本日特売の赤い幟《のぼり》を立てたスーパーマーケットがあり、それらを横目に深冬は快調に自転車を走らせる。路地に入ってからはスピードを緩め、緑眩《まばゆ》い道を進んで大通りに出た。その少し先に緑の看板を掲げるのが、父あゆむがよく通っている新刊書店のわかば堂だ。

　深冬は店の前でいったん自転車を降り、脇の駐輪スペースに停めた。自動ドアを入ってすぐの新刊平台には国内小説やエッセイが積んであり、「世にも感動的な」「これぞ傑作」などと書いてあるプリント済みのＰＯＰが、積まれた本と本の間から背伸びして、客の気を引こうとがんばっている。右手は雑誌、左手はコミック、その向こうが文芸小説の単行本と文庫売り場。突き当たりの壁は実用書がずらりと並び、エプロンをつけた書店員が、陳列中の見本からずり落ちた付録を戻していた。

　海外文学の棚は文芸小説の中でも奥になるが、新刊は少し手前の平台に置かれる。父に言いつけられた目当ての本もそこにあったものの、売れたのか入荷数が少なかったのか、一冊だけぽつんと平置きされていた。それでもどうやら店内に海外文学好きの書店員がいるらしく、「不思議で笑っちゃうのに悲しさもある物語、ずっと胸に残り続けます！」と懸命に推そうとする手書きのＰＯＰがついており、深冬はそれを倒さないようにそっと本を取る。本は嫌いだが人の熱意を踏み躙《にじ》るのも気が引けた。

レジに本を持って行くと、顔見知りの書店員がカウンターにいた。彼の髪型はマッシュルームカットと呼ばれるものだが、細くて色白なゆえに、遠目だとまるでしめじが一本、へにょっと立っているようにも見える。切れ長の目に黒縁のしゃれたメガネをかけ、いかにもサブカルチャーに詳しそうな風貌だ。緑のエプロンの胸元には〝春田《はるた》〟と名札がついている。

「どうも」

深冬が軽く会釈すると、春田青年もぺこりと挨拶《あいさつ》をし、本を受け取った。

その時、「まあねえ！　売り上げについてはねえ！」という大声がレジカウンターの反対側から聞こえてきた。つい気を取られてそちらを見ると、小太りの中年男性――使い古したステンレスたわしのようなもじゃもじゃ頭の持ち主、わかば堂読長本店の店長が、三人の男女に向かって話していた。ふたりはカジュアルなビジネススタイル、もうひとりはカメラマンらしく、一眼レフのシャッターを忙しなく切っている。ああそうか、今日は取材があるんだったな、と深冬は思い出した。

「できれば記事にしてもらいたいんだけど、本当に万引きが問題になっててねえ。え？　明るい話題にふさわしくない？　そんな冷たいこと言わないで、万引きで潰《つぶ》れた店もあるんだから」

「あの、お会計……」

ぼんやり店主の方を見ていたら、春田が声をかけてきた。

「あっ、すみません」

深冬は慌てて金を払うと、本を受け取って店を出て、御倉館へ向かった。

初夏の晴れ間、青く広がる空からさんさんと降り注ぐ太陽に、御倉館の大銀杏の緑葉が輝く。爽《さわ》やかと言うには少々暑い。深冬は庭先の鉄扉を開けて花壇の前に自転車を停めると、銀杏の木もれ日が網目状に影を落とす、飛び石を歩く。

その時、館の方から突風が吹いた。砂埃《すなぼこり》が勢いよく舞い、庭の鬱蒼《うっそう》とした茂みを揺さぶり、深冬はとっさに目をつぶって顔を腕で隠したが、砂つぶてが額や手に当たって痛かった。風はすぐに収まり、深冬は気を取り直して玄関前に立つ。

ドアに鍵を差し込んでひねり、ドアノブを引く——しかし、ドアはがくんと音を立てて引っかかり、開かない。

「……あれっ？」

深冬はもう一度ドアノブを引いて、ロックがかかっているのを確認すると、もう一度合鍵を差し込んで回した。すると今度はすんなりとドアが開く。

「叔母ちゃん、鍵をかけ忘れたのかな」

玄関先の青い警報ランプはいつもどおり、特に異変はない。深冬は念のため「叔母ちゃん？　入るよ！」と大声で呼びかけてから、中へ入った。

御倉館の廊下はしんと静まり返り、玄関の小窓から差し込む細い陽光に、宙を漂う埃がきらきら輝いている。コチコチと響く柱時計の振り子の音がかえって静寂を際立たせる。深冬は自分の衣擦《きぬず》れをやけに大きく感じながら、靴を脱いで下駄箱《げたばこ》に入れ、館内に上がった。

「ひるね叔母ちゃん？　いるんでしょ？」

天井の明かりが、象牙《ぞうげ》色《いろ》の壁に鉱石のような影を落とす。一階書庫のドアはどれも閉まっているし、物音も聞こえない。下駄箱を確認すると、ひるねがいつも履いているゴム草履が入っていた。

しかし、何かがいつもと違う。不思議な気配がする。かくれんぼをして遊んだ時のように、どこかに誰かが隠れていてこちらを見ているような、そんな感覚が深冬の心をざわつかせた。

廊下を進んでサンルームへ入る。薄暗い玄関とは正反対に、ここは一階から二階の吹き抜け部、一面がガラス張りの窓から、日光がいっぱいに降り注ぐ明るい部屋だ。以前一般公開をしていた頃の名残で、ローテーブルと長椅子、ソファがあり、その真ん中にひるねがいた。

「……また眠ってるし」

ひるねはソファに腰掛けた状態で上半身をローテーブルに突っ伏し、軽くいびきをかいて眠っていた。顔の下に分厚い台帳が敷かれているのが見え、このままではよだれで汚すに違いないと、深冬はひるねにかまわず台帳を引き抜いた——枕を失ったひるねが頭を打った音がしたが、いびきは続く。

深冬は呆《あき》れつつ、台帳に目を落とした。それは蔵書目録で、御倉館に収められている書籍のタイトルと著者、出版社名、出版日、版数などが、五十音順に記録されたものだった。ページの右端には辞書と同じくあ行から見出しが振ってある。

ふと思い至って、深冬は「は」行を引いてみた。両面にずらりと並んだ項目をたどっていき、「は」から「ひ」へ移るところで、手を止めた。『繁茂村の兄弟』がない。

胸のあたりがつんと冷たくなる。記録魔のひるねが書きそびれるはずはなく、つまり、少なくとも御倉館に存在する本ではないということだ。インターネットで調べてみても、該当する書物は見つからなかった。やはりあれはすべて夢だったのだ。

なんだか何もかもがつまらなく思えてきた深冬は、分厚い台帳を閉じて、無造作にローテーブルの上に戻した。それなりの音が立ったし振動もしたが、ひるねが起きる気配はない。

家から持参した白米弁当を置いて病院へ行こう。深冬がつま先を廊下側へ向けようとしたその時、ひるねの右手に、一枚の紙切れが握られていることに気づいた。

すでにあの出来事は夢だと思っている深冬は、何かメモでもしたのかと、ただの興味本位でそれをつまみ、ゆっくりと引き抜いた。そこには赤いインクで護符を思わせる奇妙な文様が描かれていた。

「あっ」

どきんと心臓が弾む。文様はあの時と同じ潰れた文字で、読もうと思えば読める。

「……〝この本を盗む者は、固ゆで玉子に閉じ込められる〟」

口にしたと同時に、どこからともなく風が吹いてきて、深冬の足下をくるくるといたずらっぽく旋回する。

一週間前と同じだ。手のひらにじわりと汗をかき、ぎゅっと握る。

「深冬ちゃん」

ふいに横で声がして、深冬は悲鳴を上げて飛び退いた。肩の上で揺れる真っ白い髪、少し口が大きくて、あどけない顔。

「ま、真白」

名前を舌に乗せて呼ぶと、急に実感が湧いてくる。そうだ、この子だ。本当にいたのだ。深冬はぎゅっとまぶたを閉じて開け、真白が消えてないことを確かめた。指の爪で手のひらを引っ掻けば、痛い。

「名前、覚えててくれたんだ」

少女はそう言ってにっこりと微笑む。

「そりゃ、まあ……あんたもあの世界も、全部夢だと思ったけど」

「夢。人が夜に見るというもののこと？」

「当たり前でしょ！」

この子は以前も奇妙な話し方をしたんだった、と深冬が笑うと、真白はふと真顔になって首を傾げる。

「私、眠らないから」

そして、ローテーブルに突っ伏したままのひるねをじっと見つめる。

「この人はよく寝るね」

深冬は、真白はひょっとして眠れない病気か何かで、自分が言ってはいけないことを言ってしまったのかと後悔したが、彼女の横顔からは感情が読み取れなかった。それに加えて、真白の服装が気になる。前回は高校の制服だったが、今日は緑と白のボーダー柄ポロシャツに黒のジーンズという、深冬とそっくり同じ格好だ。

「あんたの格好。ひょっとしてあたしの真似をしたの？」

「うん、もちろん。それより深冬ちゃん」

「な、何？」

「これ」

真白がずいっと差し出してきたのは、黒い表紙の本だった。シンプルに見えて装幀《そうてい》は凝っており、光が当たると蛇皮《じゃび》のようにぬらりと鈍い光を放つ。タイトルはゴシック体の白い英字で『ＢＬＡＣＫ　ＢＯＯＫ』と書いてあった。

「……タイトルまんまじゃん」

「読んで」

前回とそっくり同じパターンだ。嫌な予感に深冬は真白を睨《にら》んだ。

「まさかまた〝泥棒を捕まえて〟とか言うんじゃないでしょうね」

「正解！　さすが深冬ちゃんだね」

「いやそんなに喜ばれても」

「だって、すぐにわかってもらえて嬉しくて……そう、また本が盗まれたよ。今度は一階の書庫からだった。エンターテインメント。娯楽小説。読んで、深冬ちゃん。ブック・カースはもうはじまってる」

まるで人懐こい犬が鼻面を擦《こす》り付けるように、ぐいぐいと近づいてくる真白から、深冬は一、二歩後退りしつつ本を受け取った。今のところはまだ犬耳が生えていないが、この少女が普通と違うのは深冬にもわかっていた。たった一度しか会っていないのに、いつの間にか、学校の広川や箕田よりも気安くなっていて、ぽんぽんと会話が弾むことも。

深冬は黒い本を撫《な》で、ざらざらとした質感を指先でなぞる。

「でもさ。これを読むとまたおかしな世界になっちゃうんでしょ？」

「確かに街は変わる。でも、泥棒が本を盗んだ時から、もう変化は決まってるの。街も本も深冬ちゃんを待っている」

深冬はふとサンルームの大きな窓から外を見た。変化。来た時と同じように空は青く、庭先には深冬の青い自転車も停めてある。しかしよく観察すると、緑色の銀杏の葉が一枚、宙に浮かんだまま静止していた。他の植物もそうだ――風に枝をしならせたままの状態で固まっている。まるで一瞬の風景を切り取り、窓の外に貼ったかのようだ。

「まさか、時間が止まってるの？」

「私がここに来たから、街は動きを止めた。元に戻すには、もうこれを読むしかないの」

「わかったよ、しょうがないな」

妙なことはごめんだという気持ちの裏側では、ほんの少しだけわくわくしている自分もいる。

硬質な印象の黒い表紙をめくろうとすると、真白が「あっ」と深冬の手を摑んで止めた。

「ねえ何なの？」

「ごめんね。でもここで読むとちょっとまずくて」

真白は申し訳なさそうにしながらも、深冬の手首をしっかり握りしめ、サンルームを出て廊下を玄関に向かって戻っていく。下駄箱から深冬のスニーカーを取って、下足場にきちんと並べた。

「はい、靴を履いておいて」

「意味がわからないんだけど」

「今回はその方がいいの。これで大丈夫」

深冬はぶつくさ文句をこぼしながらスニーカーを履き、上がりかまちに腰掛けた状態で、ようやく本を開いた。

◆◆◆◆

リッキー・マクロイは窓のブラインドを下ろし、煙草に火を点けた。青い夜に橙《だいだい》が灯《とも》る。

「お互い考えていることは同じだな、ジョー」

ブラインドの隙間から、黒い路地にヘッドライトがゆらめき、建物の真下でぴたりと停まるのが見えた。リッキーは煙草を放って靴先でもみ消し、書類の束を黒いコートの内側に隠すと、インクのにおいがしみついたその部屋を素早く後にした。

けばけばしい緑色の壁紙、薄暗い廊下、高級感を演出するようなチェストに、華やかなダリアを生けた花瓶。階下から複数の靴音が駆け上がり、間近に迫っている。リッキーは革手袋をはめた手でダリアの花束を抜き、荒々しく振りながら、ふたつ先のドアをノックした。鈍色《にびいろ》のドアがうっすら開いて女の青い瞳《ひとみ》がこちらを見上げる。艶《つや》やかなブルネットの美しい女だ。背後で怒声が響き振り返ると、銃を手にした警察官の大群がリッキーが後にしたばかりの部屋へと雪崩《なだ》れ込んでいた。

「……誰？　お花の配達は頼んでないけど」

女は警察の騒ぎにも突然の訪問者にも怯《ひる》んでいない。リッキー・マクロイは唇の端をあげて笑い、ダリアの花束を女に渡しつつドアの内側へ押し入る。安物のガラスのシャンデリアが客間のソファを照らしていた。間取りはあの部屋と同じだ。

「名前くらい名乗ったら？　ミスター〝誰かさん《ジョン・スミス》〟？」

　客間の半分開いた窓から乾いた風が警察官たちの罵声を乗せて吹いてくる。家具を蹴飛《けと》ばす音、ガラスが割れ砕け散る音――リッキーは女を振り返った。

「誰かに訊かれたら、〝マクロイが来た〟と答えてくれ。それでジョーには通じるはずだ」

「ジョー？　何者なの？」

「俺の墓掘り人さ」

　中折れ帽を押さえながら窓をすり抜け、鉄製の小さなベランダに出る。蝙蝠《こうもり》の羽のように黒い夜空に薄墨色の雲が棚引き、月明かりを朧《おぼろ》にしていた。風は硝煙のにおいを孕《はら》み、騒がしく享楽的な街のどこからともなくサイレンが鳴り響き、神経質な交響曲を奏でた。

　リッキーは革手袋で鉄梯子《てつばしご》の支柱を掴むと一気に滑り降りる。鉄のにおいは血のそれに似ている。建物を背に冷たいアスファルトの道を歩きながらコートの内側をまさぐり、隠しておいた書類の存在を確かめた。薄茶色のファイルに綴《つづ》られた紙束の間に、二枚の写真がある。一枚は帽子を目深にかぶったふたりの男が木箱を受け渡す場面を盗撮した写真。木箱には布がかぶせられていたが、ずれた隙間から中身が本であることはわかる。もう一枚の写真はうつぶせで死んでいる金髪の女の写真だった。女のまわりは雪が降ったような白色で彩られ、そばには切り裂かれた本があった。

　警察はまだ建物の中にいる。〝墓掘り人〟ジョーが、廊下に散ったダリアの花びらをヘンゼルとグレーテルのようにたどり、ふたつ隣の部屋からリッキーが降りたことに気づいた気配は、まだない。

暗く淀《よど》んだ空気が充満する路地には貧者が寝そべり、しかし目と鼻は鋭くきかせて通行人の懐具合や力量を測る。野良犬のうなり声の中をリッキーは進みかび臭い石のジャングルに靴音が響く。背後で風が動いた時、リッキーの右手はすでにガンホルダーのＭ１９１１に届いていた。

「不用意だな。ここに来てまだ日が浅そうだ……せいぜい一週間か」

リッキーは振り向きざま、奇襲をかけ損ねた若いハイエナの首を左手で締め上げ右手のＭ１９１１を突きつけた。

「十日だ、クソ野郎」

男の頬は痩《こ》け、目の下には濃いくまがあり、薬漬けで長いこと眠っていない様子だ。派手な南国風シャツに白い背広という気障《きざ》な格好が目も当てられないほど汚れ、酒と汗の混じった悪臭を放っている。

次の瞬間、男は眩《まぶ》しさに顔をしかめる。無数の懐中電灯の閃光《せんこう》が遠くからふたりを捉《とら》えていた。

「どうやらジョーのやつ、ようやくヘンゼルに追いついたらしいな」

「……何だって？」

「サツさ」

腕に込める力を緩めた。その隙に若いハイエナが反攻に転じる。長い右腕がリッキーの眼前に迫る。素早くかわして右の拳《こぶし》を男の鳩尾《みぞおち》に叩き込んだ。男は鈍く呻《うめ》き、あえなくくずおれ、その場で嘔吐《おうと》する。

「安心しろ、すぐサツが面倒を見てくれる。雇い主のことは忘れて田舎に帰りな、坊や」

「……ふん、見くびるな。まだ〝本〟の在処《ありか》を嗅《か》ぎ回り続けるつもりなら、あんたの行く道の先には地獄しかない、リッキー・マクロイ」

「悪魔とは踊り慣れているんだ」

踵《きびす》を返し、リッキーは男の呻き声を後ろに聞きながら煙草に火を点ける。高級ではない、ニコチンばかりが多い代物。火酒と同じく、正気を保つのに必要な薬だ。

路地から表通りに出る。夜の最も深く暗い時間、陽光の下では生きられない者たちに安らぎが与えられる時間だ。きらびやかなネオンサイン、サックスやトランペットの音色、享楽の声。割れたガラスの向こうで無表情なバーテンダーがグラスを磨く。

この街には何でも揃っている。酒、暴力、美男、美女、血。束の間の慰めを与える麻薬——禁制の本でさえ。

街角では〝話し手〟の少年が空に向かってしゃべっている。今日あった出来事を路上の人々に伝えるために。

売店に新聞はない。紙に文字を印刷する行為が禁じられて以来、口伝か、個人利用目的の手書きのみが許される。複製は厳禁。かつて酒を禁じた国は書物を禁ずる国となった。

街の中心にそびえる、青白いサーチライトに浮かび上がる庁舎。その頂点に巨大な看板が掲げられている。街の〝父親〟市長マティアス・コンスタンティン・エリスン、その人の顔。真珠のように白い歯、しわを消すボトックス。百万ドルの笑顔。リッキー・マクロイはどぶ臭い側溝にシケモクを捨てる。

「……変な話」

ここまで活字を追った深冬は、呟いて顔を上げた。そして自分のいる世界がまったく違ってしまったような感覚に襲われた——日常のにおいがしない世界。油断できない街。不穏で硬質な空気が今にも漂ってきそうな暗い夜。モノクロのイメージ。

　しかしそれは勘違いではない。急に鋭い警笛の音がし、御倉館の外に大勢の人が集まって、がやがやと騒いでいる気配がした。

「深冬ちゃん、早くこっちに」

　真白に手首を摑まれ、本を持ったまま引きずられるようにして外へ出る。『ＢＬＡＣＫ　ＢＯＯＫ』を読む数分前までは晴天の広がる真昼だったのに、何者かが時計を十二時間進めたのか、外は漆黒の闇に変わっていた。しかし驚きを口にする間はなかった。

　庭の塀には白く輝く照明灯が並び、御倉館を容赦なく照らす。逆光で影しか見えないが、塀の外には人だかりができているようだ。

「隠れて！」

　真白の合図でふたりは玄関のすぐそばにある紫陽花《あじさい》の茂みに隠れ、生い茂る葉の間から様子をうかがった。

　無線がぽつぽつと途切れる音、「了解、突入します」という声が聞こえたと同時に、庭の鉄扉の錠前がボルトカッターで破られ、白い盾を持った突入部隊と警察官がどっと入って来た。普段交番前で見かける巡査とはまるで様子が違う。ヘルメットや帽子を目深にかぶり、無表情で、右手には拳銃《けんじゅう》や警棒を構えている。警察官たちは二手に分かれ、一方は玄関から突入し、一方は裏手へ回る。

「い、いったいどういうこと？」

深冬は何の悪事も働いていない。ひるねも、たぶん。父が入院してから苦情をよくもらうとはいえ、いくらなんでも銃を持った警察官に押しかけられる筋合いはないはずだ。呆気《あっけ》にとられている深冬の手を真白が再び摑み、「さあ行こう」と促す。

ふたりは紫陽花の茂みの裏をかがんで分館に向かって進み、分館に入れなくて四苦八苦している警察官たちがみなこちらに背を向けている間に、真白が先に塀を越えた。

「深冬ちゃんも早く」

「待ってよ、あたしそんなに身軽じゃないんだから」

塀に手をかけ、足を壁面につけてよじ登ろうとするが、指に力が入らずつま先は滑り、まったくうまくいかない。すると真白がひらりと戻ってきて、「おんぶするから」と背中を向ける。深冬は眩しいものでも見たかのように顔をしかめたが、結局は大人しくその背中に負《お》ぶさった。

「手足を私の首と胴にしっかり絡めといてね」

そう言うと真白は深冬を背負ったまま膝《ひざ》をぐんと曲げ、一気にぽうんと跳躍すると手を塀につき、両足を横にスライドさせながら軽々と飛び越え、向こう側へ着地する。真白の頭にはまた犬の耳が生えていた。

「あんたって犬なの？　人間なの？」

「どっちでもあるし、どっちでもないよ。とにかく走ろう。ここにいると危ない」

ふたりの少女は暗い夜道を走った。しかし様子がおかしい。読長町のようで読長町ではない。御倉館の周辺は古書店が並んでいるはずなのに、そのすべてが違う店に変わっている。ストリップ・ショーの箱、ジャズ・バー。最古参の古書店は〝ＦＯＸ　ＴＯＢＡＣＣＯ〟の赤いネオンサインを掲げ、茶ばんだ古本は取り払われて代わりにあらゆる種類の煙草や葉巻が置かれている。客たちの雰囲気も違う。古書に目がないマニアばかりだったはずが、今は葉巻を鼻にあてて嗅ぎ、渋い顔でためつすがめつしている。

「これもさっき読んだ本の世界ってわけ？」

「そう。ここは『ＢＬＡＣＫ　ＢＯＯＫ』の世界」

御倉館から充分離れたところでふたりは走るのをやめ、歩きはじめた。どこからともなくトランペットの音色が聞こえてくる。吹奏楽部が奏でるような元気な行進曲ではなく、ムーディで、夜の退廃的な香りがする音色だ。深冬はなんとなく紫や濃紺などの深い色を思い浮かべる。

「ねえ真白。あれってどういう話なの？　読んだところまでだとあんまりわかんなくて……なんかやたらとかっこつけてる感じの内容だったけど」

「リッキー・マクロイは私立探偵。かつての相棒が、強盗殺人の犯人として警察に射殺された。けれどリッキーは相棒の無実を信じ、警察組織の背後にいる黒幕を捜すの」

「あのジョーってやつ？」

「ううん、ネタバレになるから詳しくは言えないけど、ジョーはそういうキャラクターではないよ。間抜けな刑事さんってところかな」

「ふうん。じゃあさ、さっき御倉館に警察が押しかけてきたのは何でなの？　まさか御倉館も関係ある？」

「あれはただ〝禁本法〟の取り締まりの対象になっただけ」

「〝禁本法〟？」

「禁酒法の本版と言うとわかりやすいかな」

しかし深冬は眉間《みけん》にしわをよせて首を傾げる。学校の授業は基本的に寝てしまうのだ。

「キンシュホウ？　知らない」

「昔、アメリカで法律で酒を飲むのを禁止したことがあったの。百年くらい前の話だよ」

「そんなの法律で禁止できるの？　へぇ」

まだ未成年の深冬は酒を飲まないし、父のあゆむも下戸なので、家に置いてある酒のたぐいは料理酒とみりんしかない。しかし師範代の崔はよく酒を飲むし、飲むと泣き上戸になるので面倒くさいと思っていた。それに、酒に呑《の》まれて理性を失う人間は嫌いだった。

「いいんじゃない？　法律で禁止できるなら。あたしの友達にも、酔っ払った父親に暴力振るわれて逃げた子がいたもん」

すると真白は黒目がちな目をぱちぱちと瞬かせ、真剣な面持ちで深冬を見た。

「本当にそう思う？　禁止すればって？」

「思う。お酒なんてみんな飲まなくなればいいよ。全部法律が決めてくれれば、誰も酔っ払って変なことしなくなる」

「……法律を決めるのもただの普通の人間なんだよ、深冬ちゃん」

「どういう意味？」

「害のあるものを禁じればきれいになるけど、何が害なのかを決める人は、自由や平等までなくさないよう考えられる人なのかって意味」

顔をしかめた深冬が口を開いたその時、濃いオレンジ色の小さな獣が目の前を走り抜けた。太い尻尾《しっぽ》に大きな耳、長い鼻面。

「あっ、狐！」

前回の出来事を思い出した深冬は、とっさに追いかけた。本泥棒を捕まえれば世界は元に戻るはずだ。

真白がついてきているのは気配で感じていたが、足の速さで深冬が真白に敵《かな》うはずもなく、あっという間に息を切らせて後ろ姿を追いかける羽目になった。しかし狐は真白以上にすばしっこく、民家の塀を乗り越え、敷地内へ入ってしまった。灰色のブロック塀の前で真白は立ち止まり、膝に両手をついて息を整えている深冬に向かって「どうしよう」と困った様子で訊ねる。

「な、何が……？」

「民家に入らないといけないんだけど、どうしたらいいかな」

「さ、っきみたい、に、とびこえれば、いいじゃん」

ああ、水が飲みたい。昨日の体育の授業のせいか今朝からふくらはぎが少し張っているし、あたしの体力はとうに限界を迎えているんだ。そう言い返したいが、深冬はくの字に折った体を起こして、夜空に向かって大きく深呼吸することしかできない。それでも真白はまだ迷っている。

「……やれやれ」

ようやく落ち着いてきて、狐が入り込んだ家屋と表札を確認する。この家の人は深冬もよく知っていた。青い屋根の一軒家に暮らす温厚な老夫婦で、庭で椿や梔《くちなし》、雪柳といった花の木を育てていた。深冬がまだ幼かった頃、ゴムボールを中に入れてしまっても、優しく返してくれたことを覚えている。まあ、華奢《きゃしゃ》で可憐《かれん》な印象だった白い門扉が、いつの間にか無骨な鉄の一枚扉になってはいたが——よく見れば周りの塀も背が高く、その上には先の尖《とが》った短い鉄柵《てっさく》が設《しつら》えられ、ずいぶん堅牢《けんろう》だ。凶暴な猛犬でも飼いはじめたのだろうか。一抹の不安はあるが、深冬は真白の背中を押した。

「大丈夫だって。ここの家の人たちは優しいから」

真白はまだ躊躇っていたが、深冬がもう一度背中を押すと、意を決した様子で塀を飛び越え、姿を消した。深冬は背伸びして塀の向こうを覗《のぞ》き見つつ、「よし」と頷いた——が、次の瞬間、軒先にライトが灯りサイレンが鳴り響いた。

「な、何？」

塀から真白が飛び上がって戻ってくるのと、民家の玄関ドアが勢いよく開いて、老婦人が仁王立ちで現れたのは、ほぼ同時だった。老婦人は白髪にカーラーを巻き、水色のネグリジェ姿で、両手でショットガンを持っていた。サイレンが響き渡る中、ハンドグリップをスライドさせるジャキッという鋭い音が聞こえる。

「深冬ちゃん、伏せて！」

真白が飛び降りた瞬間、耳をつんざく銃声が轟《とどろ》き、深冬のすぐ右側のコンクリート塀が砕け、大穴が開いた。目を丸くして動けない深冬に真白はタックルして覆い被《かぶ》さってくる。連続する銃声、飛び散り、ばらばらと落ちてくるコンクリートのかけら。塀がまるでちぎったスポンジのようにぐずぐずになってからようやく、銃声が止んだ。

「どうしたんだ、婆さん」

「侵入者さ。やっぱりうちも鉄条網を設えるべきだね。さて仕留めたかな」

老夫婦の声が近づいてきた――真白は深冬の腕を引っ張り上げ、変貌しきった街を走る。

「いったいどういうことなの！　あのおばあちゃんが銃なんて！」

そもそもこの国は原則として銃も刀も禁止しているはずだ。今は街が物語の世界に変化しているとわかっていても、この状況に慣れる気がまるでしない。

よく見れば他の家々も、門扉が頑丈な鉄製だったり、塀に鉄条網が備えられていたりと、防犯がひどく厳重だ。深冬は自宅アパートの前を通り過ぎるとき、知りすぎているくらいに知っているはずの建物が高い塀に囲まれ、サーチライトの冷たい光を回すのを見て、ショックを受けた。

「こんなのやばいよ……早く帰りたい」

気を緩めると泣いてしまいそうだった。声を震わせる深冬の手を、真白がぎゅっと強く握りしめる。

「泥棒を捕まえなくちゃ。狐はきっともう遠くへ逃げて、どこかに隠れているはず」

「でもどうやって捜せばいいの？　読長って結構広いんだよ。それに他の家でも銃で撃たれたりしたら……」

想像するだけで背筋にぶるりと寒気が走る。まだ十六歳になってもいないのに、こんな世界で死ぬなんて嫌だ。動揺する深冬を真白が励ます。

「大丈夫。あてはあるよ」

ふたりは住宅街を抜け、普段であればさまざまな書店や雑貨店が並んでいるはずの大通りに出た。道幅が広いため見通しがよく、遠くに、これまではなかったはずの高いビルが見えた。そこには物語と同じく看板が掲げられており、卑しいほど満面の笑みを浮かべた、現読長町長の巨大な顔が、サーチライトによって夜の闇に照らし出されていた。

　先ほど本を買ったばかりのわかば堂があった場所には何かの事務所が立ち、前には人だかりができている。スーツ姿の記者たちが口々に質問を繰り出しては、忙しなくフラッシュを焚《た》いて写真を撮った。BOOKSミステリイの建物は壊されてひどい有様、要翁の姿は見えない。隣の雑貨店は銃の販売店となり、赤いバンダナの店主が嬉しそうに歌いながらライフルを壁に飾っている最中だ。絵本専門店は高利貸しに変わり、以前は保育士だったという優しげな女性の店長が、ブルーライトの下でカウンターに腰掛け、くわえ煙草のままで猫に餌をやっている。

　通りの向こうからハンチングをかぶった少年が走って来て、深冬にぶつかりそうになる。そのはずみに彼が持っていた紙の束がばらまかれ、〝決起！　今こそ本に自由を！〟と大きく書かれたビラが深冬の足下に落ちる。

「それを拾っちゃダメ」

　深冬の腕を掴んだ真白の後ろから、警察のパトカーが甲高い声を上げながらやってきて停まり、警察官が少年を追って夜のきらびやかな街に消えていく。

「こんなところにあてなんかあるの？」

　深冬が不安げに問いかけると、真白の鼻面がにゅうっと伸び、犬の顔になって、周囲のにおいを嗅ぎはじめた。

「……こっち」

　深冬にはどぶと硝煙、それに酒のにおいばかりしか嗅ぎ取れない風を、真白の黒く湿った鼻がたどっていく。

　真白は、元々は朗読会やイベント用のホールを併設した書店、今は〝クラブ・葬送狂騒曲〟と赤いネオンサインが光る店の前にやって来た。入口の前では小柄ながらたくましい体軀《たいく》の男が壁に寄りかかり、鋭い目つきであたりを監視していた——道場にいるはずの崔だった。

「崔君」

「深冬ちゃん、友達でも普通に話しかけちゃダメ。今は現実とは違う役割を演じているんだから、合わせて」

　ふたりが様子をうかがっている間に、クラブ・葬送狂騒曲には二、三組の客がやって来て、崔にボディチェックをされては地下の階段を下りていく。

「彼はクラブの用心棒なんだね。行こう。念のため、私の後ろについて」

　そう言いながら真白が自分の顔をさっと手で撫でると、みるみるうちに人間に戻っていった。深冬は言われたとおりに真白の背後に隠れ、肩をすぼめてできるだけ体が小さくなるようにした。自分も真白も、今はポロシャツにジーンズという格好だ。普通、こういう夜に開く店に未成年は入れない。どうにかごまかせますように、と深冬は祈った。

　現実世界では親しい存在の崔は、前回と同じく、深冬と目が合っても誰なのかわかっていない様子だった。柔道家らしく短く刈った髪に、筋肉でぱつぱつになった革ジャンという出で立ちは、いかにもクラブの用心棒らしい。ガムをくちゃくちゃ噛みながら眼光鋭く真白と深冬を見比べる。

「ふたり？」

「ええ。一杯飲んでいこうと思って。いいお店だって聞いたけど？」

　真白はそう言って髪を片耳にかけ、小首を傾げる。その手慣れた雰囲気がいかにも『ＢＬＡＣ

Ｋ　ＢＯＯＫ』の登場人物らしく、深冬はぎょっと目を瞠《みは》った。

「いいぜ、入りなよ」

「ありがと」

器用に片目をつぶり、颯爽《さつそう》と階段を下りていく真白を、深冬は慌てて追いかける。

クラブ・葬送狂騒曲は地下にある。重い鉄のドアを開けたとたん、深冬は目眩《めまい》がした。赤と青というハレーションを起こしそうな色合いの照明で、どこを見ても現実的でなく、立っているだけで酩酊《めいてい》しそうだ。腹に響く重低音、疾走感のあるメロディー、赤と青のライト、混ざり合って紫になった影の中、人々は踊る。

右手にバーが、中央に煙草の煙が立ちこめる客席があり、奥のステージではＤＪが円盤を回している。真白はバーの片隅に席を見つけると、深冬を座らせた。

「ここで少し待ってて」

「えっ、あたしをひとりにするの？　無理だよ！」

「大丈夫、すぐ戻るから。あの人を捜さないと」

真白は深冬を安心させるように肩をしっかり摑んでから、赤と青が脈打つ人波の中へと消えていった。

バーの一番端、背の高いスツールに腰掛けた深冬は、居心地悪そうに尻《しり》をもぞつかせ、できるだけ目立たないように壁に寄った。しかしバーテンダーは客をよく見ている。

「何を飲むんだい、お嬢ちゃん」

「あっ、え、えっと」

深冬はしどろもどろになりながら、どこにメニュー表があるのだろうと、視線を動かして必死で探した。しかしそれらしいものは見当たらず、カウンターの中にはビール樽とサーバーやカクテル用の瓶が並び、子どもが飲めるようなものはなかった。

バーテンダーはよく見ると、朗読会を主催している書店の主人だった。三十歳前後で、ショートヘアがよく似合う女性だ。たとえ現実世界とは違う役割を演じているとしても、顔を知っているというだけで少しほっとした深冬は、つい「あたし、未成年なのでお酒は」と言ってしまった。するとバーテンダーはくるりと向こうを向き、ほんの数秒で向き直ると、表情を変えずにグラスを深冬の前に置いた。白い液体――牛乳だ。

「あの……もうちょっと、その、オレンジジュースとか……」

しかしバーテンダーは「それが一番のおすすめだよ」と言い、洗ったグラスを拭《ふ》く仕事に戻ってしまった。深冬はしかたなく牛乳をちびちび飲んだ。

バーの片隅という位置から改めて客席に目をやると、顔見知りが大勢いることがわかった。商店街の鶏肉専門店の主人や、父の入院先で世話になっている看護師、アパートの借主一家の父親などなど。

そしてふと気がつく。「人間の姿でここにいる人は、犯人ではない」ということに。

顔見知りの中に泥棒がいるなどと考えたくはない。けれど可能性はある。

前回と同じルールならば、さっき逃げた狐が泥棒だ。深冬はこのクラブの用心棒だった崔は無実だとわかり、安堵《あんど》しながら、客のひとりひとりの顔を確かめた。客席の隅の一番薄暗いところには、店にはいなかった要翁がいる。中華料理店の夫婦、商店街の面々、書店連盟――わかば堂の店主と、しめじ似の青年春田も。

そういえば、あの女はここにいるだろうか。昨日、御倉館の前でひるねと会話していた、モード系の格好をした若い女。深冬は一層目を凝らした。

「深冬ちゃん、お待たせ」

「えっ、あ、うん」

いつの間にか真白が戻り、深冬は慌てて牛乳を飲み干してしまうと、スツールから飛び降りた。

「あの人を見つけたよ。別室にいた」

「あの人？」

真白は頷き、ステージに背を向けて、入口の方へと深冬を押し戻す。目的の別室は階段の前を通り過ぎたところ、クラブのホールとは反対側の奥にあった。

ドアの塗装は、蹴られでもしたのか下の方が剝《は》げ、上の方には丸い穴がいくつも開いている。銃弾の痕ではありませんように、と深冬は心の中で念じた。

「ねえ、本当にここに入るの？」

嫌な予感しかしないが、真白はあっさりドアを開けてしまう。

蝶番《ちょうつがい》を軋《きし》ませながらドアが開く。中は薄暗く、窓は塞《ふさ》がれていて、深冬はまるで古いカラオケボックスみたい、と思った。白いテーブルには灰皿が置かれ、吸い殻がこんもりと山になっている。そばには空のショットグラス。さらにその先に、靴を履いたままの両足がどんと乗っていた。

その男は薄汚い破れたソファに深く腰掛け、白い煙を口から吐き出している。油断なくこちらを観察する鋭い目と目が合った。黒いコート、斜《はす》にかぶった中折れ帽、ニヒルな表情。あのモード系女ではない。

しかし深冬は、見覚えのありすぎるこの男の顔に、今にも笑い出してしまいそうだった。いくら演じる役割を振り分けられていると言ったって、これはあんまりだ。

「サンショ……！」

熱血漢の体育教師は深冬の呟きなど耳に入っていない様子で、気取って帽子のつばを押し上げると、にやりと笑った。

「このリッキー・マクロイに何か用かい、お嬢さん方」


つい一時間前までイベント会場を併設する書店だったはずのクラブ・葬送狂騒曲の地下、カラオケボックスのような個室で、リッキー・マクロイ、もとい深冬の通う高校の体育教師である菊地田は言った。

「ここは子どもが来るところじゃないんだがな……何だ、なぜ笑っている？」

物語の主人公になってしまった教師がおかしくてたまらず、真白の陰に隠れて笑いを噛み殺していた深冬は、慌てて咳払《せきばら》いをしてごまかした。

「えっと……しゃっくりが止まらなくて」

「下手な嘘だな。冷やかしなら出て行ってくれ」

突き放すような物言いに深冬の顔から笑いが引っ込み、表情が固まった。普段の菊地田は鬱陶しいくらいに陽気で、お節介で、今日は入院中の深冬の父あゆむの見舞いに行くと言っていた。

その小柄な体を「山椒は小粒でもぴりりと辛い」と自称するので、生徒からサンショとあだ名され、深冬もそう呼んでいた。「サンショのくせに、気取っちゃって」と言い返したい。しかし彼から冷たくあしらわれた深冬は、どうしたらいいかわからなくなってしまった。

リッキー・マクロイは黒いコートの内ポケットに煙草の箱とマッチをしまい、中折れ帽を手で押さえながら腰を上げた。このままでは出て行ってしまう。

すると真白が「任せて」と耳打ちして深冬の背中をぽんと叩き、リッキー・マクロイと出口の間に割って入った。

「依頼をしたいんです。あなた、私立探偵なんですよね？」

「一応はな。だが子どものつかいは御免だ」

そう言って探偵は真白の横をすり抜けて出て行こうとしたが、真白は食い下がる。

「おつかいなんかじゃありません。泥棒を捜しているんです……本を盗んだ泥棒を」

探偵がぎくりと肩を震わせて立ち止まったのを、深冬は泥棒という単語に反応したからだと思った。しかし違った。

「――〝本〟だと？」

彼の表情は急に強張《こわば》り、まるで〝本〟と口にしただけで重罪と言わんばかりの反応だった。しかしその隙に真白はさらに前へ踏み出して探偵との間合いを詰める。

「そうです。私たちは、本の売買について知りたければあなたを訪ねろと言われて来たんです」

「誰から？」

「それは秘密です」

深冬は真白が嘘をついているとわかっている。ふたりがここに来るまでそんな話をした相手はいないし、真白がリッキー・マクロイをあてにしたのは、この世界の原作『BLACK BOOK』の主人公だからだろう。けれど探偵本人は自分が物語の主人公だとは知らないようだ。困惑とためらいを浮かべた表情で真白と深冬を見て、ヤニくさい息を吐き、「話を聞こう」と言った。

　真白は御倉館の存在は隠しながら、「旅行中に大切な本を泥棒に盗まれた」と説明した。

「旅行中？　君たちは外国人か？」

「そういうことになりますね」

　ここは話を合わせた方がいいらしいと悟り、深冬も勢いよく頷いて同意する。探偵は呆れている。

「馬鹿だな。この国が本を禁じているのを知らなかったのか？　よく検閲に引っかからなかったもんだ。もし当局にばれていたら、強制送還か、悪くすれば尋問された挙げ句に痛めつけられて死んでいたかもしれない」

　尋問……テレビドラマで見たことがある。警察に捕まるなんて想像しただけでぞっとするけれど、殴られたり蹴られたりは考えもしたくない。深冬は真白のポロシャツをそっと引っ張った。

「ねえ真白、無茶だよ。もう帰ろう」

「深冬ちゃん……わかってるでしょ、泥棒を捕まえないと帰れないって。大丈夫、リッキー・マクロイさんはとても優秀な探偵なんだから。そうだよね？」

　真白と違い深冬は演技ではなく本気で怯《おび》えていたが、その素の様子がかえって説得力を増したらしい。見た目は〝サンショ〟のままの探偵リッキー・マクロイは、後頭部をがしがし掻きむしると、「わかったよ」と答えた。

「だが、何か手がかりはないのか？　泥棒の特徴や盗まれた時の状況は？　手がかりゼロじゃどうしようもない」

「ああ、それなら簡単です。泥棒は狐で」

「狐？　そういう符丁があるのか？」

「いいえ、姿が狐で――」

そう言いかけた真白の口を深冬が慌てて手で塞ぐ。確かに泥棒は、本の呪いのせいなのか深冬にはわからないが、狐の姿をしていて、さっきも見失ってしまったばかりだ。しかし泥棒が狐だなんて言ったら、探偵は今度こそ怒って行ってしまうだろう。

「えーと、泥棒が狐を連れているんです。ペットなのか番犬代わりなのか知りませんけど。でも狐を捜せば、きっと泥棒にたどり着けます」

深冬が代わりに説明すると、探偵は「なるほど」と顎のあたりを撫でた。

「狐がペットの泥棒。妙ではあるが、この街には似つかわしい。おかしなやつらが集まる場所だからな」

探偵を先頭にふたりはクラブを後にして、再び街に出た。

派手な黄色をしたタクシーがクラクションをけたたましく鳴らしながら目の前を走り去り、深冬は体を緊張させる。夜空は月こそ浮かんでいるものの、空気が悪いのかそれとも街が明るすぎるのか、星はひとつも見えずもやもやとしている。

探偵は元書店街だった通りを右に曲がり、商店街の方へ向かう。街角では子どもが台の上に乗って今日のニュースをしゃべり、大人たちは立ち止まってその声に耳を傾け、〃ニュース料金十五分三百円〟とペンキで書かれた黄色い箱に小銭を投入する。本を売っている店はどこにもなく、喫茶店で本を読む人もいない。コンビニエンスストアの入口にいつもあるはずの新聞ラックも消えている。

　本当にこの世界には新聞がないんだ――新聞や本どころか、きっと電子書籍もインターネットすら。本の町、読長町なのに。

　深冬が様変わりした街に気を取られていると、隣にいた真白がふいに礼を言った。

「深冬ちゃん、ありがとう」

「は？　何が？」

「さっきの。狐の説明をうまくしてくれたでしょう。私がもしあのまま話していたら、探偵は不審がって手伝ってくれなかったかもしれない。でも深冬ちゃんは機転を利かせた」

「そ、そう？」

　褒められれば悪い気はしない。深冬は照れて鼻の頭を掻きながらにやついた。

　けれどこれでもまだあいこじゃない、とわかっている。〝ブック・カース〟が発動して本の世界に侵食された後の街では、深冬は右も左もわからず、真白に頼り切りで自分が何かの役に立っている気はしない。

「ねえ真白。この話って、これからどうなるの？」

「深冬ちゃんが読んだのは冒頭の部分だよね。リッキーが部屋から盗んだものはある依頼で盗んだのだけど、警察がもう追ってきている」

「そこまでは読んだ。なんかヤンキーみたいな人に狙われて、返り討ちにしちゃうの」

暗い路地から飛び出してきた若い南国風シャツの男を、リッキーはいとも簡単にやっつけてしまうのだ。深冬はすぐ目の前を歩くリッキー・マクロイの背中を見ながら、「なんで配役が〝サンショ〟なんだ」とがっかりしつつ、体育教師で運動神経がいいのはまあ間違いないけど、とどこかで納得もしていた。真白は続ける。

「リッキーはあの後、さっきいたクラブ・葬送狂騒曲の部屋に行き、写真を要求した依頼主を待つの。すると双子の女がやってくる」

「ふたりの依頼は何だったの？」

「依頼人じゃなくて、その双子も刺客だった。待ち合わせるはずだった依頼主はすでに殺されていて、リッキーは写真を持ってからくも逃げる。その写真は密造本売買の現場を押さえたものと、密造本を破られて死んでいる女性の遺体写真。これがばれたら困る人物が、リッキーを殺そうとするというわけ。どうにか逃げ延びたリッキーは密造本製作の地下組織に助けられるんだけど、色々と調べていくうちに、一年前に強盗殺人の犯人として警察に射殺された相棒が、実は〝スケープ・ゴート〟にされていて、本当は密造本売買に近づいていたのだと気づく。そして黒幕はいったい何者なのかを探って、リッキーは密造本と街の権力を巡る大きな陰謀に巻き込まれる。ざっと説明するとそういう話」

「……なんか怖い話だね」

「密造や陰謀はハードボイルドの定石で……」

「ハードボイルドって何？」

「小説のジャンル。〝固ゆで玉子《ハードボイルド》〟っていうの。人気あるんだよ、最近はあんまり書かれてないけど」

「ふうん」

深冬は面倒くさそうに生返事をし、何の気なしに真白の背後のショーウインドウを見やって、はたと足を止めた。ショーウインドウに飾られた美しいドレスの横に大きな鏡があり、深冬と真白の姿が映っている。どちらも緑と白のボーダー柄ポロシャツ、それにジーンズ姿で、まるで双子のようだった。

「ちょっと待って、まさかあたしたちがその双子の刺客ってやつに？」

「どうかな。さあ早く行こう深冬ちゃん、リッキーを見失っちゃう」

探偵はふたりの少女のことなどまるで気にかけていない様子でずんずん進み、二十メートル以上先の交差点を右に曲がるところだった。慌てて追いかけ角を折れると、眩《まばゆ》いヘッドライトに照らされ、深冬は「あっ」と小さく声を上げ目元を腕で隠した。今どきはほとんど見かけないクラシカルな丸いデザインの黒い車が停まっている。

「乗れ」

運転席の窓から探偵が顔を出している。ふたりが急いで後部座席に乗り込むと、深冬がドアを完全に閉める前に車は発進した。

「ちょっと、危ない！」

「危ないのはこれからだ。伏せて頭を守れ」

そう言うや否や探偵はハンドルを勢いよく切り、車体が斜めに傾いで深冬は悲鳴を上げた。伏せる間もなくバランスを崩す深冬の腕を真白が引き、座席シートの隙間に顔を埋《うず》めさせた瞬間、銃声が鳴り響き、窓ガラスが割れて粉々に砕け散った。

「やめて！　やめて！」

叫ぶ深冬の上に真白が覆い被さり、落ちてくるガラスの破片から深冬を守る。探偵はハンドルを器用にさばいて車体を左右に回転させ、運転席の窓から銃で反撃する。弾丸の最後の薬莢《やっきょう》が飛んだところで探偵はアクセルを深く踏み込み、路地から大通りへ飛び出した。後ろの車がけたたましいクラクションで抗議するが、バックミラーに映った探偵の表情は涼しく、左手だけで拳銃に新しいマガジンを挿入している。

「も、もう嫌」

ようやく止んだ銃声に深冬は顔を上げ、涙と鼻水でぐしょぐしょになりながら洟《はな》をすすった。車のドアには小さな穴が開いて、座席シートに白い光の筋を作る。

「か、帰りたい。も、もう無理。これ以上進みたくない」

深冬は体を震わせて小さな子どものように泣きじゃくり、真白に頭を撫でてもらっても肩を抱かれても、一向に泣き止まなかった。その上、運転席の探偵が舌打ちし、「ガキを連れてくるんじゃなかった」とぼやくのが聞こえ、悔しさと情けなさでよけいに涙が出てくる。

一方の真白は、なぜか人の姿から犬の姿に変わりつつあり、白い犬の耳が頭から生え、鼻面もどんどん長くなって、手の指も丸く、犬のそれに変化していった。ピンク色の舌で深冬の濡《ぬ》れた頬を舐《な》め、湿った黒い鼻をふんふんとこすりつける頃には、ポロシャツを着た完全な犬に変身していた。

「ちょ、ちょっと真白！　こんな時に犬にならないでよ」

深冬はすでに真白の変身に慣れていたが、探偵に騒がれたらまずい。慌ててポロシャツの襟をひきあげて顔を隠させたものの、気休めにもならなかった。バックミラー越しに探偵と目が合い、車から放り出されることを覚悟する。しかし探偵は大きなため息をつき、「まったくこの街に来るやつらは」とぼやくだけで、それ以上は穿鑿《せんさく》してこなかった。気がそれたせいか深冬の涙はようやく引っ込み、とぼけた顔の真白が深冬の頬をさらに舐める。

「……真白。こんなことになるなら、探偵なんか頼らずにあたしたちだけで泥棒を捜した方が良かったんじゃないの？　だってあの人、狙われてるんでしょ？」

　わざわざトラブルに首を突っ込んだようなものだ。銃を撃ってきた連中は何者なのか、深冬は考えたくもなかった。

「自分たちも巻き添えになるって早く気づくべきだったんだ。本は本。物語は物語の登場人物に任せて、あたしたちは狐を捜さなきゃ」

　車は御倉館につながる大通りを通り過ぎた。普段なら庶民的な場所だが、今は先ほどの書店街よりもきらびやかで、割れた窓からどぶのようなにおいのする風が流れ込み、深冬は新宿《しんじゅく》の歌舞《かぶ》伎町《きちょう》や渋谷《しぶや》を思い出した。

　それから探偵はハンドルを右へ左へ切りながら車を十分ほど走らせ、町長の巨大な肖像パネルを頂く庁舎ビルを通り過ぎ、ひっそりと静かな北地区で停まった。

　ここは駅から最も離れた地区で、読長町を囲うように流れる二本の川のうち、飛越川《とびこえがわ》と呼ばれる川がそばを流れている。昔このあたりにはいくつかの工場や工員用宿舎があったが、何十年も前に閉鎖され、現在は飲食店が少し、それから料金表を立てたラブホテルビルが二軒立つばかりだ。

ブック・カースによって変えられた後も、この周辺はほとんど以前のままだった。人目を忍びながらホテルの建物に入っていくふたり連れのシルエットがちらほら見受けられ、街灯は少なく、道路下の小さなトンネルの周りには落書きや、剝がされたビラの痕がいたるところにある。壁に蔦《つた》が這《は》う昔ながらの喫茶店もそのままの姿で営業中であった。廃工場の赤い表示灯はまるで鼓動する心臓のように明滅しているが、音は聞こえない。

探偵はがたつく砂利道でスピードを落とし、喫茶店の前で車を停めると、ふたりに降りるよう指示した。

「君たちはそこにいろ。俺は聞き込みをしてくる」

止める間もなく車は発進し、土埃を上げながら行ってしまう。赤いテールランプが夜の闇に呑まれるように消え、後には深冬と犬の真白のふたりが残った。あたりはしんと静まり返り、砂利の音さえ響くほどだ。深冬は真白のそばに寄り、もふもふとした白い毛皮に触れた。温かくて少し安心する。

「……そこの喫茶店にでも行こうか」

窓から様子をうかがう。席はからっぽで客はいない。それどころか店内の明かりもところどころ消えており、営業しているかどうかも怪しかった。カウンターにはエプロンをつけた中年男性がいるが、居眠りでもしているのか、椅子に座ってうつむいた姿勢のまま動かない。深冬はドアノブに伸ばしかけた手を思い直して引っ込め、真白の方を振り返って首を横に振った。

ふたりは行くあてもなく、通りの右端の街灯から左端の街灯までうろうろとぼとぼと歩き回ると、諦《あきら》めて喫茶店の前に戻り、花壇の煉瓦《れんが》囲いの上に腰を下ろした。

「お腹減ったな」

深冬はひるねのために包んだ弁当のことを思い出すと、ショルダーバッグを膝に乗せ、中から巾着袋を取り出す。さんざん走り回り、車に激しく揺られもしたが、白米はやや傾いているだけで無事だった。

「汁気のあるものを入れてなくてよかったよ」

念のため、父に頼まれて買った新刊本も汚れていないか確かめる。特に問題はなさそうだ。深冬はひとまず真白に差し出そうとしたものの、躊躇う。

「犬のままじゃ食べられないか。人間に戻ってよ、真白」

真白は元には戻ったが、弁当は「深冬ちゃんが食べて」と断る。

「なんでよ。あんたの方が運動量多いんだから、あんたが先に食べなきゃ」

「私はいいの。〝煉獄〟の住民に食べ物は必要ないから」

「……レンゴク？　また新しい変なことが起きるんじゃないでしょうね」

「いいから」

深冬は仕方なく箸《はし》を取り、梅干しと昆布の佃煮を添えただけの真っ白い弁当をつつく。梅干しの塩気はじわじわと体に染み渡るようで、白米の甘みも際立ち、ひと口食べるごとに食欲が湧いてくる。それでも三分の一だけ食べて、蓋を閉めた。この先も食料を確保できる気がしなかったし、やはり真白に食べさせねばと思ったからだ。

遠くで川の流れる音がする。変貌してしまった街の中心が放つサーチライトが、夜空をまさぐっている。

「サンショ、ちゃんと戻ってきてくれるかな」

「サンショ？」

「リッキーになっちゃった人の名前。っていうかあだ名。あの人、元はうちの学校の体育教師なんだよ。今日は読長に来るって言ってたから、呪いに巻き込まれちゃったんだ」

「学校。深冬ちゃん、学校に行くんだね」

「当たり前でしょ……ああ、まあ、当たり前ではないか」

まずいことを言ったかな、と真白の横顔をちらりと見る。真白といると調子が狂う。食事はしないし、学校にも当然行かないだろうし。気を遣うべきかと悩んでも、本人がぼんやりしているため、心配が空振りしがちだ。

「学校は楽しい？」

「うーん。正直、あんまり」

「そうなの？」

真白は黒目がちな目でこちらを真っ直ぐ見つめてくる。心配そうな、深冬を思いやるような目つき。深冬は深く息を吐くと、スニーカーのつま先で足下の砂利を削った。

「……実は友達もいないんだよね。別に嫌われてたりいじめられたりしてるんじゃないよ。でもそれは社交っていうか、本当の部分では繋《つな》がれないっていうか」

「それは打ち解けられないということ？」

「かもね。相談したくても、こんなの誰も聞きたくないだろうってわかるから、言えない。だって他人の悩みを聞くのなんて、重いしうざいじゃん」

今も、真白に打ち明けはじめている自分が信じられない。けれど真白にはなぜか話せる気がした。彼女は反応してくれるし、こちらが話している最中に別の人と会話をはじめたりしないし、本から顔を上げずに適当に相づちを打ったりもしない。

「悩みは、あるんだよ。やらなきゃいけないこともたくさんある。この先もずっと御倉館があたしの人生についてまわるなんて、死んでも嫌だし」

御倉館は深冬の目の上のたんこぶだ。早く取ってしまいたいのにいつまでもあり続ける。

「……そっか」

真白は伏し目がちながらも頷いてくれる。

「深冬ちゃんのしたいこと、したくないことを考えて、大事にしなくちゃ。私も深冬ちゃんの決めたことを大事にしたいし――私は深冬ちゃんの味方だよ。誰が何て言っても」

その言葉に、深冬は胸のあたりでざわめいていたものが、じんわりと落ち着きはじめるのを感じた。話を聞いてもらえること。自分の意志を尊重しようとしてくれる人が、今目の前にいるかもしれないこと。でも本当に？

「本当にそう思う？」

深冬が聞き返したその時、喫茶店の駐車場の前に子どもの姿を見た。白いＴシャツに半ズボンという格好の、まだ五、六歳くらいの小さな子で、指をくわえてこちらを凝視している。深冬は手元の弁当箱と子どもを交互に見比べてから、遠慮がちに差し出した。

「……食べる？」

街灯の下に出ても、子どもは少年か少女かわからなかったが、おずおずとやって来て深冬から弁当を受け取ると、小さく「ありがとう」と呟いた。

するとその瞬間、闇しかないと思い込んでいた砂利道の向かい、植え込みの間から大柄な男たちが現れた。弁当を持った子どもは脱兎《だっと》のごとく逃げ、硬直した深冬を真白が守ろうと前に出たが、男たちの人数の多さにどうにもできない。

彼らはほとんどが制服を着た警察官だった。ただ、真ん中の男だけは私服で、その上よく知っている人物だった。

「み、三木先生……」

探偵が体育教師の菊地田なら、次は国語教師で隣のクラスの担任の三木が刑事として登場する。トレンチコート姿の三木は見上げるほど背が高く、脂っぽい黒髪も青白い顔もそのままだが、彼も深冬が誰なのかはわからない様子だった。

「リッキー・マクロイはどこに行った？」

「し、知らない」

「嘘をつけ。君たちをここで降ろして、やつは俺たちの尾行を撒《ま》いた。やつの行方を知っているだろう」

警察官を従え、目の前に立ちはだかる三木は、怪訝《けげん》そうな、それでいてどこか困ったような顔で深冬を見た。

深冬はショルダーバッグの紐をぎゅっと握り、これ以上近づいたらぶん殴ってやる、と身構えた。中には厚くて硬い単行本が入っているのだ、それなりのダメージを与えられるだろう。本、本、本。こいつで殴ってやるんだ。その考えで頭がいっぱいだったからこそ、三木の次の質問に素直に頷いてしまった。

「君が持っているものは本か？」

「え、あ、はい」

「深冬ちゃん！」

　しまった。この世界は禁本法なるものが存在し、一切の印刷物が禁じられていることをやっと思い出した。慌てて訂正しようにも時すでに遅し、警察官がスタートを切っている。捕まる寸前に真白が大きな白い犬に変身し、深冬は胴にしがみついて逃げ出した。

「待て！」

　真白が駆ける。しかし急のことで体勢が整えられず、深冬の下半身は真白から落ち、膝が砂利に削られて痛んだ。真白はついスピードを落とす。「網だ、網を投げろ！」の命令が飛び、投げられた網がふたりに迫る。

　深冬がぎゅっと目をつぶったその時、銃声とも爆竹ともつかない破裂音があたりに響き渡り、煙たいにおいが鼻を刺激する。むせながら「鉄砲で撃たれた、もうおしまいだ」と思い込んだ深冬は、そのまま仰向《あおむ》けにひっくり返って気絶した。

　頬に冷たい雫が落ちる。深冬ははっと息を吸い込み、目を覚ました。夢を見ていたような気がする。ぼんやりした頭であたりを見回し、ここが住み慣れた自分の部屋、自分のベッドではないことに、心の底からがっかりする——夢から覚めたはずなのにまだ夢の続きを生きねばならないだなんて。どうやらこの世界は眠って終わるものではないらしい。

しかしここはいったいどこだろう？　真白はどこへ？　天井は打ちっぱなしのコンクリートで、今にも落ちてきそうなほど低い。内側で配管が破損しているのか、水漏れのしみが広がっていた。天井と同じく灰色の壁からは、まるで工場か倉庫のような印象を受ける。狭い部屋だ。壁際には積まれた紙束や、深冬の腰の高さほどもありそうな巨大なロール紙が並び、余計に圧迫感がある。

錆《さ》びて赤茶色をしたドアは数センチ開いたままで、機械のピストンやベルトコンベアーがうなる駆動音と、奇妙なにおいを含んだ空気が流れてくる。これはインクのにおいだ。

深冬が横たわっているのは床に敷いた段ボールの上で、薄汚れたタオルケットがかけられている。起き上がろうと手をつくと肘《ひじ》が痛み、膝もどうやらけがしているようだ。あれからどのくらいの時間が経ったのだろう？

「あの！　あの、すみません！」

勇気を出して呼びかける。するとドアが開いて、小さな子どもがぴょこんと顔を覗かせた。白いTシャツと半ズボン姿の子ども。さっき弁当を渡した子どもだった。どんぐりのような丸い目で深冬をじっと見つめている。

「気がつきましたか？」

子どもの後ろから青年が現れた。メガネをかけたしめじ青年。わかば堂の店員、春田だ。彼は崔や三木、菊地田のように激変はしておらず、黒いポロシャツの上にエプロンをつけ、今でも書店で働いていそうな雰囲気のままだ。

「あの、ここは？」

「驚かせてしまってすみませんでした。警察の気を引くために爆竹に火を点けたんです。あなたがたを助けようと思って——近くで聞いていましたが、あなた、リッキー・マクロイと知り合いなんですね。あの気障な私立探偵と？」

「知り合いというか、依頼をしたというか」

「なるほど。それで彼は今どこに？」

「わかりません、聞き込みに行くと言って、それきり。あの、あたしの友達は？」

「あの白いワンちゃんですか？　大丈夫、元気ですよ。外でうちのメンバーと遊んでます」

「は、はあ……あの、ここは何なんですか？」

　禁本法があるのだから、書店のはずはあるまい。しかしインクのにおいにこの紙の量。

「僕らの地下アジトです。巻き込んで申し訳ないけれど、今のところ一番安全なので。特にあなたのように、本を持っている人にとっては」

「地下アジト……？」

　春田は言葉では答えず、深冬の手を引いて立ち上がらせる。

　小部屋の向こうも天井が低く、広いとはとても形容できない部屋だった。その中央に置かれた機械を見た深冬は、ごてごてした鋼鉄のグランドピアノみたい、と思った。どっしりとした鉄の四角い塊に、銀色に光る台と大きなローラー、鉄のフレームが組み合わされて、側面にはハンドル、レバー、古めかしい計器などがついていた。

　機械の横には机と椅子、壁際には棚がずらりと並ぶ。棚の前に五人の男女が立ち、体を窮屈そうに縮こめながら手を動かして、棚からハンコのような細い棒状のものを一本ずつ選び取っては、手元のトレイに並べていく。

「ここは工場？」

「印刷所ですよ。あそこで活字を拾って版を組んで、あの活版印刷機で刷る。僕らはここでビラや本を作っているんです」

「つまり……違法なこと？」

「ええ、そうなりますね」

しかし春田はどこか誇らしげだ。深冬は変貌した書店街で、ハンチングの少年が警察から逃げながらビラをまき散らしたのを思い出した。あれもここで刷ったのだろうか。

棚の前で活字を拾っていた女性が踵《かかと》を鳴らしながら奥の部屋へ行き、「主任、お願いします」と言う。部屋の突き当たりには最も大きな机があり、そこに初老の男性がひとり座っている。もじゃもじゃ頭が特徴的なわかば堂の店主だった。

「どうかね！　うまくできたかね！　粗悪品を作っちゃあならんよ、読んだ人の目が悪くなっちまうからね！　密造酒のメチルアルコールみたいに！」

威勢の良さも独特のしゃべり方も現実の店主そのままで、深冬は少しほっとする。主任と呼ばれたわかば堂の店主はメガネを外して別のメガネをかけ直し、活字を並べたトレイをじっくり眺め、「セブくうん、セブくうん！」と誰かを呼ぶ。すると隣にいた春田が主任の元へ歩いて行く。

春田は春田にしか見えないが、やはり例外なく物語の世界のキャラクターになっているようだ。

「ほい、版を組んで頂戴《ちょうだい》な！　いつもみたいにキチッ！　とね！」

深冬も春田の後について行こうとすると、活字を拾い終えた女性がまだ主任の横にいて、深冬と目が合った。よく見ると学校の図書室司書だ。文芸部の顧問でもある。大きなメガネをかけ、長い髪を片方にまとめて肩から胸元へと流している。まさかとあたりを見回したが、文芸部員らしき人は見当たらなかった。

「セブ君、大丈夫なの？　部外者なんか連れてきて」

　図書室司書、おそらく今はきっと別の名前がついているであろう女性が、聞こえよがしに春田に忠告する。深冬はむっとするが、確かにこんな密造現場に自分が入って良いかは疑問である。

「大丈夫さ。彼女がトビーに食事をくれたんだよ。ここに隠れたままで腹を空《す》かしていたのを、助けてくれた。それに本も持っているし、僕らの同志だよ」

　春田がフォローすると図書室司書は肩をすくめ、次の活字を拾いに戻って行った。

　主任からトレイを受け取った春田は、ローラーの前に版を揃え、木槌《きづち》で叩いて活字が飛び出さないよう平らにならしながら印刷機にセットした。それから、年季の入ったつやつやした木板を活版とローラーの間にはめ、その上に印刷紙を用意すると、スイッチを入れた。印刷機は唸《うな》りながら稼働し、上部の鉄フレームがぐるぐると回りはじめる。春田が印刷紙をずらしてローラーに近づけていき、フレームが一枚ずつ紙をすくい上げては瞬時に印刷するのを、深冬はまじまじと見つめた。機械に興味を持ったことはほとんどなかったが、これはなかなか面白かった。

　それでも十分もすれば飽きてしまい、あくびをし、なんとなく尻の横がかゆかったので掻いていると、手に妙な感触があった。柔らかいようなごわごわしたような、毛深くて太くて長い何物か——ぎょっとして摑むと少し痛い。振り返って我が目を疑う。尻尾だ。狐の尻尾が自分の尾てい骨あたりから生えている。

先週の『繁茂村の兄弟』の時と同じだ。本の世界に入ってからしばらく経つと、なぜか狐の尻尾が生えてくる。頭に手を触れてみる。三角の耳が生えていた。

他の人々の尻からもオレンジ色の尻尾がにょきにょきと生えてくるところだが、春田も、図書室司書も、主任も気づいていない。

なぜ狐化がはじまるのか深冬は知らないし、完全に狐になるとして何の意味があるのかもわからない。この世界の案内人であるはずの真白でさえ、わかっていないようだった。

「急いで泥棒を見つけないと」

リッキー・マクロイ、いや〝サンショ〟はあてにならない。いくら私立探偵のコスチュームプレイをしたところで〝サンショ〟は〝サンショ〟だ。深冬はそう考えを決めると、出口を探すことにした。真白は外にいると春田は言っていた。

印刷所には深冬が寝かされていた小部屋に通じるドアの他に、ドアがもうひとつと、シャッターがあった。シャッターは閉まったままなので、残りのドアを目指すのがいいだろう。印刷機が轟音《ごうおん》を立てて回り、人々が本づくりに集中している隙に、深冬は足音を忍ばせてドアへ向かった。

果たして、ドアの先は湿っぽいコンクリート壁に囲まれた階段室だった。無骨な鉄の階段が上へと続いている——ここは地下のようで、外を走っているらしい車の走行音が、ずいぶん高いところから聞こえてきた。深冬はそっとドアを閉め、階段に足を乗せる。一段、二段、三段。二十段ほど上がって二回目の踊り場を曲がりかけたその時、深冬は足を止めた。

狐がいる。

ひしゃげた段ボールが積まれた踊り場の隅で、オレンジ色をした狐が、体をまるめて眠っているのだ。熟睡中なのか深冬が近づく気配にも気づかず、くうふうと平和そうな寝息を立てている。

深冬は両手を広げて足音を立てないようじりじりと近づき、最後は勢いよく飛びかかった。ようやく目覚めた狐が飛び退くのと深冬が狐の脇の下に手を突っ込むのはほぼ同時で、狐は手足をばたつかせて逃げようとし、深冬は顔や腕にひっかき傷をこしらえる羽目にはなったが、どうにか確保した。

「やった！　泥棒を捕まえた！　本泥棒を捕まえた！」

諦め悪くじたばたと暴れる狐を「大人しくしなさいっ」と叱りつつ、深冬は世界が元に戻るのを待った。すぐに戻るはずだった。泥棒を確保したのだから……見た目は狐でも、中身が人間なのはわかっている。この慌てた目、ぱくぱくと口を動かして何かしゃべろうとする態度。本物の動物がこんな振る舞いをするはずがない。

しかし何も変わらない。階段は階段のまま、外を走る車の音も、下から聞こえてくる印刷機の音も変わらず狐は人間に戻らず、深冬が目を閉じてもう一度開けても、世界は元に戻らなかった。

「何で……どういうこと？　もう泥棒は捕まえたって言ってるでしょ！　見てる？　誰だか知らないけど、ねえ、元の世界に戻してよ！」

深冬は上に向かって叫んだ。神か何者か、とにかくこの本の世界をどこかから見ているはずの誰かに訴えた。しかし声は階段室に反響するばかり、暗いコンクリート製の天井に吸い込まれて消えてしまう。狐はなおも深冬の腕の中で暴れている。

「おおい、どうしたんだ？」

階段の手すりから下を覗くと、声を聞きつけた密造印刷所の面々がやってきて、疑わしげにこちらを見上げている。深冬は仕方なく階段を下りた。

「泥棒？　この狐が？」

印刷所にあった木箱に狐を入れ、蓋に鍵をかけた上に重しになる密造本を何冊か置きながら、印刷所の面々が訊ねる。木箱の組み立ては緩めで、板と板の間に隙間があり、狐が窒息する心配はないだろう。

「はい。あたしの本を盗んだんです」

「ははあ。さては人間に芸を仕込まれたのでは？　狐なら身軽だし、人間よりも夜目が利きますから」

春田の推測に、いや、中身は狐のふりした人間なんだけど、と内心思いながらも、話が複雑になりすぎるのも面倒なので、そういうことにしておく。

すでに印刷所のメンバー、春田や主任、図書室司書も含めて全員に、狐の尻尾だけでなく耳も生えてきている。早くしなければと焦りつつ、深冬はこれ以上何をしたらいいのかわからない。

「あの、あたしの友達……犬はどうしたんですか？」

「ああ、連れてこようか」

真白がいさえすれば少しはましになるかもしれない。しかしこの世界の不可解なルールは真白もわかっていない様子だったし、結局考えるのは自分になりそうだ。

ブック・カースのルール。そもそもどうして深冬が泥棒を捕まえる羽目になっているのかも腑に落ちない。同じ御倉一族ならば、入院中のあゆむはともかく、ひるねが泥棒を捕まえるのが一番効率的に思うが、たいがい彼女は眠っている。

それにしても泥棒は、なんだって何度も性懲りもなく御倉館にやってきて本を盗もうとするのか。前回で懲りたのではないのか？

あれ、ちょっと待って。仏頂面で腕組みしながら考え込んでいた深冬は、妙な引っかかりを覚えた。この狐は前回と同じ泥棒だとばかり思っていたが、本当にそうだろうか？　まさか別の人？

あんなおかしな世界に巻き込まれて狐の姿に変えられたら、もう二度と御倉館から本を盗もうだなんて思わなくなるはずだ。少なくとも深冬はそうだ。こんな危険を冒してでも御倉館から盗みたいと思うほど、蔵書に魅力があるのだろうか。

以前、「御倉館を売ったらいくらになるか」と父に訊ねたことがある。父は「深冬は本当に御倉館に思い入れがないなあ」と苦笑してから、ふと真剣な面持ちになって「残念だけど、大した金にはならないよ。インターネットのおかげで古書の入手はどんどん簡単になっているし、古書店が潰れて蔵書が放出されることもある。特に曾祖父《ひいじい》さんが集めていたのは娯楽小説が主だからね、マニア的な価値はあっても、価格は二束三文さ」と言った。

深冬には心当たりがないが、泥棒にとっては、とても価値の高い本が御倉館にある、ということだろうか。だとしたら同じ本を盗むはずだが、真白は今回、一階の書庫から盗まれた、と言っていた。前回は二階の書庫だ。

意味がわからない。

もし泥棒が違う人間だとして、一週間で二回も盗難が起きるなんて。

本の価値というよりも本を盗まれること自体に怒っていたたまきが、盗難防止に全力を注いでいたのはよくわかっている。しかし実際御倉館の盗難がどのくらいの頻度で起きているのか、深冬は知らなかった。盗難があったとあゆむから聞いたことは一度もない。それにもかかわらず、あゆむが入院してから二回も起きた。

「ねえ、なんで本を盗むの？」

深冬は狐を閉じ込めた木箱の前でかがんで問い詰めた。

「あんた、何者なの？　どうしてうちにくるの？　本なんて読長中にあるでしょ、他をあたってよ。それとも何、誰かに頼まれてるの？　白状しなさいよ、でないとあんたもあたしもここから出られないかもよ！」

泥棒の手下を捕まえただけだから、ブック・カースが解けないのかもしれない。深冬が木箱を揺さぶると狐は箱の中をぐるぐる回って、鳴いて何かを訴えようとする。しかしさっぱり理解不能だ。

「狐に話しかけてもね！　無駄だと思うけどね！」

そう笑う主任を無視して、深冬は憤然と立ち上がり、印刷所の中を苛々《いらいら》と歩き回りながら爪を噛んだ。その爪も獣のように尖りつつある。完全に狐になってしまうまでにあと何時間、あるいは何分あるだろうか。

すると外に出ていたメンバーが真白を連れて戻ってきた。首輪と鎖に繋がれているせいかまだ犬の姿のままで、深冬を見つけるとすぐに飛んでくる。深冬は本物の犬にしてやるのと同じように頭をわしわしと撫でてやった。しかし真白はなんだか変な様子だ。

「どうしたの？」

　よく見ると、真白の鼻が赤くなっている。外で見張りをしていたメンバーの話では、どうやら警察から逃げる際、爆竹を鳴らした時に使った煙幕に催涙成分が含まれていたらしく、嗅覚《きゅうかく》の鋭い真白の鼻がやられてしまったのだ、と言う。

「可哀想に」

　耳の後ろを優しく撫でると、真白は「くうん」と情けない声を出した。

　机で製本作業にあたっていたひとりが、深冬を励ましでもするかのように言った。

「まあ災難続きだけど、偶然泥棒と出会えるなんて幸運だったじゃないか」

　深冬は怪訝そうに眉《まゆ》をひそめて振り返る。

「偶然？」

「そうだよ。この街は結構広い。たまたま意中の誰かとばったり出くわすなんて滅多にないことなんだ、君は運がいいよ」

　一瞬、時間が止まったように感じた。狭く天井の低い印刷所の中を見まわす。

「そっか……そうなんだ」

　突然様子が変わった深冬に、印刷所の面々は互いに顔を見合わせる。

「どうしたの？」

「本……本はどこですか？　密造した本は？　どこに保管してるんです？」

「どこって……そこの、シャッターの向こうだけど」

　図書室司書がそう言い終わらないうちに深冬は大股《おおまた》で歩き出した。人々を押しのけながら部屋を横切り、閉じたシャッターの前に立つと把手《とって》に指をかけ、押し上げようとする。しかしシャッターとコンクリートの床との間に錠前が取り付けられていて開かない。

「ちょ、ちょっとあんた、勝手なことを！」

「あの、これ開けてもらえませんか」

「ダメ、どうして部外者のあんたなんかに……」

「部外者とか言ってる場合じゃないんです。開けて中の本を見せて下さい。泥棒が盗んだあたしの本がここに隠されているはず」

　偶然。確かに深冬がここに来られたのは、たまたま弁当を印刷所の子どもにやったおかげで、警察が深冬を捕まえようとしたところを、印刷所のメンバーに助けられたためだ。しかし狐、泥棒の方は違う。

　前回、狐は本を駅前のロッカーに隠していた。〝ブック・カース〟の世界に変わった後で変化しないものは、深冬と真白、泥棒、そして御倉館から盗まれた本だ。では今回は、泥棒は本をどうしたのか？　禁本法が施行された世界では、本を持っているだけでとにかく目立つ。そして危険だ。隠そうにも隠す場所がない。

　木を隠すなら森に隠せ、と言う。本を禁じられた世界で本がある場所は、密造本の取引場か、密造印刷所だけだ。安定して隠せるのは印刷所だろう。だから狐はこの印刷所を探し当て、本を隠した。階段室の踊り場で休んでいたのは、小さな体で人間サイズの本を隠すのにひどく体力と知力を使い、疲れたからに違いない。

　つまり、御倉館から盗まれた本はこの印刷所のどこかにある。

泥棒だけじゃダメなんだ。盗まれた本も揃えて、やっと元の世界に戻る。

深冬はやっとブック・カースのルールを理解した。

そうこうしている間にも人間の狐化はどんどん進んでいく。対峙《たいじ》する図書室司書のこめかみから頬にかけて、オレンジ色の天鵞絨《ビロード》のような産毛が生え、深冬自身の手の甲もきらめく産毛で覆われはじめていた。深冬は司書の両肩を摑み、必死の形相で頼みこんだ。

「お願いです、このシャッターを開けて下さい。すぐに本を捜し出さないと、大変なことになる」

司書は後から来た春田や主任と顔を見合わせ、呆れたように首を振ると、スカートのポケットから鍵を出してシャッターを開けた。

倉庫は印刷所と同じくらいの広さがあった。御倉館全体にはとても及ばないが、小さい書庫ひと部屋分はありそうな量の本が積み上げられている。

「こ、こんなにたくさん……」

「すごいでしょう。一冊一冊、私たちがこの手で作りあげたのよ。本は束ねられた知識なの。口からただ流れていく〝話し手〟のニュースとは知識の量が桁外《けたはず》れ、そしてそれは文字を追うことで得られる。本はこの世に存在しなければならないの。禁じるのは人間から知識を奪いたいからだわ」

「そんなたいそうなものじゃないよ、本は。ただ読んで、面白ければそれでいいんだ。つまらなくてもそれはそれで良い経験さ。自分が何を好み何を退屈だと感じるか知ることができるからね」

「俺は全然そんなこと考えてないけど。本は金になる、ただそれだけ」

「金儲《かねもう》けしか頭にないやつは黙りなさいよ」

大人たちのやりとりは深冬の耳に入らない。深冬が呆然《ぼうぜん》としているのは、手作業で作られた本の量に感嘆したのではなく、これだけの本の山からどうやって御倉館から盗まれた本を捜し出せば良いのか、途方に暮れているせいだ。真白の鼻が利くのなら簡単だが、今は煙幕の影響で嗅覚が落ちている。泥棒本人に訊ねてみる？　けれどもし逃げられたら、元も子もなくなってしまう。

天井には四角い排気口が空いている。泥棒狐はあそこから出入りしたのだろうか。そこから風が吹いて、尻から生えた狐の尻尾が揺れる。深冬はきっと顔を上げると、本の山へ大股で突進し、端の列から一冊ずつ確かめはじめた。本の形態は、現実世界で流通しているものとはずいぶん違う。どれも似たり寄ったりの茶色か黒の装幀で、絵やイラストの類《たぐ》いもなく、シンプルな無地だった。確認したらどんどん降ろし、一度に五冊から十冊ずつ動かしながら、本の山に分け入っていく。この調子でいけばきっと簡単に、盗まれた本を捜し出せるだろう――しかし十分ほどして、本を摑み損ねて手からすり抜けた。深冬の指がぐっと短く、丸まってしまい、手のひらには肉球らしき膨らみが生じはじめていた。

深冬は青ざめた顔で悲鳴をぐっと呑み込み、両手で不器用に本を挟んでどかす。そんな深冬の様子に触発されたのか、印刷所の面々や真白も手伝いはじめていたものの、全員の鼻が伸びて頬から髭が生えていた。

汗を垂らしながら千冊以上を移動させて、本の列の三分の一程度を削るようにどかした頃、深冬は尖った耳をぴくりと動かした。サイレンが聞こえる。だんだん近づいてくる。

他のメンバーも一斉に顔を上げ、何人かは様子を見に慌ただしく出口へ駆けていった。サイレンは倉庫の真上に来て、止まった。

「大変だ、警察だ！」

「撤収しろ、早くここから出るんだ！」

「嘘でしょ、連中はなぜこの場所がわかったの？　情報が漏れた？」

みなパニックに陥り、右往左往して、積み上げられた本が雪崩を起こす。誰かが転んで机にぶち当たり、何十枚という紙がひらひら舞った。みな口々に、ここは地下深くで、盗聴器の電波は発信できないから、絶対にばれないはずだ、と言い合う。

そんなのはどうでもいい、深冬は手を休めずに本の山を掘り続ける。本さえ見つければすべてが解決する。警察も密造本も、すべてが。その腕を図書室司書が摑む。

「あんたも逃げるの、さあ！」

「いや！」

すると拡声器で何倍にも大きくなった声があたりに響き渡った。

「密造本製作組織の犯罪者どもよ、よく聞け！　ここは包囲されている！　仲間の命が惜しくば投降せよ！　繰り返す、仲間の命が惜しくば投降せよ！」

「仲間？　いったい誰のこと？」

全員顔を見合わせて、仲間が揃っていることを確認する。誰も欠けていない。製本作業にあたっていた男がほっとため息をつく。

「どうせハッタリだよ。気にするな」

「ハッタリだと思うか？　これを聞け」

まるで中の様子を見抜いたかのようなセリフの後、拡声器から、小さな子どもの泣き声が響き渡った。深冬が弁当をあげた子どもだ。

「トビー！」

「確かにあの子の姿が見えない！　あの声は本当にトビーなの？　いついなくなったの？」

深冬は背筋がひやりと冷たくなったのを感じた。さっきの騒動、狐の泥棒を見つけた時に違いない。階段室のドアは開けっぱなしだったし、狐騒ぎに注意を奪われて、小さな子が出て行ったことに誰も気づかなかったのだろう。

「まさかトビーがこの場所をばらした？」

「そんなわけないでしょ、あの子はまだ五歳なのよ。きっと外に出たところを誰かに保護されて、それで……」

図書室司書はそう言いかけて、はっと表情を強張らせた。

「トビーを迷子だと思った人が警察に通報した。でもトビーはこの場所を言えない。住所を教えてないし」

「保護した人が見つけた場所を言ったんじゃない？」

「だとしても、ここは地下よ。掘っ立て小屋が立っているきりの更地。たとえここの住所に警察官が来ても、迷子が見つかった更地の下に印刷所があるとは思わないはず。それでもわかったのだとしたら、それは……」

司書は真白の方を見た。白い犬。真白は外に出ていた。

「でも犬なんてどこにでもいる」

「そうね。だったら、答えはひとつ」

次の瞬間、遠くで銃声が鳴り響き、みな悲鳴を上げた。深冬は隙をついて司書の手を振りほどくと、狐を閉じ込めていた木箱に駆け寄った。もう「逃げるかも」などと心配している場合ではない、イチかバチかだ。泥棒なら本の場所がわかる。この馬鹿げた騒ぎを全部終わらせるのだ。

だがあと一歩で、狐を閉じ込めた木箱との間に邪魔が入った。

「何をしているんですか、お嬢さん」

春田だ。気分でも悪いのか先ほどよりも妙に青白い顔で、額から脂汗がしたたり落ちている。深冬が横をすり抜けようとすると、負けじと押しとどめてきた。

「やめてください、あたしはそこの狐に用が」

「変な行動は慎んで頂かないと。僕も警察に捕まってしまうので」

そう言ってメガネのブリッジを指で押し上げ、袖口《そでぐち》で額を拭《ぬぐ》う。嫌な予感がした。

「〝僕も〟って、どういう意味ですか。みんな捕まるから同じでしょ？」

乾いた喉《のど》で唾《つば》をどうにか飲み下す。

「春田さん……じゃなかった、ええと、セブさん。あなたまさか、密告したんですか」

春田と深冬を除く全員が、驚きに目を瞠っている。春田はついと顔を背けた。

「あなたが来たせいですよ。僕はどうしてもリッキー・マクロイを連中に渡さなきゃならないと、以前から約束させられていたんです。この場所を守るために」

「何ですって？」

図書室司書が深冬を押しのけて春田に挑みかかろうとし、他の人々に取り押さえられる。「落ち着けって！」「まずは話を聞こう、な？」となだめられながらも、鼻息を荒くする司書。その後ろに深冬はそっと身を隠し、真白の姿を捜した。

印刷所の面々は、もはや深冬には関心を持たず、春田と口論をはじめた。警察の真の目的は私立探偵リッキー・マクロイであり、春田もとい〝セブ〟は深冬をリッキーの仲間と踏んで、彼をおびき寄せるために地下印刷所で保護するふりをしたのだという。

「あのお嬢さんがトビーに弁当をあげたから連れてきたというのは、ていのいい口実ですよ。トビーを外に出したのは僕です。近所の人の通報じゃありません、警察は合図を待っていたんです。ここに仲間がいるとわかれば、リッキーも出てこざるを得ない」

「それで私たちと印刷所を巻き添えに？　信じられない！」

「あなた方には申し訳ありませんが、印刷所は違います。印刷機は守られるという約束ですから。あなた方の代わりはいますけど、印刷機の代わりはありません。これを失ったら、二度と本が作れなくなる」

仲間たちが春田に飛びかかるのと、人間に戻った真白が顔を洗って洗面所から出てくるのと、ほとんど同時だった。

「真白！」

深冬はそう叫んで狐の木箱を取り上げ、印刷所のけんかに巻き込まれてもみくちゃにされる寸前に、真白に投げてよこした。真白は素早くジャンプして木箱を受け取り、怪力で破壊する。

印刷所の面々は、春田に飛びかかった勢いで洋服が脱げ、全裸にはなったが、ほとんど狐の姿に変わっていたためオレンジ色の塊が襲いかかったように見えた。怒鳴り合い、もみ合う中を深冬は這いつくばって抜け出し、真白がむんずと捕まえている狐の元へ駆け寄った。

「さあ、早く本の在処を教えて！　でないと限界、みんな狐になっちゃうし、このままだとあんたも警察に撃ち殺されるよ！」

深冬の視界が怒りと涙で曇る。なぜこんな目に遭わなければならないのか。すっかり天鵞絨のような毛が生えそろった手の甲で目尻を拭う。もう髭も生え、鼻がぐっと伸び、歯も牙《きば》になっていた。

その時、上の方で銃声がした。

「マクロイだ！　マクロイが現れたぞ！」

拡声器から聞こえる怒声、銃声、耳をつんざくハウリング。物語の主人公が上にいる。深冬はまだ動こうとしない狐の首を握ってぶんぶんと振った。

「あんたはこのヘンテコな世界で死にたいの？　だったら勝手に死になさいよ意気地なし！」

すると狐はかっと目を見開き、深冬の手を噛みかけた。すんでのところで手を引っ込めた深冬の脇をすり抜け、倉庫に積み上がった本の山から山へ、あっという間に駆け登る。

「ちょっと、わかってる？　あんたが盗んだ本を捜すんだよ！　でないと終わらないんだから！」

狐は「わかってる」と言わんばかりに尻尾をぶうんと振り、左奥に積んであった本の山に飛び乗ると、猫が砂を掘るような猛烈な勢いで本を掘りはじめた。深冬と真白も靴を脱いで、四つ足で登って泥棒を手伝う。黒い装幀、茶色い装幀、黒い装幀、茶色い装幀、黒い装幀――その下に、見覚えのある、懐かしい、現実の本の装幀が見えた。写真がプリントされ、秀麗な書体でタイトルが書いてある。

その下にも本はあった。三人は夢中で本を発掘し、最後の一冊を救い上げたところで、倉庫の入口が派手な音を立てて開いた。深冬は振り返り、そこにリッキー・マクロイ、もとい気取ったサンショがいるのを認め――

目を覚ますと、深冬は御倉館の一階、来客用のサンルームの床で横たわっていた。大きな窓からさんさんと差し込む太陽に目を細め、青い空に白い雲がゆっくり流れていくのをしばし眺める。両目を閉じて深呼吸する。戻ってきた。

深冬の手の中にはまだ『BLACK BOOK』がある。きっとこの本に書かれている物語と、自分が今目撃し、体験してきたばかりの物語は違うのだろう、と思う。深冬と真白がいなければリッキー・マクロイは別の活躍をしたはずだ。そうなるとセブはいったいどんな選択をし、印刷所の未来はどのように変わるのだろう。

そう考えると、ますますわからなくなった。あの世界はいったい何なのか。どうしてこんな物語が存在しているのか。そもそも、『BLACK BOOK』や『繁茂村の兄弟』がブック・カースの鍵になる理由は、どこにあるのか？　著者は誰なのか？

深冬は漆黒の本を抱いたまま体を起こす。健やかな寝息が聞こえてきて、首を伸ばしてローテーブルの向こう側を見ると、ひるね叔母がまだソファで眠っていた。

叔母はこのブック・カースを知っているのだろうか。御倉館の管理人なのだからその可能性は高いし、真白も叔母のことを知っている様子だった。

「叔母ちゃん、ひるね叔母ちゃん、起きて」

ひるねの肩を揺すり、起こそうと試みるも、相変わらず目を覚まさない。まるで糸車の針に指を刺したての眠り姫のように行儀良く腰かけたまま眠り続けている。

「……仕方ないなあ」

深冬は本をローテーブルに置き、御倉館を出ることにした。時計を確認すると、あの世界に入ってからまるで時間が経っていない。早く菓子を買って父の元へ行き、本と一緒に渡してやらなければ。そう、あのふたりが来る。リッキー・マクロイと刑事、サンショと三木が。もし中折れ帽をかぶって現れたらどうしよう。

そんなことを考えながら外へ出ようとしたその時、玄関ドアの金具部分に、マグネットでメモが留めてあるのに気づいた。マグネットは以前深冬が旅行の土産に叔母にあげたもので、招き猫の形をしている。

「何、これ」

メモはミントグリーンの、文房具店などでよく売っているようなブロックメモの一枚だった。不審に思いながら紙をマグネットから外し、そこに書いてある文字を読んだ。

心臓がどきりと脈打つ。

〝御倉深冬さま　話があります。よかったら電話を下さい。番号は＊＊＊＊＊＊＊＊＊＊　泥棒狐より〟

第三話

幻想と蒸気の霧に包まれる

「だめだ」

開口一番、御倉あゆむ、深冬の父親はそう言った。病院のベッドで体を起こし、目の前でむっつりしている一人娘を真っ直ぐ見て、もう一度はっきり言う。

「だめだぞ、深冬。そんな手紙は無視するんだ」

「でも、じゃあどうするの？　本当に泥棒からの手紙だったら」

「だったらなおのことだめだ。泥棒に会いに行く？　何かあったらどうするんだ。そもそもなぜ泥棒〝狐〟なんだ？　どうして深冬を名指しにする？」

「……知らないけど」

深冬は一層むくれて唇を突き出し、眉間《みけん》のしわを深め、いったいどうやってこの嘘に整合性をつけようかと必死に頭を絞った。

父の方が正しいのはよくわかっている。本の世界から戻ってきて見つけた、玄関ドアに貼り付けられていたメモ――本泥棒を名乗る人物からの置き手紙。このまま知らないふりをしてゴミ箱へ捨ててしまおうか、悩みはしたのだ。相談しようにもひるねは起きないし、仕方なく父の元へ持ってきた。ただし、ブック・カースのことは伏せて。

「御倉館に本泥棒が出たみたい」。肝心なのは〝みたい〟であって、本は一冊も盗まれていないし、メモも玄関の〝外側に〟貼ってあった、と嘘をついた。真白という明らかに人間とは違う不思議な少女の存在、私立探偵になった体育教師、銃で撃たれそうになったこと。どう話しても信じてもらえるはずはない。それに、警察に通報されてことが大きくなったら面倒だし、目に見える形で残っているものはこの置き手紙だけ、警察もいたずらだと見て相手にしないだろう。

ただ、何が起きているのか知りたかった。あの泥棒狐が深冬に何を言おうとしているのか、正体は何者なのか、見てみたかった。

「わかったよ、会いに行くのはやめる」

深冬は鼻息をわざと大きく吐きながら、背もたれのない丸いパイプ椅子を父の枕元までずりずりと寄せると、座り直した。親から「泥棒に会っていい」なんて言われるとは思わなかったが、それでも落胆はしている。

小学二年生の時に母は亡くなってしまったが、父とふたりで結構仲良く暮らしている、と深冬は思っていた。互いにできる家事を可能な範囲でやり、できない部分はあっさり諦《あきら》めるか、道場師範代の崔の家族や商店街の面々といった街の人を頼り、失敗は笑い合う。父から母親役を押しつけられたこともないし、過保護だと感じたこともない。しかし時々——たとえばまさに今のような状況になると、やはり自分は子どもで、親の言うことを聞く立場なのだと思い知らされるのだ。

「よし。それで、ひるねはどうしてるんだ」

父がふいに叔母《おば》の話題を持ち出すので、深冬はつい視線を泳がせ、いったいどこからどこまで話すべきで隠すべきか、脳を高速回転させた。

「……元気でやってるよ。相変わらずよく寝てるけど、ご飯は食べてるっぽい」

嘘はついていない。少なくとも昨日は起きていて、庭先であのモード系女と立ち話をしていたし、飲み食いの痕跡《こんせき》もある。あゆむは頷《うなず》いたが、まだ胸の前で太い腕をがっちり組んで、思案げな顔をしている。

「それはよかった。じゃあ、しばらく御倉館には行かなくて良いよ」

「なんで？」

つい大声を出してしまい、四人部屋のどこかから咳払《せきばら》いが聞こえ、深冬は慌てて声を落とした。

「あたしが叔母ちゃんの世話をしないとって、お父さんが言ったんだよ」

「そうだが、でも妙ないたずらは気になるだろう。深冬を名指ししているし、気味が悪いじゃないか」

「じゃあ叔母ちゃんの世話はどうするの」

「他の人に来てもらうことにした」

「はい？」

再び大声を出してしまい、また咳払いが責め立てる。心の狭いやつめ、と深冬は内心舌打ちしながら、父にどういうつもりなのかと聞き出そうとした。御倉館に行かなくていい。叔母ちゃんの世話ができる人が他にいる。なんだなんだ、だったら最初からあたしに頼まなければいいのに。

「大丈夫、お父さんに任せてくれ。深冬にばかりお願いしたら、勉強する時間も遊ぶ時間もなくなるだろ」

「……今さら言う？」

梯子《はしご》を外されたような気持ちで深冬はますます顔をしかめる。その時、病室のドアが開く音がして、どやどやと賑《にぎ》やかな人の気配が溢《あふ》れた。間仕切りのカーテンがさっとめくられ、向こうから体育教師の菊地田と国語教師の三木が現れる。そうだ、見舞いに来ると言っていたっけ。

ハードボイルド小説『ＢＬＡＣＫ　ＢＯＯＫ』のブック・カースがかかった世界では、菊地田は主人公の私立探偵だった。真っ黒いコートに中折れ帽、ついさっきまでいかにもニヒルな格好をしていたのに、今はスポーツ用品メーカーのロゴが縫い付けられた、上下蛍光グリーンのスポーツウェアを着ている。目がチカチカする深冬に、菊地田は「おう、来てたか！」と豪快な笑みを向けた。リッキー・マクロイの面影はみじんも残っていない。咳払いがまたしつこく聞こえてきたので、掛け軸の幽霊めいた三木が「談話室へ移ろう」と持ちかける。

深冬の気持ちはちぐはぐだった。もう関わりたくないと思うのに、どうしようもなくあの世界に惹《ひ》かれている。行くことを禁じられると腹が立ちさえする。こちらの世界の方が穏便で優しく危険は少ないのに、なぜなのか。気を紛らわせるように急いで椅子から立ち上がった。

「じゃあ行くね。またね、お父さん」

「あれ、見舞いはもういいのか？」

きょとんとしている菊地田は無視して、隣のクラスの担任の三木にぺこりと頭を下げ、父に手を振る。あゆむの、まだ大きなガーゼをあてがわれたままの顔は何か言いたげではあったが、右手をゆっくり振り返した。

病院を出た深冬は気怠《けだる》い足取りで駅前の角を曲がり、商店街から書店街へと歩きながら、いったい自分はこれからどこへ向かおうとしているのか、と自問自答した。

しばらく御倉館には行かなくて良い。ひるねの世話は他の人に頼む。父の決断が頭の中でぐるぐる回る。深冬は御倉館が嫌いだった。叔母の面倒をみなくてすむならそれでいいはずだった。

どうにも心が落ち着かず、気分も晴れない。つい足を御倉館の方へ向けそうになり、振り切るようにして踵《きびす》を返し、来た道を戻る。

「……わかった。だったらもう二度と御倉館へは行かないから」

深冬はひとり呟《つぶや》き、駅前のファーストフード店でフライドポテトでも食べようと決め、怒り肩でうつむいたまま足もとの小石を軽く蹴《け》飛《と》ばした。小石はころころと歩道の上を転がり、前に立っていた人物の靴のつま先に当たった。

「あ、ごめんなさい」

謝りながらも、小石が当たった靴の方に気を取られてしまう。黒い革靴なのだが、甲の部分に金色のぴかぴかした四角いバックルがついていて、つま先がまるで橇《そり》の足のようにぐるんと上を向いた、珍しいデザインだった。それに透けた靴下を履いている。

「……どうかした？」

靴の主から声をかけられて、はっと顔を上げる。目の前に立っていたのは見知らぬ女性だった。垢抜《あかぬ》けた坊主頭に大ぶりのシルバーのイヤリング、濃い緑色のアイシャドーに、金色のアイラインがくっきり輝いている。尻《しり》が隠れるほど長い黒のシャツに赤いベルトを巻き、奇妙にねじれた形のベージュのスカート。少なくとも読長町よりもっと大きくてしゃれた街にいそうな人である。年齢は二十代後半か三十歳前後くらいだろうか。

昨日の記憶が甦《よみがえ》る。御倉館の庭先で、ひるねと話していた人だ。でももう関係ない、御倉館には行かなくて良いのだから。

「いえ、何でも」

女性の脇をすり抜けようとする。しかし彼女は細い三日月のような一重の目をさらに細めて、深冬の行く先に立ち塞《ふさ》がった。

「あの。邪魔なんですけど」

「わざとやってますんで。私、あんたに用があるんだわ」

「……は？」

「病院の待合室で待ってたんで。トイレ入ってて……そしたらちょうどあんたが出て行くところで、逃がすかって慌てて追いかけて。誰かわかんない？　私、泥棒狐」

「はっ？」

「話しましょ、さあさあ」

女性に右の手首をむんずと摑《つか》まれ、有無を言わさず引っ張られどこかへと連れて行かれる。気がついた時には、書店が並ぶ通りの手前に立つ、古い喫茶店のソファに座らされ、店主に紅茶を注文していた。他の席にいる客たち、六十代から七十代の老人たちが、坊主頭で奇抜なファッションの女性にちらちら視線を送る中、当の本人は涼しい顔でお冷やのコップに口をつけている。深冬は他の客たちをじろりと睨《にら》みつけ、老人たちを慌てさせてから、自分も水をぐびぐび飲んだ。

「それで。うっかりついて来ちゃいましたけど、ちゃんと説明してくれます？　あなたが泥棒狐だったんですか？　本当に？」

「疑うなら、あんたにあそこで言われたことを言ってあげる。〝あんたはこのヘンテコな世界で死にたいの？　だったら勝手に死になさいよ意気地なし！〟ってね。いい啖呵《たんか》だったよ」

深冬は目をまん丸にして、相手をまじまじと見つめた。

「何？　間違ってる？」

「いえ……合ってます」

本当にこの人が、あの泥棒狐なのだ。深冬は呆然《ぼうぜん》とし、テーブルに運ばれてきた紅茶とクリームソーダが、注文者を取り違えて逆に置かれたことにも気づかない。代わりに彼女が白いカップと緑色のしゅわしゅわした炭酸水にアイスクリームが浮かんだグラスを交換しながら、気楽な口調で言った。

「しかし驚きだよねえ。確かに本を盗んだ私が悪いんだけど、まさか街全体がおかしな世界に変わって、しかも狐の姿にされるなんてさ。はじめは急に夜になって、街から人がいなくなってびっくりしたけど、しばらくしたら人が現れて、でもみんな全然違う人たちになっちゃってさ。ねえねえ、御倉一族って魔法使いなの？」

「まさか。あたしだってよくわかんないんです。どうしてあんなことになるのか」

深冬は紅茶のカップに視線を落とし、混乱する頭をどうにか整理しようとした。

問題その一。この人はなぜ御倉館から本を盗んだのか。問題その二。逃げればいいのに、なぜ追いかけてきてまで話をしようとしているのか。問題その三。そもそもこの人は何者なのか。

大きく深呼吸して顔を上げると、彼女は備え付けの紙ナプキンを二枚取って丁寧に重ねてテーブルに敷き、アイスクリームの上から真っ赤な色つきサクランボを紙ナプキンの上に移動させている最中だった。ペースを乱されそうな気配にうんざりしながら、深冬は切り出した。

「あなたに訊きたいことが山ほどあります」

「うん、私もあんたに訊きたいことあるよ。あのひるねって人は何者なの？」

「えっ……ひるね叔母ちゃんですか。あたしもよく……」

　本当は深冬が質問するはずが、相手の流れるような自然な問いかけについ乗ってしまう。

　ひるねは、深冬が物心ついた頃からずっと御倉館で暮らしている。外で見かけることは数えるほど、いつ会っても本の山に埋もれるように本を読んでいるか、書架の整理をしているか、修繕中か、いびきをかいて眠っているかで、まれに部屋でふたりきりにされると、いつまでも沈黙する羽目になった。深冬が話しかけない限り、ひるねがしゃべることはない。祖母のたまきといる時間に比べればずっと気楽だったし、時々見せる笑顔は好もしいもので、決して嫌いではなかった。だがどんな人間かはいまだによくわからない。父には話していないが、深冬は内心で、「現実には存在しない架空の人みたいだ」と感じていた。

　父からは、ひるねはこの館にある本をすべて読んで理解しているんだよ、と聞かされていた。しかし深冬からしてみれば、どんなに脳みその容量が大きかろうと自分の面倒すら見られないのでは、〝だめな大人〟だ。

　つい叔母のことを考えてしまい、深冬ははっと我に返った。まずい、この人のペースに巻き込まれては。

「叔母ちゃんのことはいいんです。それより、あなたは何者なんですか？　どうして御倉館から本を盗んだりしたの？　先週、へんてこな真珠雨の降る世界にしたのもあなた？　あと、メモにあった〝話〟って？　それからひるね叔母ちゃんと昨日話してるのを見たんですよ。何を……」

「ストップ、質問が多すぎ」

女性がカシス色のマニキュアを塗った人差し指を突きつけてきて、深冬はぐっと口をつぐんだ。すると女性は空になったクリームソーダのグラスをずらして、テーブルに肘《ひじ》をつき前のめりになった。距離が狭まり、口を開くたびにメロンソーダ色に染まった舌がちらちら覗《のぞ》く。

「私の名前はけいこ。漢字で蛍の子と書いて蛍子ね。いい名前でしょ。一九八六年生まれ、職業は風来坊。趣味は読書」

「……真面目に答えて下さい」

「真面目だよ。じゃあ今度はこっちが質問する番」

「そんなルールは決めてません」

「今決めたの。質問。どうして深冬ちゃんは他の人たちと違って、あの世界でも正気だったの？　それから、私が狐になってあの危険な街を逃げ回っていた時、もうひとり女の子がいたよね。あれは誰？」

「あなただって質問がふたつになってますけど……。どうしてあたしが正気なのかは、正直わからないので答えられません。もうひとりの女の子のことも。本が盗まれると現れるってくらいしか」

「本が盗まれると現れる？　マジで？」

蛍子は驚いたように目を丸くし――テーブルから肘を離して椅子に深々ともたれかかり、意地悪そうな表情に変わって言った。

「ねえ、全部嘘なんでしょ？　私もあんたも、集団催眠にかかってただけ」

「集団催眠？」

「催眠術ってあるでしょ。〝あなたはだんだん眠くなる〟って言うと本当に眠っちゃうやつ。私とあんたはそれのすごいやつに引っかかった。私は自分が狐になったように思い込まされて、あんたは私が狐に見えるようになった。街もみんな変わって見えてただけ」

「……他の人たちも？」

「そうかも。街の人たち全員、催眠術にかけられた」

深冬はまたしても一瞬、蛍子の主張に呑《の》まれそうになったが、落ち着けと自分に言い聞かせてよく考えてみた。結果はノーだった。

「まさか。街の人たち全員に一斉に催眠術をかけるなんて、不可能じゃないですか？　かかりやすい人とかかりにくい人がいるって言うし。もしそれが可能だとしても、街の外から人がやってきたら、何してるんだ、って話になるでしょう。でも誰も来ない。催眠術では街の封鎖はできません」

以前の深冬であれば、いかにも〝ありそう〟な催眠術案に納得しただろう。しかし同じ体験をした人物が目の前にいる今はもう、あの世界が偽物だとは思えなかった。

「なるほど。深冬ちゃん、思ったより賢かったな」

「失礼ですね」

さっきまでのふざけた態度が嘘のように、蛍子は怖く感じるほど真剣な面持ちになり、尖《とが》った顎に細い指を添えて考える素振りを見せた。

「じゃあさ、今から御倉館に行こう」

「えっ？」

「〝百聞は一見にしかず〟。私があそこからもう一度本を盗んだら、またあのおかしな世界に入れるかもしれない。実験してみようよ」

深冬は呆気《あっけ》にとられて、蛍子がさっさと伝票を持って席を立っても、とっさに動けなかった。はっと我に返りショルダーバッグを摑むと、肩にかける間も惜しんで、レジで会計中の蛍子を追いかける。

「盗みなんて絶対だめです」

つい大声が出てしまい、レジを打つ老店主がぎょっとしてじろじろ見てくる。蛍子は「大丈夫、この店は襲わないですよ。私も場所は選ぶんで」と微笑んでさらに老店主を狼狽《ろうばい》させ、楽しげに口笛を吹きながら店を出て行った。

街路樹の木漏れ日が揺れる歩道を、黒いシャツとベージュのスカートの裾《すそ》を翻《ひるがえ》しながら、蛍子はずんずん進む。

「ねえ、待って、待って下さい！　本当にやるつもりなんですか？」

「やりたくなきゃ、別について来なくていいんだよ」

「馬鹿言わないで！　うちから本を盗むって人を野放しになんて……」

「どうして？　深冬ちゃん、本が嫌いなんでしょ？」

なぜそんなことまで知っているのだろう？　ぎくりとして深冬は足を止めたが、かぶりを振りながら再び蛍子の後を追う。

「本が好きか嫌いかは関係ないでしょ。盗みをするなって言ってるんです！　警察に通報しますよ！」

角の太い楠《くすのき》の前に白いマウンテンバイクが停めてあり、駐輪禁止の看板の脚にワイヤーロックがかかっている。蛍子は口笛を吹きながらそのロックを外すと、マウンテンバイクに軽やかにまたがった。

「それじゃ、追いかけっこといこうか。善玉対悪玉で、よーいスタート」

「えっ、ちょっと！」

深冬の声などまるで聞こえていないかのように、蛍子は颯爽《さっそう》と走り去る。慌てて後を追いかけるも、五十メートル走では十秒以内で走れるかどうかで持久力もない深冬はあっという間に振り切られ、蛍子の姿は遥《はる》か遠くへ消えてしまった。

走っては歩き、走っては歩きを繰り返し、ようやく御倉館にたどり着いた頃には、深冬は肩で息をし、ふくらはぎはぱんぱんで痛いほどだった。どうにか呼吸を整え、額から噴き出す汗を肩口で拭《ぬぐ》う。蛍子の白いマウンテンバイクはすでに庭の中に停めてあったが、大銀杏《おおいちょう》のある御倉館は静かで、一見すると異変はないように思えた。

深冬は苛立《いらだ》たしげに蛍子の白いマウンテンバイクを抱えると門の外に出し、無断駐輪で保管所に移動されることを願ってから、御倉館の庭に戻る。玄関のドアの把手《とって》を引いてみると、すんなり開いた。

「……さすがは泥棒ってわけね」

前回もそうだった。ブック・カース以前に、普通の警報装置も鳴らなかったのだから、合鍵《あいかぎ》が用意されていると見て相違ないだろう。

「蛍子さん？　どこにいるんですか？」

中に入って怒鳴ってみても、人の気配はない。ひるねのものとおぼしきいびきがかすかに聞こえてくるだけだ。深冬は大急ぎで靴を脱ぎ、下駄箱《げたばこ》にも入れずに玄関に上がる。マウンテンバイクが置いてあったということは、つまりまだ御倉館から出ていないはずだ。書庫のドアは閉まったまま。深冬はサンルームへ小走りに向かう。

大きな窓から日光がさんさんと差し込むサンルームは、つい数時間前に深冬が『ＢＬＡＣＫ　ＢＯＯＫ』の世界から戻ってきた時と、何も変わっていなかった。ひるねは眠り続けていたし、物が移動したような気配もない。

深冬は二階への階段にちらりと視線をやり、大股《おおまた》でひるねに近づく。そして彼女の手元を見て、呆《あき》れたようなため息をついた。

札がある。本泥棒の被害に遭うと現れる、赤い文字で書かれた護符。

深冬は躊躇《ためら》うことなくひるねの手から札をさっと抜き取り、奇妙な飾り文字を声に出して読んだ。

「〝この本を盗む者は……幻想と蒸気の靄《もや》に包まれる〟」

たちまち、外から聞こえていた風の音がやみ、サンルームの巨大な窓の向こう、昼過ぎの陽光の黄色みを帯びはじめた庭の草木は、ぴたりと動きを止めた。先ほど蛍子から言われたばかりの言葉を思い出す。集団催眠。これは現実のことなのか、それとも催眠術にかかっているだけなのか？

深冬は時を止めた外の風景から、手の中の札に視線を戻す。声をかけられるよりも先に自分から呼ぶ。

「真白」

「深冬ちゃん。今日二回目だね」

振り返ると、つい先ほど別れたばかりの少女が立っていた。白い髪、深冬と揃いのポロシャツとジーンズ。

「やっぱりまた盗まれたんだ」

「そう。おかしいな、一日に二度も泥棒に入られちゃった。怒ってる？」

「違う。ごめん……泥棒、半分はあたしのせいなんだ」

謝ると、真白の大きな目はますます大きく見開かれ、深冬はいたたまれなくて視線をそらす。

蛍子のことを打ち明ける間、幼い頃、大好きだった年上のお姉さんを御倉館に連れてきて、祖母からこっぴどく叱責《しっせき》された時の、足の裏と胃のあたりが冷たくなる感覚が甦り、両手をみぞおちに当てた。

あの時の記憶は、実のところほとんど残っていない。かび臭い古い本のにおいがする御倉館で、おそらくこのサンルームで、鬼の形相をした祖母と容赦ない罵声《ばせい》ばかりが思い出され、どんな形で事態が収拾したのかも覚えておらず、お姉さんの顔すら曖昧《あいまい》だった。ただただ、強く「あたしは御倉館に友達を連れてきてはいけないのだ」と思い知らされたことが、記憶の根深いところに残っていた。

それなのに蛍子を御倉館に入れてしまった。それも「本を盗む」と予告した人間を。止めようと追いかけたけれど、失敗した。

「深冬ちゃん？」

真白に呼ばれて我に返った深冬は、ぎょっとして表情を強張《こわば》らせた。真白の背後に祖母がいて、すさまじい形相でこちらを睨みつけている――いや、そんなはずはない。祖母と見間違えたのはサンルームの片隅に置いてある古い帽子掛けで、埃《ほこり》よけにかぶせている萌黄《もえぎ》色《いろ》の布が、祖母が好んで着ていた着物に似ていただけだった。

「大丈夫？　顔色が――」

「何でもない。早く蛍子さんを連れ戻して、本を取り戻さないと」

手にじんわりとにじむ汗をジーンズで拭いつつ、心配そうな顔をしている真白を急《せ》かし、深冬は階段へ向かおうとする。すると真白は「ううん、今回はそっちじゃないんだ」と言い、深冬の背中を押して玄関に向かって歩いた。

廊下沿いに並んだ書庫のドア。真白はそのうちのひとつ、一番右の扉を開けて促す。

「ここだよ。さ、入って」

「……サンルームへ向かわずに、すぐここを開けて中を確かめればよかった」

「深冬ちゃんが着いた頃にはもう出て行ってたよ」

「え？」

本を盗んで御倉館から出た後、泥棒がどのような道をたどって狐化するのか、深冬はよく知らない。自転車があるから御倉館の中にまだいるはずだと考えたのは、思い違いだったのだろうか。

「気にしないで、今から捕まえればいいんだから。さ、行こう」

書庫は今回も仄暗《ほのぐら》く、蠟燭《ろうそく》などひとつもありはしないのに、ぼんやりとした橙色《だいだいいろ》の小さな明かりが点々と灯《とも》っている。並び立つ書架の間を真白の後についていけば、左奥の書架にいくつかの本が抜かれて隙間のできた棚があり、そこに一冊だけ表紙を前にして飾られている本があった。

青が徐々に灰色を帯び、やがて黒に呑まれていくような印象の空。暗い山と街のシルエット、竜のような狼のような生物の絵。

「……タイトルは『銀の獣』。どういう話なの？」

「さっきの『ＢＬＡＣＫ　ＢＯＯＫ』と少しだけ似てるかな」

「げっ、またドンパチ？」

「〝ドンパチ〟？」

「銃を撃ったり撃たれたりするって意味」

「ああ！　そうだね、冒険小説のひとつだから多少の銃撃戦はあるかもしれないけど」

「冒険小説？」

「うーんと、主人公が冒険する要素がある小説のジャンル。アドベンチャーというか……とにかく、『ＢＬＡＣＫ　ＢＯＯＫ』よりもっと古くて、でもただの過去の話じゃなく、特別な技術が発達しているからむしろ未来に見える世界だよ。面白い話だから、きっと深冬ちゃんは気に入ると思う」

◆◆◆◆

〝銀の獣〟――そのおとぎ話をはじめて聞いたのは、いつのことだったろうか。
全身が銀でできている美しい獣で、ここステムホープの街が生まれるずっとずっと前から生きているそうだ。帝国の北方に生息し、銀の毛を震わせ、暑い季節でも息が白く、ナイチンゲールよりも透き通った声で鳴く。その上、世界で最も優しく、強くて、立派な獣なのだと。
じいさんから繰り返し繰り返し聞かされたおとぎ話は、たいてい穏やかで、甘くて、ほんの少しメランコリックだ。蒸気機関車の機関手だったじいさんは、一度だけ、銀の獣を見たことがあると言う。

　機関車は僕が想像もできないほどの距離を走る。じいさんは一度仕事に出かけると、長いこと帰ってこなかった。その代わりひとたび帰れば、新月が満月になるまで、家で休んだ。その間に僕や妹におとぎ話を聞かせてくれたというわけだ。

　針山《はりやま》と呼ばれる、帝国北方で発見されたばかりの、新しい炭鉱。そこでは蒸気機関の燃料となる石炭を採掘する炭坑夫たちが、坑道の悪い空気を肺に吸い込みながら青白い筋肉を汗で光らせ、ツルハシをふるって石炭を掘る。

　その日、集めた石炭をトロッコに積む最中、ひとりの若者が悲鳴を上げた。慌てて駆けつけた仲間たちの目に、若者がツルハシの柄を摑んだままけいれんし、泡を吹き白目をむいている姿が映った。坑道に突き刺さったままのツルハシの先端が、まるで熱した鉄のように赤々と燃えている。仲間たちは急いで若者の手をツルハシから引き剝《は》がそうとしたが、彼の体はすでに触れられないほど熱くなっていて、ほんの数秒後、仲間たちの目の前で全身の水分が蒸発して萎《しぼ》み、死んでしまった。

　帝国の官吏に報告をすると、すぐさま調査隊がやって来た。針山は封鎖され、石炭は採れなくなり、たくさんの炭坑夫が思わぬ休職に困窮した。お情けで配られる屑肉《くずにく》のスープがどんどん薄くなって、小さな子どもや病人から倒れはじめた頃、針山から耳をつんざく爆音が轟《とどろ》いた。

何事かと外へ出た人々の前に、荒野が広がっていた。針山はどこにもない。黒々として切り立った峰、どこへいっても目につく威圧感たっぷりの存在、見逃しようもないはずの山が、忽然《こつぜん》と姿を消していた。開けた荒野に立ちこめる深い靄の中から、幾人もの影がゆらぎ、浮かんで、人々の方へ近づいてくる。それは頭からつま先までを覆う、さなぎに似た防護服に身を包む調査隊だった。

人々が質問や抗議の言葉を投げかける中を、調査隊はひとことも発さずに通り抜け、待っていた馬車に次々乗り込むとどこかへ去った。やがて靄が晴れていく。残された炭坑夫やその家族たちの耳に、透き通るように美しい、鳥の声に似た鳴き声が聞こえた。

次の瞬間、針山があったはずの場所から、巨大な生物が首をもたげた。

長い首、頭は天をつかんばかり、胴は太くて毛が生え、四つ足だが、魚のような尻尾《しっぽ》がある。古い神話に登場する竜と、狼と、そして人魚を合わせたような、奇妙な銀の獣だった。

曇天のわずかな隙間から太陽の光が幾重も差し、銀色の体が黄金をまぶしたように輝く。獣はゆっくりと頭を動かすと、尖った口を開いて白い息を吐いた。

呆気にとられて立ち尽くす人々の頭上、体に、息が吹きかけられる。それはすさまじい高温の蒸気で、人々は蒸発してしまった。

かろうじて第一波を免れ逃げようと走り出した人々の背に、第二波の呼気がかかり、体中の水分が熱で弾《はじ》け、霧散する。

だが銀の獣の動きはここで封じられた。馬車で移動した調査隊が密《ひそ》かに近くの岩場にまわり、針山にめぐらされた坑道に仕込んでいた爆薬に着火して岩盤を崩落させ、獣の足場を崩した。その隙をついて、控えていた軍隊が銀の獣に突撃した。

――以上が、銀の獣にまつわる、じいさんのおとぎ話だ。

僕は工場学校にいて、退屈な授業の合間に羽根ペンを握り、この物語を書いている。先生はイメンスニウムの話をしている。我らが帝国を他国と比べて百年分も二百年分も先に進ませた、偉大なる鉱石。針山の跡地で発掘されるようになった、石炭の実に一千倍ものエネルギーを持つ鉱石。

帝国の科学者たちははじめ、強すぎるエネルギーをコントロールできず、何度となく研究所を爆発させて何人もの犠牲者を出した。しかしイメンスニウムが他の金属と混ぜ合わせることもできるとわかると、研究は大きく動いた。ダイヤモンドよりも硬く強靭《きょうじん》なイメンスチールが開発され、イメンスニウムの強大な力にも耐えられる安定した内燃機関を作ることができたのである。

学校で教わるのはイメンスニウムの扱い方で、昔針山に現れた銀の獣の話なんて一切出てこない。けれど僕は、銀の獣とイメンスニウムには関連がある、と思っている。なにしろじいさんが銀の獣を見たのは、ちょうどその災厄の日、針山のある街のそばを機関車で通った時のことだったからだ。

僕は毎朝四時に起きる。工場の労働宿舎の横におできのように作られた学生用の寮、狭い部屋にびっしり並んだ狭い三段ベッドの中にいて、「起床！　起床！」という寮長のがなり声と鳴り響くベルに叩《たた》き起こされ、寝ぼけ眼で木の床に降りる。つぎあてだらけの肌着の上に、妙に粉くさいシャツを着ていると、下段のやつから「洗濯室のタグがつきっぱなしだぞ」と笑われる。それから食堂に向かい、僕は
「……ねえ、なんか変なにおいがする」

深冬はふと本から顔を上げ、くんくんとあたりのにおいを嗅《か》いだ。

「どぶ臭い。生臭いし、お風呂《ふろ》に入っていないみたいなにおいもする」

そう言いながら真白を見ると、すでに真白は顔をくしゃくしゃに歪《ゆが》めて、両手で鼻を覆っていた。

「わ、私、犬なので、嗅覚《きゆうかく》がちょっと……」

「ああ、そりゃ大変だわ」

深冬はショルダーバッグの中をまさぐってポケットティッシュを取ると、一枚を半分にちぎって丸め、真白の鼻の穴にひとつずつ突っ込んでやった。

「ふ、ふが、ふが……ひょ、ひょっと、まひに、なったかは」

涙ぐみながらしゃべる真白がおかしくて深冬はついげらげらと笑ってしまったが、はたと蛍子のことを思い出し、真面目な顔に戻る。

「よし、じゃあ行こう。もう本の中に入れたみたいだし。蛍子さん、もう狐になってるかはわからないけど、とにかく捕まえなくちゃ」

ふたりは書庫を出て、意気揚々と御倉館の玄関を開けた。そしてあんぐりと口を開けた。

読長町が、もはや読長町ではなかった。

御倉館の上を鋼鉄の高架が渡り、ごとごとと音を立てて列車が走る音がする。地上は地上で、道路を走る車は、博物館で見る百年前の車と同じく車体が四角張っていて車輪が細く、まるで馬のいない馬車のような形だが、異様にスピードが速い。小さな車体でびゅんびゅん飛ばして走るので、深冬は目が回りそうだった。どの車も屋根の上に釜《かま》のようなものを載せ、銀色味を帯びてきらきら光る蒸気を噴出する。

街の人々の服装も変わっていた。女性の多くは肩が膨らんだ長袖《ながそで》のブラウスに、きゅっとすぼまったウエスト、後ろがやや盛り上がったスカートを穿《は》いている。髪を結い上げ、小さくてしゃれた帽子をちょこんと載せたところなど、うっかり映画の撮影所に紛れ込んでしまったのかと思うほどだった。一方で、ぼろぼろのショールを肩にかけ、いかにも貧しそうな、すりきれたブラウスとスカート姿の人もいる。男性は山高帽やハンチングをかぶり、三つ揃いのスーツを着ているか、薄汚れたジャケットにくたびれたシャツ、毛羽だった継ぎ接《は》ぎだらけのズボン、という格好だ。

深冬は顔の前にもやもやと漂う蒸気を手で払いながら、猛然と行き交う車からクラクションを鳴らされつつ、向こうの通りへ向かって走った。すると妙に視線を感じる。ひそひそ耳打ちする声まで聞こえてきた。

「なあに、あの格好。まるで下着じゃないの」

「北方からの奴隷かもしれないな」

つまり自分たちは浮いている。深冬は急に顔が熱くなってきた。

「走ろう、真白」

深冬は真白の手を取って、人垣をかき分けてどこへともなく走った。こんな感じの風景をテレビで見たことはある——シャーロック・ホームズ。確か学校で、その時代は十九世紀のイギリスだと学んだはずだ。しかしこれほど居心地が悪いとは。

道路はいつものアスファルトではなく、ヨーロッパのような石畳で、下水がひどくにおう。山盛りのゴミ箱に蠅がたかり、深冬は「うぷ」とえずきかけて、口を押さえて逃げ出す。真白はと振り返ると、鼻の穴に栓をしても意味がないのか、顔面が蒼白《そうはく》だった。

「ったく、このブック・カースはやりすぎでしょ。街の名残がかけらもないじゃん。凝りすぎ！」

「ろこまれひくの、ひふゆひゃん」

「何？」

「ろこまれ」

「……ああ、〝どこまで〟？　わかんない。とにかく大急ぎで、蛍子さん、泥棒狐を捕まえなくちゃ。具合悪いでしょ、真白」

「れもてがかひがなんひもなひよ」

「何言ってんのか全然わかんないってば」

石畳の道を走り、角を曲がって通りを渡りかけたその時、深冬は前をよく見ていなかった。

黒く大きな車――車輪に歯車がいくつも嚙み合わされ、うねる排気パイプから蒸気をもうもうと吐き出している大きな車が、左方向から走ってきて、深冬のすぐそばで急停車した。ため息のような音と共に蒸気が充満し、その熱気を吸い込んだ深冬と真白は咳《せ》き込み、車のドアがばたばたと開いたことにも、シャコー帽をかぶった警察官たちが降りてきたことにも気づかなかった。

ふたりはあっという間に捕らえられ、手錠をかけられて車の荷台に押し込められた。

「ちょっと、離してよ！」

「静かにしろこの奴隷めが！」

警察官のひとりが深冬の右頰を平手打ちし、深冬は驚きに目を見開いた。じんじんと痛む右頰に手錠をはめられた手を添える。

怒りに毛を逆立てたのは真白だった。嘲笑《あざわら》いのさざめきが広がりかけた警察官たちに飛びかかり、少女の姿のままで首筋に噛みついたので、深冬をひっぱたいた警察官が「ぎゃっ！」と悲鳴を上げた。

「こいつを捕まえろ！　別の車輛《しゃりょう》に乗せるんだ！」

「真白！」

いくら不思議な力を持っているとはいえ、大の大人四人がかりで両手足を取り押さえられた真白は、動きを封じられてしまう。深冬は車に乗せられ、真白は路上で警察官に捕まったまま、車のドアは閉まり、発進した。

「真白、真白！」

深冬は叫んだが、真白の悲痛な泣き声しか聞こえず、みるみる遠ざかっていった。

黒塗りの護送車が、変貌《へんぼう》した読長町を駆ける。巨大な鉄道橋が道の上を覆うように渡され、太い配管がいくつも地面を這《は》い、大きなボルトで締めた継ぎ目の隙間から蒸気がもうもうと噴き上がっていた。

護送車内部には小さな窓がひとつだけついていたものの、鉄格子と警察官の監視のせいで、深冬はろくに外を観察できない。少し身じろぎしただけで、そばで見張っている黒ずくめの警察官が警棒で壁を叩いて脅してくる。読長町の住民の誰かが演じているはずなのに、さっぱり見当がつかない。

深冬は青ざめた顔で両手に視線を落とした。手首にかけられた手錠は奇妙な形をしていた――

中心が空いた歯車が落花生のようにふたつ繋《つな》がっており、穴に両手首を入れると、歯車がそれぞれ回転しながら口径が小さくなり、隙間なくがっちりと嚙み合う。深冬がどんなに外そうともがいても、びくともしなかった。

　運転席との間には仕切りこそないが、近づくことはできない。荷台と運転席の間には大きな炉が口を開け、怪しげな紫色の炎を燃やしている。その炉を動力に、シリンダーのピストンが勢いよく上下して横木が動き、油で鈍色《にびいろ》に光る鋼鉄のクランクが車輪を回し、うなり声を上げている。こんな奇妙なエンジンははじめて見た。これをえっちらおっちら乗り越える間に警備に捕まってしまうだろう。

　護送車は途中で何度か停まり、その都度大きな音を立ててドアが開かれ、エメラルドグリーン色の作業服を着た男女が警察官の手で乗せられた。どこかで見たことがある顔ぶればかりで、やはりここはまだ読長町に間違いないのだとほんの一瞬安心したが、全員陰気な面持ちで、手には深冬と同じ歯車の手錠をはめられているので、すぐに気は沈んでしまう。壁に作り付けの狭いベンチに浅く腰掛け、誰ひとり口をきかずうつむいている。

　乱暴な運転で街中を右に左にくねくねと曲がった後、車は警笛を鳴らし、けたたましい音を立てて停まった。

「降りろ！　降りろ！」

　追い立てられるようにして作業服の人々は護送車を降り、深冬もその後に続く。

　生まれてこの方、読長町以外で暮らしたことのない深冬だが、自分が今どこにいるのかまるでわからなかった。

駅も、商店街も、書店も、父が入院している病院も、存在しない。その代わりに鉄の塊のような巨大な工場がまとまって屹立《きつりつ》していた。煙突から蒸気と煙が混ざった白い気体がもうもうと吐き出される。深冬は呆然となって見上げた。高層ビル並みに背が高い。まるで鉄の砦《とりで》だ。その中心では護送車のエンジンを何十倍にも大がかりにしたような機械が、歯車を回し、稼働音を轟かせている。

今の読長町は書店ではなく、巨大なゲートを構えた工場街が中心になっていた。工場街はあちこちの方面と道が繋がり、まるで蛸《たこ》が足を広げるようだった。そのすべての道に作業服姿の工員たちが列を作り、ゲートでタイムカードを押し、少しずつ順番に中へ入っていく。

これまでに経験したブック・カースとは、世界の作り込み具合が段違いだった。深冬は不安に押し潰《つぶ》され、悲鳴を上げて駆け出したい衝動に駆られたが、離れてしまった真白のことを考えてぐっと堪《こら》えた。

「さあ並べ！」

警棒に突かれながら工員たちの列の後ろに並ばされ、エメラルドグリーン色ののろのろした動きに加わりながら、周囲の様子を窺《うかが》う。工員も、見張りの警備員も、おそらくは全員読長町の住民なのだ。前方の列には中学校の同級生がいたし、深冬を警棒で突いた警備員は読書雑貨店の店長だ。しかし何もかもが違いすぎ、深冬の心には懐かしいという気持ちすら湧いてこない。

急いで真白を助けなければ。いや、その前にあの憎たらしい泥棒狐を捕まえるべきだろうか？ブック・カースが仕掛けた世界がどんな状態になろうと、泥棒を捕まえて本を取り戻しさえすれば元の世界に戻れるとわかっている。

しかしとても列から離れられそうにない。他は全員作業服なのに深冬だけ私服な上、後ろには誰もおらず、目立ってしまう。深冬は手錠をはめられたままの手を強く握って生唾《なまつば》を飲み込み、奥歯を噛みしめて涙腺《るいせん》を閉ざし、大人しく足並みを揃えるしかなかった。やがてゲートを越えると、工員の列は分岐する道のとおりにそれぞれ分かれて、何棟も並ぶ工場に吸い込まれていく。深冬が入ったのは、中央にそそり立つ、最も大きな工場だった。

　工場の入口は観音開きの鉄扉で、高さが深冬の背丈の三倍はあり、打ち付けられた鉄鋲《てつびょう》のひとつが深冬の拳《こぶし》ほどもある。ぞろぞろ動く列に続いて中へ一歩入ると、その先は暗褐色の床が続く廊下になっており、進めば進むほど蒸気が濃くなっていく。熱気と汗の臭気で息が詰まりそうだ。背後で鉄扉は閉まり、錠がかかる鈍い音がする。

　蒸気がこもる廊下の先、ベランダ状の張り出し廊下に出ると、一気に視界が開けた。ここは吹き抜けで、地下も地上も見渡せる。しかし底も頂も遥か遠く、無数のドーナツ型のフロアが上下に連なり、強い風が吹き上がってくる。警告灯が等間隔に灯る柵《さく》から、もし誤って落ちたらと想像して、背筋が凍った。

　午前中に『ＢＬＡＣＫ　ＢＯＯＫ』で見た印刷所とは大違いだ——この工場に比べたら、あの印刷機は極小のミニチュアだ。ここはいったい何の工場なのか？　フロアとフロアの間にはいくつもの歯車や、滑車とベルト、クランクが、それぞれ轟音《ごうおん》を響かせながら働いている。

　ドーナツ型の張り出し廊下の壁には、十個ほどのトンネルが口を開け、工員たちは蟻が巣に帰るように整然と列を作ったまま、トンネルに呑まれていく。入口の上には「螺子《ねじ》」「飴状《あめじょう》」「棒状」「硝子《ガラス》」などの意味のわからない表札が掲げられている。

後ろに張り付いていた警備員が誰かに呼ばれ、その隙に深冬は、そっと列から離れてみる。誰も気づいていないようだ。

入口はすでに閉ざされ、大きな錠が下りている。深冬は素早く壁際を移動し、近くのトンネルに入ってみた。急に廊下は細く狭まり、ライトは赤く不穏げで、工員たちの姿が蒸気の向こうに消えて見えなくなる。深冬はせめて手錠を外せないか、どこかに鍵はないかと、足音を忍ばせて先へ進む。その途中、作業場を見かけた——油でべとべとに汚れた金属製の機械のまわりを、連結した滑車で動くベルトコンベアーがぐるりと囲み、目出し頭巾《ずきん》をかぶった工員たちが並んで作業にあたっている。一定間隔で機械の口が開き、そこから小さな部品が吐き出されては、ベルトコンベアーに乗って流れていく。

呆気にとられたのは、エメラルドグリーン一色だった工員たちに交ざった、黒い作業服の者たちだった。彼らは金属製の丸いゴーグルで目元を覆い、同じく金属製の箱をランドセルのように背負っているのだが、箱から噴出する蒸気で宙を飛んでいるのだ。彼らはどうやら機械の上部のメンテナンスを行っているようで、ぎとぎとと光る油差しを手に、歯車やクランクに細い管を差し入れ、動きを確認している。

「そこのあなた」

声をかけられて深冬ははっと我に返った。しまった、すぐ移動すればよかったのに。振り返ると深冬とあまり変わらない年頃の少女がいた。そのショートボブヘアと顔立ちには見覚えがあった。メガネは金縁のチェーン付きに変わってはいたが。

つい先日、電車で「文芸部に入らない？」と声をかけてきた先輩だった。しかし今の姿は、襟が高く肩の膨らんだ緑色のブラウスに、革のコルセットを付け、臙脂《えんじ》色《いろ》の長いスカートを穿いている。他の人々と同じく、百年以上前の時代からタイムスリップしたかのような格好だった。

「……文芸部の」

「はい？」

「い、いえ。何でも」

「……装いもおかしければ、言動も奇妙な人ね。とにかくついてきて。あなたは着替えなきゃならないから」

　機械たちの重たげな音を聞きながら、深冬は文芸部員の後をついていく。来た道を戻り、トンネルを出て再び張り出し廊下のフロアに出ると、別のトンネルに入った。

　ここでも赤色のライトが明滅する。金属のにおいが充満する薄暗い廊下にはいくつも扉があり、それぞれに文字が刻まれたプレートがはまっていた。いわく、「小部品調整室」「大部品調整室」「革バンドなめし室」「各種油・研磨剤調合室」などなど。

　そのうちの一室に通され、文芸部員は棒状の鍵を深冬の手錠に差し込むと、外した。解放された手首にはぐるりと赤い痕《あと》がついている。それをこすっていると、作業服を与えられた。他の工員たちと同じ緑色のつなぎで、黒いくるみボタンが立ち襟の襟元からへそのあたりまで並んでいる。深冬はちらりと部員に視線を送ったが、睨み返されたので大急ぎで作業服を着た。肩口がごわつき、着心地は悪い。

　服さえ着替えてしまえばもう放っておいてもらえるかも、というほのかな期待はあっさり裏切られ、部員はまた「ついて来なさい」と命じてくる。深冬は早く真白か泥棒狐を見つけなければという焦りに駆られるが、命令を聞くほかない。

「あの……ここって、何の工場なんですか？」

「知らないの？　まあ北方から来たのなら無理ないかもね」

　部員は小馬鹿にしたように鼻で笑う。

「ここはイメンスチールの加工工場」

「イメンスチール？」

「イメンスニウムと金属類を混ぜ合わせて強度を増した素材のこと。私たちが使う燃料、奇跡のイメンスニウムは発熱量が大きすぎて、エンジンに使うにも普通の鉄では壊れてしまう。だからイメンスニウムを混ぜた特殊なスチールで部品や容器を作らなければならないの。ここではそのイメンスチールを曲げたり伸ばしたりして、たくさんの部品を作っている」

　そういえばそんな言葉をここに来る前に目にした気がする。この世界の元である『銀の獣』の冒頭を思い出し、あれもよくわからない本だったな、と小さくため息をついた。少なくとも学校の国語の教科書では読まないタイプの物語だ。誰がこんなものを書くんだろうか。そもそもブック・カースは誰の仕業で、どんな仕組みなのかもわからない。そう考えたところで、深冬ははたと気がついた。

　作者の名前を覚えていない。

　表紙にあったろうか？　本とは、普通書いた人の名前が、表紙か背表紙か、どこかに必ず記載されているものだ。しかしこれまでブック・カースの元になった本の記憶を引っ張り出してみても、肝心の作者の名前は見当たらない。作者がわかれば、どうしてこんな世界を作ってしまったのか、巻き込まれる自分が大迷惑を被っているのだと、抗議することもできたろうが。

そうだ――蔵書記録にも記載がなかった。今日、『BLACK BOOK』の世界に入ってしまう前、居眠りするひるねが顔の下に敷いていた蔵書記録を調べたのだ。『繁茂村の兄弟』の名前はそこになかった。

廊下は十字路に差しかかり、部員の後に続いて右に折れると、小さなホールに出た。やけに明るい。人工の光ではない、太陽の光だ。深冬が見上げると、ホールの中央部分だけ天井がなく、代わりに鋼鉄の太い支柱が四本、突き立っていた。ここもまた吹き抜けになっており、まわりはフェンスで囲まれている。ここは何かの装置らしい。ホールの壁から幾本ものコードが這い、ヘビのように支柱に絡んで、側面の歯車や車輪、黒ベルトに繋がっている。

文芸部員がフェンスの手前の丸いボタンを押すと、歯車と車輪が高速で回転してベルトが勢いよく滑り、鈍い音と共に下から何かが上がってくる。金属とガラスでできた箱――それはエレベーターだった。がたんと大きな音を立てて深冬の目の前で止まり、蒸気を吐く。水蒸気で濡《ぬ》れた濃い緑色のドアには把手がついていて、部員がスライドさせて開ける。

「すごいでしょう。これは自動昇降機。イメンスニウムがもたらした、文明の利器のひとつなの」

「はあ……」

すごい、といえば確かにすごいと深冬は思った。エレベーターにはこれまで何度も、数え切れないほど当たり前に乗ってきたが、これほど珍妙だと新鮮に感じる。まさかベルトがちぎれて落ちたりしないだろうな……深冬はおっかなびっくりエレベーターに乗り、文芸部員がドアを閉めて階下へのボタンを押すのを待った。

エレベーターは遊園地のフリーフォール並にほとんど垂直落下で下へ向かったものの、ベルトはちぎれることなく無事に地階へ着いた。しばしの間無重力を味わいすっかり青ざめた顔の深冬は、口を押さえてよろよろと外へ出る。

地階の様子は上の作業場とは打って変わり、岩盤をくりぬいた赤茶色の洞窟《どうくつ》に設備を取り付けただけの、地下水がしみ出してくるような場所だった。足下から冷気が漂ってきて、深冬は粟立《あわだ》った両腕をさすった。もはやここは読長町と呼べないのではないだろうか。

「新入りには必ずやらせる仕事があるの。あのドアの先へ行って」

部員はそう素っ気なく言い放つと、深冬を置いてエレベーターへ戻ってしまう。

「あなたは？」

「私は行かない。あなただけ。がんばってね」

再び勢いよく蒸気が噴き出し、エレベーターはロケットが発射するように上昇して、すぐに見えなくなった。

深冬は両腕をさすりながら、ドアの向こうはせめて暖かくありますようにと祈りつつ、把手を押した。

ドアの向こうは確かに暖かかった。暖かいどころか、毛穴という毛穴から一気に汗が噴き出すほどの高温だった。しかもひどく騒がしい。

「おおい、そっち早く持って行けよ！」

「急かすな馬鹿野郎！　お前らが乱暴に扱うから後が大変なんだぞ！」

「いいからどっちも動け、明日《あした》の仕事を増やしたいのか！」

仄暗い中に大勢の人々がうごめく影が見える。数え切れないほど多くのランプがあちこちで懸命に光っているのに、ろくに明るくならないのは、部屋が巨大すぎるからだ。その一方で地面だけは妙に薄明るく、紫色の光の粉があちこちで妖《あや》しく輝いていた。空気には形容しがたいにおいが溢れている。むわっとして、それでいて不思議と香ばしいような。深冬は、キノコを墨汁と一緒に煮て砕いたナッツをトッピングしたら、こんなにおいに違いない、と思った。

　おそるおそる中へ入り、あたりを窺う。見える範囲だけでも作業員は五十人以上はいて、土のようなものが積み上がった小山を崩しては、どこかへ運んでいる。小山に登った十数人の作業員がツルハシやシャベルを使ってそれを削り落とし、下で待ち構えている車輪付きのコンテナに載せると、小型の牽引車《けんいんしゃ》が警告灯を回転させながら運び出すのだ。牽引車も他の車と同じように、紫色の火が燃える炉を備え、歯車で動く。

　誰もが大騒ぎしながら作業に没頭しており、新入りなどに関心を払う暇はなさそうだ。この隙に逃げて、蛍子、あの憎たらしい泥棒狐を見つけねば。深冬はそう決めて、どこかに出入り口はないかと小走りに探しはじめた。この場所はいわば洞窟で、壁は地下水でぬらぬら濡れた岩盤がむき出しになっている。

　しかしその時、恐ろしい咆哮《ほうこう》が地面を揺らし、地下洞窟を震わせた。

「なっ、何？」

　強い地震のような揺れに、深冬は岩壁にしがみついた。近くで咆哮は二、三度繰り返し轟き、そのたび地面は激しく震動する。作業員たちの声が一層大きく、慌ただしくなり、「急げ！」「ぐずぐずするな！」と喚《わめ》き合っている。深冬は恐怖で膝《ひざ》が笑うのを懸命に抑えながら、咆哮がした方角を見上げた。

さっきまでただの闇だった空中に、ふたつの並んだ光が見える。まるで青く染まった月がふたつに分かれ、三日月となって空に逆さまにかかったかのようだ。『繁茂村の兄弟』の夜の黒猫を思い出したが、雰囲気が明らかに違う。こちらには畏怖《いふ》を感じる。

「〝獣〟が起きたぞ！」

小山ほどもありそうなその生き物が首を振って、上のランプに当たり、哀れなランプは地面に叩きつけられて油に引火し、たちまち炎の絨毯《じゅうたん》が広がる。その炎に照らされた生き物は、確かに〝獣〟としか喩《たと》えようのない姿をしていた。

いつか絵本で見た、お城を襲う竜のように長い首、胴には柔らかそうな毛が生え、四本の太い足で立ち、尻尾は魚に似ている。顔は鼻面が長く、竜とも狼とも言えない。その上、ところどころに鱗《うろこ》が鈍く光るので、魚から爬虫類《はちゅうるい》までもが合体したような、奇妙な獣だった。色合いは全体が白っぽく、美しい。

「これが〝銀の獣〟？」

『銀の獣』を読みながら深冬が想像した、鉱山から現れたという設定の生き物と、目の前の獣は少し似ていた。深冬の想像の方がいくらか平凡で、動物園にいそうではあったものの。

獣は檻《おり》に囲まれてはいるが、材料が足りなかったのか、鉄の柵は天井まで届かず、長い首の三分の一以上がはみ出している。しかしよく見ると首と胴に革の固定具を着せられ、鎖で繋がれて、これ以上暴れることはできないようだった。

獣がランプを落とすのは日常茶飯事なのか、消火活動にあたる作業員たちは手慣れていて、背中に背負った消火器からホースで霧を吹きかけた。冷気が深冬のところまで漂い、火事は収まる。

一方の獣は、ぐっすり眠っていたところを妨害された赤ん坊のように、激しい鳴き声を上げる。

「……あれって、鳥みたいにきれいな声なんじゃなかったっけ」

深冬は原作を思い出しながら、獣を繋いでいる首輪の鎖を引こうと檻に登る、作業員たちを見守った。どうか制御できますように……。しかしそう簡単にはいかず、何人もの作業員たちが、暴れる獣の鎖を摑むや否や、振り落とされていく。

その時、ブザーが鳴った。岩壁に取り付けられていた警告灯がぐるぐる回り、赤い光がミラーボールのように洞窟を照らす。すると獣は急に暴れるのをやめ、青い眼を大きく見開いて首をもたげ、鼻の穴をスンスンひくつかせながら天井付近のにおいを嗅ぎはじめた。作業員たちは慌てた様子で檻から飛び降りる。

暗さと獣の首の長さのせいで、地上にいた深冬はこの警告灯が光るまで気がつかなかったが、岩をくりぬいて作られたこの地階の上部には、赤銅色の鉄扉があった。

「〝トマソン〟じゃん。なんであんなところに」

鉄扉は位置が高すぎる上、階段も梯子もないため、このままでは外から入れず、中からも出られない。どこにも通じていない扉や階段――建物の改修や取り壊しの最中になぜか残され、用途が無意味に思えるようになってしまったもの。

洞窟の岩壁にある〝トマソン〟、無意味に思われた鉄扉は、軋《きし》みながらゆっくり開いていく。同時に歯車がごてごてとついた短い板が一枚、内部からぱたんと飛び出て、白い頭巾をかぶった作業員がふたり現れると、歯車と連結するハンドルをぐるぐる回しはじめた。すると板からアームが伸び、獣の頭のあたりでぴたりと止まる。するとアームの下から何枚もの板が瞬時に飛び出しながら互いに噛み合い、細長い空中回廊が姿を現した。鉄扉は無用の長物などではなかったようだ。

作業員たちは向き合って右手を額に当てて敬礼する。扉の内側で人影が揺らぐ。

現れたのは赤いトレンチコートのような制服を着た人物だった。その人物は腰に鍵束をじゃらつかせ、右手に鎖を持っている。回転する警告灯に浮かび上がる空中回廊へ向かって歩き出し、その後ろを鎖に繋がれた動物たちがついていく。黄色い狐、白い犬、そして茶色い馬。

「真白！」

白い犬は真白に間違いなかった。しかし周囲の騒音が激しく、声が届いた気配はまるでない。深冬は夢中で駆け出し、獣の檻に近づきつつもう一度叫んだ。

「真白！　聞こえないの？　真白！」

すると真白はぴくりと耳を動かし、顔を上げた――しかし様子がおかしい。いつもの真白ならば声の主が深冬だと気づくはずなのに、くたびれ果てたようにがっくりとうなだれてしまう。

あともう少しで深冬の手が獣の檻に触れる、その時、ふいにブザーが鳴り止んだ。先頭の赤い制服の人間が体をかがめ、連れ添っていた狐の首輪から鎖を外した。

「ちょ、ちょっと！　何してるの？」

深冬は動揺のあまり、近くにいた作業員の腕を摑んで、上で何が起きているのかと訊《たず》ねた。

「ああ、あんた新入りかい？　ありゃ餌だよ、獣の食事の時間なのさ」

それを聞いて深冬の顔から血の気が引く。

「まさか。餌って、動物を食べるの？」

「おかしなことを言うね。あんただって動物は食べるだろうに」

　すると獣が、透き通る美しい声で鳴いた。さっきまでの怒りに満ちた鈍い声とはまるで違う、小鳥が囀《さえず》るような声で。そして獣は、犬が飼い主にそうするように、嬉《うれ》しそうに前足を上げて檻のふちにかける。

　次の瞬間、空中回廊の狐が立っていた場所の床が抜け、黄色く小さな体が真っ逆さまに落ちた。獣は鳴くのをやめて口を大きく開ける。

　深冬は悲鳴を上げ、柱ほども太い柵を拳で叩いた。あの狐は泥棒狐、蛍子ではないか？　ブック・カースの世界とはいえ、死んだら現実でも死んでしまうのかもしれない。

　しかし狐は、ぬらぬらと光る獣の舌の上に落ちる直前、くるりと身を回転させて体勢を整えると、後ろ足で獣の太い牙《きば》を蹴り、飛び上がった。

「蛍子さん！」

　狐は獣の牙から鼻、眉間《みけん》を次々足場にし、ひらりと宙に舞ったかと思うと、檻を越えて地面に着地、全速力で逃げていった。深冬がいる場所とは反対方向、コンテナの牽引車を追い越し、洞窟の奥へと姿を消す。

　たちまち獣は怒りの咆哮を上げた。餌を逃がして癇癪《かんしゃく》を起こし、尻尾を激しく振って檻を壊さんばかりに叩く。柵が震え、手を触れていた深冬も弾き飛ばされた。後ろの小山にぶつかり、口の中に入った土塊《つちくれ》を吐き出していると、すぐそばを大勢の作業員たちが駆けていく。

「麻酔銃隊はどこだ！」

「ここです！　出動！　出動！」

麻酔銃の羽根付き針が何本も胴や首に刺さり、暴れ狂っていた獣は力を抜かれて、崩れ落ちるように檻の中で横たわり、青い眼が閉じ、そのまま眠りにつく。あれほど凶暴に見えた姿とは裏腹に、寝息はまるでハープの音色だ。作業員たちはやれやれと首を振りながら仕事に戻り、作業場は再び正常に動きはじめる。

「ま、真白は」

見上げると、空中回廊はいつの間にか消えていて、真白も、赤い制服の人物も、茶色い馬も、いなくなっていた。鉄扉は再び閉ざされている。

あそこへは、どうやって行けば良いのか。建物内に入って回り込むのが正解だろうが、あの複雑な構造の工場に戻ったところで、扉の裏側へたどり着ける保証もない。それではここでまたあの扉が開くのを待つか？

深冬は、土砂を積んだコンテナを運ぶ牽引車を目で追った。あの先には何があるのだろう。そういえばさっき逃げた狐は、あちらの方角へ行ったようだった。

真白を助けなければ、次に獣が起きた時、餌食《えじき》になってしまうのはわかっている。だからこそ深冬はスニーカーの紐《ひも》を結び直すと、コンテナの後を追った。真白の居場所へたどり着く道を闇雲に探すより、狐を追った方がいい。

牽引車はゴルフのカートに少し似ていると深冬は思った。コンテナに乗ってしまえば楽だろうが、黒々とした土砂が山と積まれた上に座る気は起こらず、諦めて後をつけることにした。洞窟は相変わらず暗いが、牽引車はくるくると回る警告灯が目印になるし、そもそも速度が自転車よりも遅いので、深冬の足でも見失わずに追いつける。それよりも困るのは空気の悪さとにおいである。キノコと墨汁とナッツを合わせたようなおかしなにおいは、ずっと嗅いでいると吐き気がこみ上げてくる。さらに人間の汗臭さも問題だった。

袖口で鼻と口を塞ぎ、空気をなるべく口から吸うようにしながら、深冬はコンテナの陰に身を隠しつつ駆け足する。牽引車はやがて作業場を出たが、そこはまだ終点ではなく、道幅の狭い通路を進む。ゲートを越えるとそこは上り坂で、すでに息を切らしはじめていた深冬の脇腹が鋭く痛んだ。それでも歯を食いしばって坂道を上る。何しろ、上の方から白い光、明らかに太陽の光が照っていたから、どうしてもあそこへ行かねばという気になっていた。

予想は当たった。傾斜した廊下の先、牽引車とコンテナの目的地は、地上だった。出口だ。

もう疲労で足が動かず、深冬は最後尾のコンテナの後ろに倒れ込んだ。工場からは出られたものの、ここは黒っぽい色の土が一面を埋め尽くしている荒野で、身を隠せそうな物陰もない。作業服に着替えさせられて良かった、と深冬は仰向《あおむ》けになりながら思う。今は読長町のどのあたりにいるのだろう。空に雲はひとつもなく、鳥も飛んでいなかった。

開けた場所に出た牽引車は、大きな動物のあばら骨のような鉄のケージの中に入ると停止し、連結されていたコンテナもごとんと音を立てて玉突きしながら停まる。牽引車の運転席から作業員がひとり出てきて、ゲートのスイッチを入れると、あばら骨状のケージの地面が震えながら傾き、コンテナ列全体が斜めになった。続いて作業員が先頭のコンテナの側《がわ》あおりを開けると、土が外へ排出された。

あの作業員が最後尾に着く前に移動しなければ、と深冬が疲れた体に鞭打《むちう》って起き上がりかけたその時、黒い面をかぶった小さな人物が、牽引車の陰から現れた。

「えっ？」

その黒面の人物、おそらく十歳前後の子どもは、あばら骨ケージのすぐそばに近づいてボタンを押すと、素早く裏側へ逃げ込んだ。ケージはぎぎっと鈍く軋み、コンテナごと元の位置に戻っていく。

「おいおい、困ったな」

ひとりで排出にあたっていた作業員がボタンの元に向かうと、その背後にこんもりと盛り上がった土の向こうから、黒面がぴょこぴょこと覗いた。全員華奢《きやしや》で、すばしっこく、あっという間にコンテナに乗り込んでいく。そのうちのひとりが牽引車の運転席に入ってしまうが、作業員は操作に集中していて気づかない。

「うーん、故障か？　……あっ、お前たち！」

作業員がやっと気づいて叱りつけたと同時に、牽引車は土塊をまき散らしながら出発し、コンテナも後に続いた。黒面たちはからからころころと笑っている。深冬は咄嗟《とつさ》にコンテナのへりを摑み、さっきまで嫌がっていた土砂の上に飛び乗った。突然走り出したコンテナに呆然とする作業員も、はっとして深冬の後に続こうとするが、深冬がその手を素早く叩き、作業員は転んで頭から土砂に突っ込む。

「止まれ！　降りろ！」

顔を土まみれにしながら作業員が叫ぶ声は、どんどん遠ざかっていった。

「お客さんがひとりいるよ！」

「蹴っ飛ばしちまえ！　落っことせ！」

「でも可哀想だよ。僕のお姉ちゃんと同じくらいだし」

面を上げて頭のてっぺんに乗せ、顔があらわになる。やはりみな十歳前後の子どもばかりだった。

子どもたちは十人いて、牽引車にふたり、コンテナには八人乗っている。頭からつま先まで土で汚れ、奇妙な格好をしていた。小さな歯車やネジをあしらった布を額に巻いたり、底の抜けたバケツをかぶったり、地肌の上からサスペンダー付きのズボンを穿いて袖のないジャケットを着ていたり。羽根をたくさん縫い付けたガウンや、大人用のシャツをワンピースのようにしてまとっていたり。

「あなたたちは誰なの？」

子どもたちの顔をよく見ると、全員見覚えがあった。父の道場の生徒たちだ。深冬の心を固めていた警戒がたちまちほどけていき、涙がぽろぽろとこぼれる。

「おい泣いてるぞ！」

「泣いてる！　なんで？」

「けがをしたんじゃない？」

「俺たちが怖いんだよ！」

子どもたちは互いの脇腹や肩を突っつき合い、早く慰めに行けよ、あんたこそ、と口々に言う。しかし見知らぬ年上の少女を慰めるのは照れくさいのか、もじもじするばかりだ。

すると牽引車の屋根に乗っていた少年が振り返り、面倒くさそうに首を振りながらコンテナの列を乗り越え、騒いでいる子どものところへやってきた。彼も現実世界では道場の生徒だった。他の子どもの名前はいちいち覚えてない深冬だが、彼のことは知っている。リーダー格の少年で柔道も強く、あゆむからも崔からもかわいがられていた。確か、カッキー、と呼ばれていたはずだ。髪が短く、負けん気の強そうな顔立ち、袖を脇のところで裁断したシャツから、力こぶがうっすら盛り上がった腕がにゅっと突き出している。

「うるせえぞ、お前ら」

「だって兄貴、この女が泣くんだもん」

「はあ？　そんなの放っておけよ。勝手に泣かせておけばいいだろ」

カッキーはこの世界でもリーダー格らしい。子どもたちの中心に立ち、深冬をじっと見下ろしてくる。深冬は頰が汚れるのもかまわず手で涙を拭い、「狐を捜してるの」と打ち明けた。

「狐がここに来なかった？　こっちに走って逃げたところは見たんだけど」

子どもたちは顔を見合わせる。

「ここらにいる動物？　でもそれって、銀の獣の餌だろ？」

「やばいんじゃない？」

子どもたちはゆっくりゆっくり後退《あとずさ》り、コンテナのへりを越えて、前方のコンテナへ逃げてしまう。深冬の前に残ったのは、カッキーと、両のレンズの色が違うメガネをかけた少年のふたりだけだった。

両腕を組んでふんぞり返るカッキーの態度はどこまでも尊大で、深冬の方が三つか四つ年上だが、対等に見える。

「あんた、ここがどこかわかってんのか？」

不機嫌そうに言われ、深冬はおそるおそるあたりを見回す。

「どこって……」

空は晴れているが、あちこちから溢れる蒸気で、周囲の工場群のシルエットが霞《かす》んで見える。ここはとてつもなく広い。現実世界のテレビではよく広さを「〝東京ドーム〟何個分」と表現するが、東京ドームに行ったことのない深冬には喩えられなかった。強いて言うなら、高校の校庭が公園の砂場に感じられる広さだ。あたり一面、黒っぽい土がこんもりと無造作に積まれ、地下で嗅いだのと同じあのにおいがまだ漂っていた。

「畑、かなあ」

土に有機的なにおいとくれば、肥料を撒《ま》いた畑を思い出す。しかしカッキーは「はっ」と笑う。

「ハズレ！　正解は銀の獣のうんこ処理場だ」

「……う、嘘でしょ？」

「嘘なんかついてどうすんだよ。あんたも地下から来たなら見ただろ、銀の獣の飼育所をさ。餌を食わせたら出るもんが出る。そいつをここに運んで処理をする」

深冬はこみ上げてくる酸っぱいものにおえっとえずき、唾液《だえき》を吐いたり顔や体についたものをはたき落としたりした。するとメガネの少年の方が「あー、あー」と同情的な声を出す。

「ちょっと、可哀想だってば。正しくは代謝物って言った方がいいよ。銀の獣の内臓や器官は特殊だしそもそも肛門《こうもん》がない」

「は、お前は細かすぎるんだよ。とにかく、そんなに気味悪がらなくても大丈夫だ。害はねえから」

「気休めはよしてよ！」

深冬が叫ぶと、メガネの方がぐっと首をすくめ、カメのようになった。

「こええー。バトンタッチ」

「はいよ。本当だっての。銀の獣のうんこ、タイシャブツはな、何の役にも立たないんだ。変なにおいがするってだけで肥料にもなりゃしない。本物の土にも混ざらないし水にも溶けないから処分に困ってる。増えるばっかりさ」

「……そんな生き物、どうして飼育してるの？」

「イメンスニウムが出るからさ」

イメンスニウム——物語に出てきた鉱石。護送車のエンジン炉や警告灯、エレベーターを見た今、紫色に光るあの炎がイメンスニウムの炎なのだと、深冬も気がついた。この世界のあらゆる機械たちの動力源だ。首をすくめていたメガネの少年がえへんと咳払いをひとつして、胸を張って前に出る。

「イメンスニウムとは、銀の獣の代謝物のひとつなのです。鱗の隙間や体中から四散する代謝物に交じっている」

「要するに地下の作業員の連中は毎日毎日汗水垂らして、銀の獣のうんこに埋もれたイメンスニウムを探しているのさ。でもみんなやりたがらないから、新入りや北方奴隷や俺たちみたいな孤児にその仕事をさせてるってわけ」

「……あんたたちもあそこにいたの？」

「そうさ。俺たちはあの作業場から逃げ出したんだ。工場の生活は最悪なんだよ」

今度は深冬が鼻を鳴らす番だった。

「せっかく逃げたのに戻ってくるなんて変なの。下手したら捕まっちゃうでしょ」

「まあね。だけど俺たちだって金がいるからさ」

カッキーがそう答えたところで、牽引車はブレーキをかけ、深冬がいる最後尾のコンテナもゆっくりと停まった。目の前には、横に長い二階建ての、校舎のような建物が建っている。出入り口の開きっぱなしのドアの前には、子どもたちと同じくらい薄汚れて奇抜な格好をした大人たちが、一台の機械を取り囲んでいた。軽トラックにどことなく似ていて、歯車や用途のわからないダクトがついているのはこの世界らしいが、イメンスニウムの特徴的な紫の炎が燃える炉はなく、若い男が汗みずくになりながらハンドルを回している。音を立てながら機械は動き、小刻みに震え、右のダクトから大量の黒い砂が、左のダクトからは紫色のきらきら輝く小石が、たった一粒ころんと転がって落ちた。排気口から溢れる煙は煤《すす》けていて、深冬にも嗅ぎ慣れた炭のにおいがした。

「変なの、こんなにおいを懐かしいと思うなんて」

ひとりごとのつもりが、そばにいたカッキーの耳にも届いたようで、彼はおかしそうに笑った。

「面白いな、炭が懐かしいだって？　やっぱあんたはよそから来たんだな。イメンスニウムを知らないって本当か？」

「知らないね。はじめて見たもの。この機械で何をしてるの？」

「残ったイメンスニウムのカスを採ってんのさ。燃料になるほどの量じゃないから、工場や業者には売れない。でも宝石としての価値があんの。あんたみたいな外国の連中に売るんだ」

子どもたちはすでに家の外や中でくつろいでいる。カッキーは、ここは家なのだと深冬に教えた。

「大人も子どもも、赤ん坊や爺《じい》さん婆さんもいる。血は繫がってない。脱走したものの行き場がないみんなで、一緒に暮らしてるんだ。あんたもここで暮らすか？」

振り返ったカッキーを見て、深冬は「あっ」と声を出した。

耳だ。狐の柔らかくて尖った耳が、カッキーの頭からふたつ、育ちたてのタケノコのようににょっきりと生えている。深冬は慌てて自分の頭をまさぐり、ふにゅっとした感触を指先に感じて、がっかりした。

しっかりしろ、あたし。深冬は自分にそう言い聞かせる。物語は魔力だ。すっかりこの世界に興味を惹かれて、当初の目的を忘れかけていた。真白を救わなければ、銀の獣が麻酔の眠りから覚めた後、餌にされてしまう。その前に狐、蛍子を見つけて元の世界に戻さなければ。

「ねえ、さっきの話だけど。本当に狐を知らない？　急いで捜さないと、大変なことになっちゃう」

「狐ねえ」カッキーは腕組みをして考えるポーズをとった。「誰かが食っちまったかもな」

「食った？　冗談でしょ？」

「冗談じゃないって。俺たちはみんな飢えてる。食い物に困ってるんだ。イメンスニウムの買い手から仲介業者を通して受け取る報酬は、そんなに多くない。ここの存在を知ってる工場のやつがこっそり運んでくれる冷たい粥《かゆ》だのじゃがいもだの、腐りかけの魚だので食いつないでるのが現状でね。だから時々銀の獣の餌が逃げて迷い込んできたら、とっ捕まえて食っちまうんだ。あちこちに罠《わな》がしかけてあるんだぜ」

急に、こちらをじっと見つめてくる子どもたちや大人たちの表情が、ひどく冷たく、恐ろしいものに感じられた。狐の耳と尻尾が生えた今は特に、本当の捕食者のように見える。両目を光らせ、数秒後には視線で射すくめられた獲物に飛びかかる。

深冬は踵を返して駆け出した。「あ、おい！」カッキーの声が追いかけてくるが、耳を塞いで走り続ける。その最中にも深冬は自分の手足が天鵞絨《ビロード》のようになめらかになり、しなやかで、筋肉が動かしやすくなっているのを感じた。

——体が狐になっていく——

もしこのまま狐になってしまったら、どうなるのだろう。しかし泥棒狐を捕まえようにも、何の手がかりもなく、銀の獣の代謝物処理場は巨大すぎ、深冬の足ではとても探しきれそうにない。牽引車でここまでやってきて、蒸気の向こうに見える工場は小さく、遠い。もう銀の獣は目を覚まして、食事の催促をしているかもしれない。

真白の顔が脳裏をよぎる。ついさっき、『ＢＬＡＣＫ　ＢＯＯＫ』の暗く危険な世界の、喫茶店の前に腰掛けて話をしたばかりなのに。

負けるものか。

次第に二本の足で走るより、手をついた方が走りやすいと思うようになり、靡《なび》かせていた長い髪の感覚も消え、尾てい骨の周辺に力を入れると、さっきまで感じていなかった尻尾の先まで神経が行き届いているのがわかった。深冬はこれまでの何倍もの速度で、黒い代謝物の荒野を走る。

走れ、走れ、走れ。息をしろ、手足を動かせ、休みなく。耳の奥で激しい鼓動の音が聞こえる。進め、もし心臓が破裂しようとも、走れ。

靄を切り裂き、出てきた時と同じ地下との連絡通路を見つけ、四本足で滑り込む。尻尾でバランスをとりながら勢いよく坂を下り、深冬は銀の獣の飼育場に戻った。

作業場は先ほどとはずいぶん様子が違っていた。作業員たちも狐に変化しつつあり、毛並みの豊かな耳や尻尾を生やし、牽引車を操縦したり、発掘されたイメンスニウムの塊を取り囲んで輝き具合を確かめたりしている。

銀の獣はまだ檻の中で眠っている。

次の食事を終えたばかりじゃありませんように、そう願いながら深冬は、岩壁と自分の手を見比べた。爪はピッケルのように鋭く、体重もずいぶん軽くなっている。

深冬は急いで檻の脇を走り、靴下とスニーカーを乱暴に脱ぎ捨てると、岩壁に両手足の爪を立てた。

「いける」

尻尾でバランスをとりながら、ごつごつした岩壁を登る。誰かが見ているかもしれないなどと考える暇はなかった。早く、早く、早く。気が急いてしかたがない。どんどん手足を動かし、あっという間に檻を越え、岩壁の上、〝トマソン〟風の鉄扉のそばまでやってきた。

錆《さ》びた赤銅色の鉄扉は閉ざされ、把手が存在しない。しかし上部にいくらか隙間があり、そこから風が吹いてくる。深冬は左手で岩壁を摑み、両足の爪も岩壁に引っかけ踏ん張りつつ、右手の爪を隙間に差し込み、どうにかして扉をこじ開けようとした。しかし、うまくいかない。まるで手にミトンをはめられているようだ。岩を登るには適しているが、細かい作業には不向きだった。

深冬は夢中だった。足場にひびが入っていることにも気づかなかった。苛立ちながらもう一度手を入れて爪をかけようとしたその瞬間、体を支えていた右の足がずるりと滑り、岩がひとかたまり落ちてしまった。

「あっ」

体勢を崩しかけた深冬は慌てて鉄扉の隙間を掴み、どうにか落下は免れる。しかしすぐに恐ろしい声が響き渡った。岩が当たって、銀の獣が目を覚ましたのだ。

どっと冷や汗が噴き出す。深冬の全身の毛は逆立ち、震えが止まらない。後ろに気配がある。うなり声と生暖かい風を感じる。怯《おび》えながら肩口を振り返ると、大きな中華鍋《ちゅうかなべ》ほどもあるつるりとした青い目が、すぐそばにあり、心臓が止まりそうになった。

獣が起きたことが合図になったのか、再びブザーが鳴り、警告灯がくるくると回転する。深冬は間近に迫った獣の巨大な顔に気を取られて、扉が開くことをすっかり忘れていた。

「しまった」

扉が開いた弾みに深冬はバランスを崩し、そのまま真っ逆さまに落ちた。

空中回廊が出現し、先頭には真白がいる。前回と何の変化もなく、真白は白い犬の姿のまま、赤い制服を着た人物に付き添われ、うなだれている。

深冬は落下しながらどこか他人事《ひとごと》の心地で、獣が長い首を動かして自分の方へ向かってこようとするのを見ながら、「真白」と呟いた。それはとても小さな囁《ささや》きだったが、真白は耳を動かし、顔を上げた。

わずかな間にこれまでのことが走馬灯のようにぐるぐると深冬の頭の中を回転する。夜の黒猫の子を助けようとして落ちた時、真白が飛んできて救ってくれた。あたしは真白に助けられてばかりだった。

その時、真白の横にいる赤い制服の人物の顔が見えた。

蛍子だ。

狐化が相当進んでいたが、まだ人間の顔つきは残っている。蛍子に間違いなかった。

「どういうこと？」

口をぱっくり開けて迫り来る獣の息が顔に吹きかかるのと、地面にぶつかる気配を感じるのと同時に、深冬はかっと目を見開き、体を思い切りひねった。俊敏な狐の肉体を持った深冬は、体育が苦手だった現実が嘘のように、回転しながら軽々と獣の牙をよけ、体勢を整える。最後に尻尾の先だけ牙の先にかすめられ、痛みが走ったが、奥歯を噛んで耐えた。

深冬は獣の体に着地すると、後ろ足をばねにして飛び、檻の柵を足場にして、再び高く跳躍した。紙飛行機にでもなったような気分だった。空に向けて放たれ、風を切って宙をゆく紙飛行機に。目指すは空中回廊だ。その最中、鼻のあたりがむずがゆくなり、鼻が狐と同じく伸びていくのを悟る。しかし世界はまだ続いている。まだ間に合う。

深冬は自分を紙飛行機だと思ったが、傍《はた》から見れば弾丸のようだと思っただろう。弾丸と化した深冬はそのまま赤い制服を着た、ほとんど狐になったものめがけて突っ込んだ。蛍子狐は後ろに倒れ、丸い手から鎖が外れた。

「真白！」

「うぉん！」

深冬は懸命に腕を伸ばして真白の首に抱きついた。ふわりとした長い毛足、知っているにおい。

鎖が外れて自由になった真白は、深冬を背中に乗せ、空中回廊から宙へ舞った。銀の獣は猛烈に怒り、耳を聾《ろう》する咆哮を上げ、檻が破れんばかりに暴れている。

「真白、蛍子さんは泥棒じゃなかった。あたしには〝本を盗む〟って言ったのに、嘘だったんだ。ううん、ひょっとすると蛍子さんが本を盗む前に、別の誰かが忍び込んで、蛍子さんの計画を邪魔したのかもしれない。どっちにしても、今回の泥棒狐は別にいる」

真白は返事をするように「がう」とひと声吠《ほ》え、暴れ狂う獣の足の間をすり抜け、檻から脱出した。


滑空する白い犬の背中に、小麦色の狐がへばりつき、びゅうびゅう吹き付ける風に両目をぎゅっとつぶっていた。檻の中の怪物、狼と竜が合体したような姿の銀の獣は、餌を逃して悔しげに地団駄を踏み、部屋全体が大きく揺れる。

「真白、どこかで降ろして！　ふ、吹き飛ばされそう！」

「うおん！」

すでに人間ではなく狐になってしまった深冬が叫ぶと、犬の真白は威勢良く吠えて返事をした。

銀の獣の世話をしていた作業員たちも、全員狐に変わっている。人間だった時でさえ銀の獣の暴れぶりには手を焼いていたのに、みんな体が十分の一ほどのサイズに縮んでしまったことで、ますます世話が困難になったようだ。獣の首輪に繋がる鎖に何十匹と群がり、よいしょこらしょと引っ張ってその巨体を押さえ込もうとするが、獣が少し首を振っただけで、まるで強風にあおられた万国旗のようにぷらぷら揺れてしまう。

真白はいったん着地すると後ろ足で力強く地面を蹴り、再び宙に舞い上がって、右往左往する狐たちの頭上を飛び越えた。そして最初に入って来た入口を通り、ひと気のない暗い廊下でようやく歩みをゆるやかにすると、壁のくぼんだところで立ち止まった。エレベーターのランプが明滅している。

深冬は真白の長い毛をロープ代わりにして摑まり、すっかり小麦色のなめらかな毛皮になった自分の全身に改めてぎょっとしながら、短い足をぶらつかせて下を探る。人間だった時にはすぐつま先が地面に触れたのに、いくらつま先を伸ばしても空を切るばかりだ。仕方なく、意を決して真白の毛から手を離す――「んぎゃっ」。安心したせいか、先ほどの勇敢さや身のこなしがまるで嘘のように、深冬は変な声を出しつつ、地面に降りた。

「もう最悪……完全に狐になっちゃったよ」

うつむけば白っぽい毛むくじゃらの腹が見える。腕や尻、全身を不満げに確かめていると、真白が体を震わせる。白い毛が羽のように舞い、少女の姿に戻った。

「……なんであんただけ人間のままなの」

深冬がじろりと睨んだせいか、真白は寂しげな顔をした。

「だって私は……深冬ちゃん、本当に覚えてないの？」

「は？　どういう意味？」

イライラが最高潮とばかりに乱暴に聞き返したその時、銀の獣がいる部屋の方からどおんとすさまじい音が響いて、たちまち、狐たちが一斉に逃げてきた。

「逃げろ、逃げろ！」

「もうだめだ、銀の獣が鎖を引きちぎった！」

地面は脈打つように震動している。深冬と真白は顔を見合わせ、慌てて逃げだそうとした。しかし狐たちの数が多く、エレベーターはすぐに満員になり、乗れなかった狐たちは箱にしがみつくか、柱をよじ登りはじめた。我先にと上階へ上がろうとするその鈴なりぶりはまるで植物にたかるアブラムシのようで、とても割り込めない。その間にも銀の獣の咆哮が聞こえ、「檻を壊したぞ！」と叫びながら逃げてきた最後の狐が、鋼鉄の入口扉を閉めて閂《かんぬき》をかけた。

「他の連中は？」

「運搬口から逃げたよ！　やつはこっちに来る！」

足音はどんどん大きくなり、震動も強まり、獣は確実にこちらに近づいている。深冬はがっくりと肩を落とした。

「こっちじゃなくて、反対側に出ればよかった」

「反対側？」

「そう。あっちは運搬口だから、幅がうんと広いし、みんな逃げやすいはずだったんだけど」

まさか銀の獣が鎖を引きちぎって檻を壊し、脱走するとは思わなかったのだ。このままではみんな獣に食べられてしまうだろう。

鉄の扉がすさまじい音を立てて歪《ゆが》み、狐たちは一斉に悲鳴を上げる。獣が体当たりをしているのだ。深冬の足もすくむ。しかしひしゃげた扉の隙間から獣の鼻面が覗くのを見て、決心を固めた。

「真白、変身して！」

真白は命じられたとおり犬の姿に変身する。イチかバチか、やってみるしかない。深冬は真白の背中によじ登ると、耳打ちした。

「あいつが入って来たら、顔の前で飛んで。気を引きつけたらここから遠ざけるの」

真白が返事をする間もなく、扉が真っ二つに裂けて、蝶番《ちょうつがい》で繋がっていた岩壁ごとちぎれた。降り注ぐ岩の粉、銀の獣の長い首が伸びてきて、開いた赤い口から蒸気が溢れる。

「今！」

深冬の号令で真白は地面を強く蹴り、銀の獣の前に躍り出た。青い目がぎょろりと動く。ばっくりと開いた口、真紅の舌と喉《のど》が間近に迫る。生臭い独特の臭気が深冬の敏感になった鼻を刺激して、思わず顔を伏せた。獣の鋭い牙に貫かれて死ぬかもしれない。けれど深冬はただ真白の体を強く抱くだけだった。ここにいれば大丈夫だと思えた。

真白は右に左に飛んで、獣が口を噛み合わせる間際にすり抜け、元の洞窟の中へと誘導する。囮《おとり》作戦は見事にはまり、銀の獣はエレベーターに群がる狐たちを無視して、真白を追いかけてきた。

洞窟状の作業場を真っ直ぐ抜け、二匹は獣の足音を背後に聞きながら、反対側へ向かう。しかし細い廊下を通り、ゲートを越えてスロープに出ると、運搬口がどんどん狭まっていた。先に避難した作業員たちが獣を閉じ込めるべくシャッターを閉めようとしていたのだ。

「待って！」

だが声が届くはずもなく、シャッターは容赦なく降りていく。真白の速度が上がる。日の光が消えそうなほど完全に閉じかけたその隙間を、火の輪くぐりのライオンのように、真白は跳躍してくぐり抜けた。

ひやりとした風が体に吹き付け、おそるおそる顔を上げてみると、無事に外へ出ていた。

「えらい、すごいよ真白！」

深冬が両手足をばたつかせて喜びをあらわにし、背中の白い毛がもみくちゃになるほど撫《な》で回すと、真白は照れたようにぽっと顔を赤らめた。

　ここは先ほどの代謝物処理場だ。先に逃げた狐たちが豆粒に見えるほど高く飛ぶと、あの黒い土砂めいた代謝物で一面埋め尽くされた処理場が、まるで孤独なキノコのように見えた。外側にある他の工場群からも独立し、どこにも接していない。まわりは深くえぐれて底の見えない暗い堀がぽっかりと口を開けている。カッキーたちはこの堀のせいであの場所から外へ出られないのだろうか、と深冬は思った。

「……読長町は本当に元に戻るのかな」

　やがて、先ほど代謝物とイメンスニウムをより分ける機械があった、二階建ての建物が見えてきた。ひときわ小柄な狐たちが家の前に集まっていて、こちらを見上げて手を振っている。

「あれ、カッキーたちじゃないかな」

　深冬が合図すると、真白は減速してひらりと体を返し、地面に降り立った。

「すげえな、空飛ぶ犬だぞ！」

　子狐たちは真白を取り囲んで歓声を上げたが、変身を解いて少女の姿に戻ると、あからさまにがっかりした。

「なあんだ、人間になっちゃうのか」

「つまんないの」

「お姉さん、今のどうやったの？」

キイキイと口々に言いながら子狐たちは真白に一層群がるので、深冬は間に割って入った。

「はいはいそのくらいにして！　あんたたちもみんな狐になっちゃったんだね」

「はあ？　狐？　俺たちは人間だけど」

なるほど、自覚はないのか。そういえば確かに、耳が生えても尻尾が生えても、みんな驚きもしなかった。

「あんたは無事だったのか。銀の獣が暴れて逃げたって聞いたけど」

子狐たちの中でもひときわ体格が良く、ひとりだけはしゃいでいない狐が、深冬に話しかけてきた。人間の時の風貌がどことなく残っている。カッキーだろう。

「そう、まだ作業場内にいるはずだよ。シャッターが壊されてなければ、だけど」

それにしても、深冬もだんだん狐を見慣れてきたようで、顔立ちの微妙な違いや、仕草や背格好の特徴を摑みはじめていた。

「……飼い主が同じ柄の猫の中から自分の猫を捜し出せるみたいなもん？」

「何言ってんのかわかんねえけど、やっぱ避難すべきだろうな」

「そうだね。早く逃げた方がいいと思う。エレベーターホールのドアは簡単に壊されちゃったし」

「よし。メギ、レダ、大人たちに知らせてくれ。〝あれ〟を使う時が来た」

カッキーが命じると子狐の中の二匹が頷き、地面を蹴って建物の中へと駆けていく。残った他の子狐たちはカッキーに率いられ、列を成してどこかへ行こうとする。

「真白、どうする？　カッキーたちについて行く？」

そもそも泥棒狐はここに逃げ込んで、まだそう遠くへは行ってないはずだ。泥棒と盗まれた本を見つけさえすれば現実に戻れ、銀の獣がどうなろうと関係なくなる。しかしすぐには難しいだろう。

「餌にされる間際に逃げた泥棒狐が、ここに逃げたのは見たんだ。でもみんな狐になっちゃったら、もうどう捜したらいいの？」

　すると真白は腕を組んで小首を傾げ、考える仕草をした。

「……あのカッキーという子は、たぶん〝サーシャ〟の役なんだね」

「誰？」

「小説の主人公を助ける親友で、浮浪児たちのリーダー」

「小説？　ああ、この世界の原作の話ね。そんなもんあったなあ。それで？」

「原作だと、主人公が銀の獣を手懐《てなず》けるの。主人公は〝どんな生き物でも正常な姿に戻せる〟機械を持っていて、獣の本当の正体を暴くことができて――つまり主人公に会えたら一挙両得。獣も大人しくなるし、泥棒を人間に戻せるかも」

「マジで？　主人公ってどこにいるの？」

「カッキーについていけば会えるんじゃないかな」

「早く言ってよ！　すぐ追いかけなきゃ」

　ふたりがカッキーたちに追いつくと、彼らはドーム型のハッチの前にいた。緑色の錆びついたハッチで、どっしりと重たそうだ。鍵はかかっていないようだが、子狐が五匹がかりで把手を引っ張り、うんうんふうふう息を切らしても、ほんの数センチしか開かない。

「貸して」

たったひとり人間の姿のままの真白が把手を摑み、「ふんぬっ」と息を吐きながらがに股で持ち上げると、ハッチは蝶番を軋ませながらゆっくりと開いた。深冬はおそるおそる近づいて、中を覗き込む。てっきりマンホールのように深い穴が掘ってあって、下に行けば避難所か何かに繋がっているのかと思いきや、違った。

「何これ」

穴には薄茶色の布で包まれた大きな荷物が詰まっていて、人間どころか狐一匹隠れられそうもない。深冬が怪訝《けげん》な顔をしていると、色違いレンズのメガネ狐がにやりと笑った。

「下に降りるための穴じゃないんですよ」

「それじゃ何のための……？」

「兄貴！　メガネ！　装置も外に出ましたぜ！」

尖った耳やふっくらしたお腹を汚した子狐が報告する。どうやらハッチの外側にある、代謝物に埋もれていた装置を発掘していたようだ。装置はハッチと同じ緑色で、ハンドルと赤い球をつけたレバーがあった。

「全員後ろに下がれ！」

カッキーの号令で子狐たちはハッチから離れると、輪になってぴしっと敬礼した。カッキーが黒い手でハンドルを回す。さすがのカッキーも狐になれば力仕事は難しいようだったが、真白が助けるとくるくる動き出す。

まったくもって、深冬はこのような光景を見たことがなかった。回るハンドルに反応して穴がイメンスニウムの紫色に輝き、がりがりと激しい音が立ったかと思うと、突然、薄茶色の丸っこい布がぼんっと膨らんで顔を出した。まるでふくらし粉を入れすぎたスポンジケーキだ。

「な、何なの」

不安げにたじろぐ深冬の目の前で、丸っこいスポンジケーキはどんどん膨張し、みるみるうちに巨大キノコへ、巨大キノコから公園の遊具サイズへ、そして見上げるほど大きな、丸いガスタンクサイズになった。

後ろに下がって、手で眉庇《まびさし》を作る。もはや銀の獣と同じくらいの大きさまで膨れ上がった布は、ぱんぱんに張って、ゴスンという音と共に、ふわりと宙に浮かび上がった。係留ロープがするする伸びていく。

「これって……ひょっとして気球？」

深冬が知っている気球よりも大きい。薄茶色だった布は、いまや紫のイメンスニウム色に発光して、ロープに繋がれた状態で風に揺れている。

汗だくになったカッキーと真白がふうふう息を吐きながらレバーを横に倒すと、地面の下で何かがごんと大きく揺れ、蒸気が噴き上がった。

「みんな、離れろ！」

慌てて子狐たちの後についていく。するとさっきまで立っていた場所に溝が生まれ、中から何かがせり上がっていった。

蒸気が晴れると、気球の下に船のような形の、屋根付きのゴンドラが出現していた。普通のボートよりも大きく、深冬のクラスメイトがここにいたとしても全員乗れそうだ。船尾の部分に大きなプロペラがついている。

「すごい。アニメみたい」

深冬はおそるおそる近づいて、鋼鉄のゴンドラに触れる。ゴンドラの入口には緑色のハッチがついている。さっきのマンホールの蓋《ふた》だろう。

「ぼんやりしてないで、どくか乗るかしてくれよ。後がつっかえてるんだから！」

いつの間にか大勢の、大人サイズの狐たちがやってきていた。慌てて深冬がハッチの前からどくと、子狐たちが先にゴンドラへ乗り込み、大人たちが後に続く。深冬はどうしようかと思ったが、好奇心の方が勝って、自分もゴンドラに乗り込んだ。

内部は鉄のにおいがした。子狐たちはこの奇妙な乗り物にはしゃぎ、丸窓に群がったりベンチとベンチの間を走り回ったりと大騒ぎだったが、それでも余裕があるほど中は広かった。

とはいえ、短い距離を移動するための乗り物なのか、ベンチ以外の設備はなく、寝泊まりするような部屋は用意されていなかった。後方に歯車とピストン式のエンジンがある。

へえ、ほお、と嘆息を漏らしながらあたりを見回っていると、狐たちが悲鳴を上げた。

「あ、あれ！」

工場の運搬口から銀の獣の顔が覗いている。獣はついにシャッターを壊し、開けた処理場に姿を現した。ゴンドラにエンジンがかかり、蒸気を噴きながら宙に浮かび上がったのと、銀の獣がこちらに気づいたのは、ほとんど同時だった。

回転するプロペラとエンジンの推進力、そして気球の浮力で鉄のゴンドラは飛翔《ひしょう》する。深冬は急いで窓にへばりつき、外の様子を窺った。真白の姿が見当たらない。ゴンドラに乗っていないのだ。

銀の獣は美しい声で歌いながら、太い足で地面を揺るがす。そして長い首をぶんぶん振ると、ゴンドラに向かって走り出した。

「急げ、追いつかれるぞ！」

操縦席から大人たちとカッキーの声が聞こえる。深冬は窓ガラスに頬を押しつけて顔を歪めながら、「真白、どこ?」と呟く。

ゴンドラは蒸気をまき散らしながら懸命に逃げようとするが、銀の獣の脚力は強い。あっという間に追いつかれ、窓のすぐ近くに青い目が見える。瞳孔《どうこう》が小さくて黒く、まるで猛禽類《もうきんるい》の目のようだ。

銀の獣は再び歌う。その声は滑らかで透明感があり、聞いているとだんだん頭がぼうっとしてくる。餌場で、泥棒狐が食べられそうになった時と同じ歌だった。誰かが「あれを聞くな、耳を塞ぐんだ！」と叫んだが、すでに全員、獣の歌の虜《とりこ》になっていた。目つきがとろりとなり、操縦席の面々も体を傾がせる。ゴンドラのスピードがどんどん落ちていく。

その時、白く大きな犬が飛んできて、ゴンドラと銀の獣の間に入った。

「真白！」

真白は鳥のように軽やかに銀の獣の目の前をかすめ、くるりと回ってUターンする。先ほどと同じ囮作戦。銀の獣の気を引いてゴンドラから遠ざけようとしているのだった。獣は歌うのをやめ、ぎょろりとした青い目で真白の動きを追っている。

「今のうちだ、取り舵《かじ》いっぱい！」

「待って、真白が！」

しかし深冬の叫びは聞き入れられない。ゴンドラはスピードを上げて、真白と争っている獣とは反対の方向に傾いて進む、距離がどんどん離れていく。深冬は窓にへばりついたまま、真白の無事を祈るしかなかった。

　ゴンドラが工場の敷地上空を出て、まわりを囲う黒い堀を飛び越えると、真白も獣から離れて、こちらを追いかけようと方向転換した。目も意識もゴンドラにばかり注がれていたのだろう。堀に足止めされた銀の獣が、最後のあがきとばかりに首を伸ばして、大きく口を開けた。

　その瞬間、深冬は悲鳴も上げられなかった。銀の獣の口はばくんと閉じ、真白の姿はどこにもない。あるのは蒸気の靄だけで、処理場は見る間に遠くなっていった。

「お願い、引き返して！　真白が食べられちゃった！」

　半狂乱になった深冬が操縦席の面々に摑みかかり、ゴンドラは激しく揺れた。

「食われちまったのならもう遅い、戻ったって無駄だよ！」

　深冬は全身から血の気が引いていくのを感じ、そのままふらふらと床にうずくまった。膝に額をあてて目をつぶり、早く夢が覚めることを願う。ここは物語の世界。登場人物は街の人だけど、何もかもが現実と違っていて、独自のルールがある。

「真白を助けなきゃ。真白は死んでない。絶対死んでない……」

　そう自分に言い聞かせるよう繰り返し、ぎゅっと拳を握った。真白を助けなければ。

　だが決心を固めて立ち上がった深冬の目の前に、真白がいた。

「ぎゃっ、おばけ！」

　深冬は飛び退いて足を踏み外し、そのまま床に仰向けに転がった。一部始終を見ていた他の狐たちもざわざわと囁き合っている。

「おばけじゃないよ。よく見て」

真白は微笑み、倒れた深冬の傍らにしゃがむ。彼女は犬から人間の姿に戻っていた。体にけがはなさそうだ。

「……だってあんた、さっき食べられて。えっ、ていうかどこから入って来たの？　ゴンドラのハッチ、開いた気配もなかったのに」

外にいたものがドアも開けずに内側へ入っている。瞬間移動？　あるいは……

「もしかして真白ってふたりいる？」

「まさか。私はひとりだけだよ、深冬ちゃん。真白はひとりだけ」

「さっぱり意味がわからないんだけど。だって獣の口が閉じて、真白が消えて。いや、生きててくれて嬉しいよ、でもさ頭が混乱して」

「狐につままれたみたい？」

真白はかすかに微笑むと、深冬から視線をついと外して、窓の向こうに向かって顎をしゃくった。

「もうすぐ地上に着くよ」

ゴンドラは街の小高い丘に着陸し、最後に蒸気を思い切り噴き出してエンジンが止まった。ハッチが開き、他の狐たちに続いて外へ出た深冬は、眩《まぶ》しい太陽の光に目を細めながらあたりを見回した。ほっとため息をつく。ここを知っている。御倉館のすぐそば、神社のあるところだ。

御倉館自体は、真上に鉄道の橋梁《きょうりょう》が走り、煤と煙と蒸気にまみれてひどい有様だったが、この小高い丘の周辺は不思議と穏やかで、草木が風に揺れ、緑が保たれている。丘の頂上を仰げば、赤い鳥居と社まで残っていた。

狐たちは神社に背を向けて、丘を下っていく。このふもとに〝コーネリアス〟がいるらしい。

誰のことかと首をひねる深冬に、真白が耳打ちする。

「主人公のことだよ。カッキーについてきてよかったでしょ」

物語としての『銀の獣』の主人公、コーネリアスは、三階建ての細長い住まい、まるで積み木の円柱にとんがり帽子を載せたような建物に、老人とふたりで暮らしているらしい。

錆びたドアを開けると、たちまち蒸気で視界が霞み、深冬は思わずむせた。空気にはオイルのにおいが充満し、歯車が動く音が聞こえる。銀の獣を飼育していた工場や、そのまわりを囲んでいた工場群とは規模が違い、部屋はとても狭かったが、ここも何かの作業場らしい。奥へ進むと、銅色のパイプがあちこちを這い回って、ガラス瓶の中には奇妙な黄緑色の液体が泡を立てている。

「やあ、サーシャ」

機械を点検していた小柄で痩《や》せた狐が振り返り、ゴーグルを額にずり上げてこちらに手を振る。すぐさま駆け寄るカッキー——サーシャ役の彼の後ろ姿。深冬は真白を突っついて訊ねた。

「あれが主人公？」

「そう、コーネリアス。ここは原作どおりだね。今からカッキーが彼に、銀の獣を退治しようって持ちかけるはず」

「大変だ、コーネリアス！　銀の獣が工場から逃げ出した！　このままじゃみんな食われちまうぞ！」

「ほらね」

自分の言ったとおりにことが運び、真白は少し得意げになって笑った。

深冬は真白と並んで、工場の隅の螺旋《らせん》階段に腰掛け、狐たち――物語の登場人物をそれぞれに演じている狐たちを眺めた。

「……コーネリアスって誰がやってるのかな。みんな狐だからさっぱりわかんない」

「きっと若い人だよ」

「アバウトすぎる。読長町の住民で若い人なんて三千人くらいいるよ、たぶん」

深冬は大げさにため息をつき、膝に肘を立てて頬杖《ほおづえ》をした。

原作は最初のくだりしか読んでいないが、話を聞いているとどうやらコーネリアスは発明の天才で、真白が言ったとおり、〝どんな生き物でも正常な姿に戻せる〟機械を発明したらしい。カッキーはその機械があるのなら銀の獣を大人しくさせられるのではないかと提案したが、コーネリアスは乗り気ではなかった。

「まだ試作段階なんだ。もし誤作動して変なことが起きたら？」

などと答えてカッキーを呆れさせている。だんだん苛立ってきた深冬は腰を上げ、足の爪を鳴らしながらつかつかとふたりに近寄ると、ふんぞり返って言った。

「ねえ、もういい？　誤作動とかやってみなきゃわかんないでしょ。こっちは時間がないの。あんたがやりたくないのなら使い方を教えてよ。あたしが代わりにやるから！」

コーネリアスはぽかんと口を開ける。

「誰だい？」

「誰だっていいでしょ。少なくともあんたよりは行動力あると思う」

より一層ふんぞり返り、狐の毛でもはもはした胸を張ると、カッキーが加勢してくれた。

「こいつの言うとおりだよ。さっさとやらないと、この街もあの獣に襲われちまうぞ」

「わ、わかった。わかったって。でももし事故が起きても、僕は知らないからね」

太い尻尾を力なく下げ、コーネリアスはしぶしぶ研究室があるという地下へのドアを開けた。

「何なのあいつ、主人公らしくないこと言ってさ」

薄暗い階段室にランタンのぼんやりした明かりが灯り、三匹とひとりの影が伸びる。ふたりの後に続いて階段を下りながら、深冬はぶつくさ文句をこぼした。

「まあ……原作には深冬ちゃんが登場しないから。本当はコーネリアスは一晩悩んで、夜、不思議な夢を見て決心するんだよ」

「あっそ。まあ本なんて読まないし、泥棒さえ捕まえられればいいけど」

すると真白は後ろから覆い被《かぶ》さるようにして、深冬の顔を覗き込んできた。小さな狐の体の上に、人間の大きな体のシルエットが落ちる。

「ちょっとやめてよ。今はあんたひとりだけ図体《ずうたい》がでかいんだからさ」

「深冬ちゃん、やっぱり本は嫌いなままなんだ」

「しょうがないでしょ。元々嫌いだし、こんな変なことに巻き込まれて、どうやって本を好きになれっての。想像力なんて貧困な方がいいよ。家で普通にテレビ見て、普通にケータイいじって、普通に学校に行く。それが一番無難だし安全な生き方」

「……そっか」

真白の声色が沈んでいるので、深冬はじろりと下から睨みつけた。

「落ち込まないでよ。本が好きな人を馬鹿にしてるわけじゃないんだから。ただあたしには向いてないってだけ。読みたい人が読んで、読みたくない人は読まなきゃいい。でしょ？」

「……うん」

数段下に研究室が見えてきたところで、深冬はふと真白に訊ねた。

「ねえ、前から訊きたかったんだけどさ。この原作を書いた人って誰なの？　今回も、その前もその前も、作者の名前が本になくて。『繁茂村の兄弟』は蔵書録にも載ってなかったし」

ブック・カースがかかる時に出現する本は、いつだって作者の名前が書いていなかった。すると真白は少し驚いた様子で目を丸くする。

「深冬ちゃん、作者に興味あったんだ」

「馬鹿にしないでよ。まあ興味あるっていうか、こんな変な小説を書いたやつがどんな顔してるのか見てみたいってだけ」

「……見たことあるよ」

「え？」

「見たことあるよ、深冬ちゃん。作者の顔を」

最後の一段を飛び降り、深冬は眉間にしわを寄せる。

「それってどういう？」

「おいお前ら、こっちに来いよ。機械のお披露目だぞ」

カッキーに呼ばれ、深冬はふたりの顔を見比べる。しかし真白はこれ以上話すつもりはないのか、「行こう」と深冬の背中を小突いて、先に行ってしまった。

〝どんな生き物でも正常な姿に戻せる〟機械は、深冬が想像していたよりもずっと小さかった。

狐サイズでも両手で抱えて持てるくらいの大きさで、全体が丸く、円盤のようだ。あちこちにつまみやレバーがついており、中央が紫色に光っている。

「これもイメンスニウムってやつが入ってるんだね。どうやって動かすの？」

コーネリアスは人差し指で円盤の表面をするりとなぞり、「機械の声をちゃんと聞くんだ。機嫌が良いと、イメンスニウムがきらきら光る」と答える。深冬は「はあ？」と馬鹿にしたくなる衝動をぐっと堪える。

「へ、へえー、すごいね。それで？」

「それで、レバーを右に引いて青いボタンを押す」

「なあんだ」

するとコーネリアスはじろりと深冬を睨みつけた。

「簡単に聞こえるかもしれないけど、結構難しいんだ。こいつはすぐへそを曲げるから。今みたいに機嫌が悪い時に操作すると、失敗する。たとえば、この街になじんでいないやつを追い出そうとしたりとか」

深冬の目には、円盤はクリスマスツリーの飾りのようにチカチカと点滅しているように見える。

「きらきらはしてるじゃん」

「一応ね。でも今はやっぱりダメだよ。失敗する」

「ああ、もうイライラする！」

まだ煮え切らないコーネリアスに業を煮やした深冬は、彼の手から円盤を奪い取ると、素早くレバーを右に引き、青いボタンを押した。コーネリアスも真白もカッキーも、止める暇がなかった。

円盤はぶるりと震え、紫色の光がすうっと消えていく。そしてほんの束の間、電源が切れたかのように静かになった後、一気に光を爆発させた。あまりの眩《まばゆ》さに深冬は円盤を取り落としてしまったが、イメンスチール製の円盤はびくともしない。紫色を帯びた蒸気を噴出し、深冬は激しく咳き込んだ。

「ご、ごめん、悪かったって……！」

咳き込みながら、体に変化が起こるのを感じた。手がつるりとしている。天鵞絨のようだった毛がない。顔もはげていて、ビニールのような感触の髪が手に触れ、耳は顔の横についている。しかも服も、来た時と同じものを着ていた。

「人間に戻ってる！」

深冬はそばにあったキャビネットのガラス戸に自分の顔を映し、間違いなく元の姿に戻っていることを確認すると、歓声を上げた。「やった、成功だよ！」――しかし蒸気が晴れていくにつれて深冬の眉間のしわはどんどん深くなっていく。

「どうしてあたしだけなの？」

コーネリアスもカッキーも狐のままで、円盤が壊れていないかとあわあわしており、深冬が人間に戻ったことにも気づいていない。その時、上の方からばたばたと慌ただしい音が聞こえてきた。かなり大きな足音で、体重の軽い子狐のものではなさそうだ。

――たとえば、この街になじんでいないやつを追い出そうとしたりとか。

「まさか、そういうこと？」

深冬は舌打ちして、小首を傾げて突っ立っている真白の肩をどつき、突風のごとき速さで階段を駆け上がった。人間の足だと段差を軽々と上ることができ、あっという間に一階へ出る。勢いよくドアを開けると、目を丸くした子狐たちが一斉にこちらを向いた。

「誰もいないのにドアが開いたぞ！」

「さっきは玄関も開いた！　どうなってるんだ！」

子狐たちはキイキイ甲高い声でわめく。追い出された。つまり深冬の姿は見えていない、ということか。深冬は「どいて、どいて！」と言いながら、子狐たちを踏まないように慎重に足を床に下ろし、ようやく玄関にたどり着く。確かに子狐の言うとおり、閉めたはずの玄関のドアは開きっぱなしになっていた。

「真白、犬になってあたしを空に飛ばして！」

「えっ？」

「早く！」

命じられるまま真白は再び犬になり、宙に飛び上がってくるりと旋回すると、深冬の足下を軽やかにすくい上げて背中に乗せた。子狐たちの声がみるみるうちに聞こえなくなり、ふたりはコーネリアスの家から空高く飛ぶ。

真白の背中にまたがった深冬は、真剣な面持ちで靄に霞む街を見下ろした。

「人間を捜そう。泥棒狐が人間に戻っているはず」

犬になって答えられない真白がちらりとこちらに視線をやり、「くうん」と鳴くので、深冬は安心させるように肩甲骨のあたりを撫でてやった。

「本当だって。さっきの円盤、やっぱり機嫌が悪かったのかも。さっきさ、〝この街になじんでいないやつを追い出そうとしたり〟って主人公が言ってたでしょ。本当にそのとおりなら、この街になじんでいないのはあたしと泥棒だけ――だって、あたしも泥棒も現実から来た人間だもの。あたしが戻ったのなら、あいつも戻ってるでしょ」

そう説明すると、真白は少し元気を取り戻した声で「おん」と鳴き、蒸気が溢れる街を滑空した。

「コーネリアスの家の付近を捜して」

「くうん？」

「きっとあの泥棒、処理場に逃げた後は近くに隠れていて、みんなも狐に変化した隙に紛れたんだよ。それで銀の獣が襲ってきた時、一緒にゴンドラに乗ったんだろうね。だけどさっき急に自分だけ人間の姿に戻ってしまったから、焦って逃げ出した」

天井から聞こえてきた大きな足音は、人間に戻った泥棒が逃げる音だったのだ。

「うおん！」

真白は納得したとばかりに力強く吠え、三角屋根を頂いた円筒型の家の脇をすり抜け、大通りから路地、蒸気機関車の鉄橋の上を飛び回り、人影を捜した。

「……いない。どこかの家とか店とかに入っちゃったのかな」

道を行き交うのは狐ばかり。商店から紙袋を抱えて出てくるのも狐、蒸気機関車の客席の窓から見えるのも狐、公園のベンチで寄り添い愛を囁きあっているのも狐だ。

「だとしたら、真白、御倉館に行こう。この状況で泥棒が落ち着ける場所なんて、変化していない御倉館しかないよ」

深冬がぽんと脇腹を叩くと、真白は方向転換して蒸気機関車と並行して飛んだ。空飛ぶ犬に気づいた子狐たちが歓声を上げ、窓から身を乗り出して手を振る。

「……真白の姿は見えるんだ」

深冬はそっと呟き、改めて真白を見る。白くてふわふわした後頭部。さっき、確かに真白は獣に食べられた。そして「なじまないやつ」の中に真白はカウントされていない。それはつまり、つまり――しかしまだ深冬にはわからない。

町並みも地形も、何もかもが変わったように見える読長町の中で、御倉館と神社だけは、深冬が知る姿のままだ。周囲がどんどん先鋭的になっていくのに、時代からぽつんと取り残され孤独を味わっている老人のように、ひっそりと佇《たたず》んでいる。

ふたりは御倉館の前に降り立ち、急いで庭を抜けて玄関のドアを開けた。下足場には靴が一足ある。見覚えのない男物の白いスニーカーで、やはり蛍子が履いていた不思議なデザインの靴とは違う。慌てて脱いだのか、片方が横倒しになっていた。

「深冬ちゃん、気をつけて」

人間に戻った真白の手が深冬の手に滑り込んできて、ふたりは手を繋いだ。足音を立てないようにそっと玄関に上がる。長い廊下の奥、サンルームから差し込む光に、人影がさっと横切るのが見えた。ひるねがやっと起きたのか、それとも泥棒か。深冬は心臓が激しく打つのを感じながら、真白の手を強く握り、廊下の壁に背中をぴたりとつけ、おそるおそるサンルームを覗き込んだ。

ひるねは横たわったまま、いびきをかいている。そのソファの手前に、ひとりの青年が立っていた。

「どうも」

しめじ青年。色白で細長い体つきに、キノコの丸い笠《かさ》に似た髪型、メガネ。白いワイシャツとブルージーンズ。知っている人だが咄嗟に名前が出てこない。

「あんた、本屋の……」

「はい、春田です。こんにちは」

父あゆむがよく使う書店、わかば堂の店員だ。今日の午前中、父のあゆむから頼まれた本を、この店員のレジで買ったばかりだった。深冬はさっきまで蛍子だとばかり思っていた泥棒の正体を、他にまったく考えていなかったが、あまりにも予想外で、しばらく口がきけなかった。

春田は気まずそうに視線を落としながらふたりに近づいてくると、深冬に一冊の本を差し出した。古めかしい植物模様の装幀《そうてい》の『義賊ラッフルズ』だった。

「ごめんなさい。申し訳なかった。盗んだのはこの一冊だけです」

「これをうちの書庫から盗んだんですか？　どうして……？」

深冬は春田と本、そして隣の真白を見比べた。深冬が本を受け取り、春田の手首を捕まえれば、周囲は現実に戻り、真白も消えてしまう。これまでは泥棒が狐に変化していて、正体がわからないまま捕まえていたけれど、今回は違う。この状況に向き合うには、深冬ひとりでは荷が重かった。

春田はいったん本を下げると、ぼそぼそした声で言った。

「僕らは、システムが知りたかったんです」

「えっ。僕ら？　システム？」

「はい。御倉館の防犯システムがどうなっているのか、知りたかった。はじめはただの都市伝説、ろくでもない噂話だと思っていました。でも蛍子さんが実際に試してみたら、とんでもないことが起きたと。そう興奮するのを聞いて、みんな――」

「ちょっと待って下さい、みんな？　さっきも〝僕ら〟って言いましたよね。まだ仲間がいるってことですか？」

混乱した頭を落ち着かせるように片手を額に当て、深冬はどうにか状況を整理しようとした。その間に真白がぎらぎらした目で春田を睨みつけ、犬が敵を威嚇するように、彼と深冬の回りをゆっくりと歩く。

「深冬ちゃん。こいつ、もう捕まえよう。盗んだこと、悪いことだって思ってない」

今にも犬になって牙をむき出し、襲いかかりそうな真白に、春田は慌てて弁明する。

「思ってますよ！　悪いことだった。やってはいけないことだった。僕らっていうのは――そう、読長町の書店連盟の数人のことです。どうにかして日々の万引き犯を捕まえたいと思っていた。蛍子さんも僕もそのうちのひとりでした」

「えっ、蛍子さんってうちの町内の人なの？」

坊主頭でモードな装いの蛍子を見かけたら、忘れることはないと思っていた。春田はそうではないと言う。

「蛍子さんはここの街の住民ではないんです。でも個人で、画廊付きの小さな古書店を商ってて。僕らと知り合ったのはここ最近です」

「なるほど？　でも万引きが理由ってどういうこと？」

深冬が腕を組んでふんぞり返ると、春田は深くため息をつき、話しはじめた。

「……世間が思う以上に、書店は万引きに悩まされているんです。毎日のように本を盗まれるせいで、古本街の岩飛《いわとび》古書店は潰《つぶ》れてしまったし、最新式の防犯カメラを備えた大型書店だって、撤退してしまった。読長町を訪れる客の中には、本を買うためじゃなくて、盗むためにやって来るやつがいる。

　僕らは毎日毎日、万引き犯を捕まえるためにはどうしたらいいか話し合ってきた。実践もしてきた。でも決定的な効果をもたらす施策は、いくら頭をひねっても出てこない。そんな時、ＢＯＯＫＳミステリイのおやじさんが、御倉館の話をしてくれたんです」

　ＢＯＯＫＳミステリイの店主と日頃から折り合いの悪い深冬は、内心でチッと舌打ちした。

「……おやじさんは、御倉館には不思議な警報装置がついていると言いました。先代のたまきさんがとんでもないものをつけたから、御倉館だけは安全なんだって」

　それを聞いた深冬はむっとして、春田に詰め寄った。

「うちだって無事だったわけじゃないよ。何度も盗まれてさ、その上一度、すごく大がかりな盗難に遭ったことがあって、ずっと大変な思いをし続けてたから！　おかげで御倉館はあたしたちだけしか入れないし、管理は面倒だし、正直めっちゃくちゃ困ってる。万引きが嫌なら、どうにか努力したらいいじゃん」

　そう口にしてしまってから、春田が卑屈な笑みを浮かべているのを見て、深冬は口を手で押さえた。どうして彼らが防犯システムの仕組みを知りたがったのか、理解したからだ。

「だからですよ。御倉館はずるいって僕らは思ってしまった。だって僕らは同じようになんてできないから。御倉館は来客を制限して蔵書を守れるけど、書店には毎日人が来る。誰でも来ていいし、どの本を手に取ってもいいんだ。本が入荷して、売って、それで生活してる。書店は記念館じゃない。人を制限したりできない」

　春田の口調は抑えられていたが、苛立ちがにじみ出ていた。

「……ごめん、そうだよね。努力したら、なんて言っちゃって……」

　深冬が弱気になると真白が鋭く釘《くぎ》を刺した。

「深冬ちゃん、謝っちゃだめ。盗んだのはこの人。やってしまったことは結局、万引き犯と同じ。目的も気持ちも関係ない、盗みは盗みだよ！　やっぱり反省してない！」

　ぐるると喉の奥を鳴らして威嚇する真白に春田はたじろぎ、カーペットに踵《かかと》をつまずかせてソファに尻餅《しりもち》をついた。

「わ、悪かった、君の言うとおりだよ……改めて謝ります。盗んでしまって、本当に申し訳なかった。ミイラ取りがミイラになってどうするんだって、反省する。もう二度としません」

　ちょうどその時、ひるねがふがっと大きくいびきをかき、全員びくりと肩を震わせた。気がそがれた真白はむっつりと唇を結びつつ一歩下がる。緊張がやや和らいで、春田はどうにか体を起こした。

「あゆむさんやひるねさんに訊いてみたこともあるんだ。どんなシステムを導入したんですかって。だけどしらを切られた。ＢＯＯＫＳミステリイのおやじさんは、御倉館の防犯システムは謎に満ちているから、教えてもらえないなら、実際に試してみようと言った。だけど中に入ることも難しいのに、どうやって試す？　きっかけは、あゆむさんの入院だった。転んで河川敷に落ちたあゆむさんを助けたのは、同じ書店連盟のひとりだった。ポケットから転がり落ちた鍵を見つけて……それで、柔道家のあゆむさんがいなくなってひるねさんだけになればって。そう、魔が差したんです。少しの間だけ本を借りて、システムがわかればすぐ返すつもりだった」

「言い訳ならなんとでも言える」

　真白から言葉で冷たく撥《は》ねのけられた春田は、テーブルの上に盗んだ『義賊ラッフルズ』を置き、静かに見つめた。

「そのとおり。僕らは万引き犯から自分たちを守るために、泥棒になった。でも本当に、抵抗はあったんですよ。はじめと二回目に泥棒になったのは蛍子さんでした。ここの住民じゃないから、罪悪感もあまりないしと言って……ひるねさんが御倉館にひとりでいるか確認しようと、偽の警報の騒音クレームをつけたのも蛍子さんです」

　深冬は数日前に師範代の崔から、警報のクレームがあったが自分には聴こえなかったと言われたことを思い出した。

「防犯システムを体験した蛍子さんは、すごい興奮ぶりで、何が起きたのかを夢中で話してくれたよ。でもそんなことみんな信じない。馬鹿馬鹿しい、御倉館から学ぶことはやめる、となった。諦められなくて、泥棒のことは伏せたままひるねさんに直談判して書店連盟の会合に出てくれと頼んだようですが、もちろん断られていました。だけど最後に蛍子さんが僕を誘ったんだ。今日は雑誌の取材があって早上がりだった僕に、深冬さんの注意を引きつけておくから、これから試してみないかって」

「……蛍子さん、あたしには正体を明かして、今から御倉館の本を盗むって言ったの。だからてっきり蛍子さんが泥棒だと思ったのに、違った」

「ああ……彼女は僕に盗ませて、外側にいたらどうなるのか知りたいって言ったんです。本当に泥棒と深冬さんだけが現実の意識を持ったまま、不思議な世界に行くことになるのか。それとも同じ場にいれば、彼女もそうなるのか。要するに共犯者がどうなるのか調べたかったんですよ」

　銀の獣の餌場で深冬は、完全に物語の役割を演じている蛍子の姿を見た。つまり実行犯以外、たとえ共犯者でも、傍観していればブック・カースは他の人間と同じく無実と見做《みな》すということだろう。システムに改良の余地があるんじゃないか……深冬はそう思ったが、とりあえずはそう頭の中を整理した。

「とにかく、本当に申し訳ありませんでした。自分でこのシステムを体験してみてわかったけど、こんなの僕らの手にはとても負えない。万引き犯が出るたび冒険するなんて無理ですよ。地道に防犯対策をとるしかないって、みんなに説明します。本を盗んでしまってごめんなさい。もう二度としません」

　春田はもう一度頭を下げ、丁寧な口調で謝った。深冬は頬を掻《か》きながら、まだ眉《まゆ》をつり上げている真白と、眠り続けるひるねを見比べ、ため息をついた。

「許してあげる、と言いたいところだけど、お父さんに訊いてみないと。あいにくあたしはまだ未成年だし、責任者でもない。真白も言ったとおり、盗みは盗みだからさ。どうするかはお父さんに決めてもらってもいい？」

「もちろん。その時は書店連盟の、この件にかかわった人も連れて行きます」

「わかった。真白もそれでいい？」

「……深冬ちゃんがそう言うなら」

　表情はまだ不満げではあるが、真白もしぶしぶ頷いたのを見て、深冬はテーブルに置かれた

『義賊ラッフルズ』を取った。

「はい、じゃあ春田さん。手を出して」

　春田は大人しく両手を差し出した。

「泥棒、捕まえた」

　深冬が春田の手首をそっと摑むと、たちまち足もとがぐらりと歪み、意識が反転した。眠りに落ちていくような感覚で両目をつぶる。

　再び目を覚ました時、深冬は特に驚きもなく静かに起き上がった。ひるねはまだ眠っていて、時計がコチコチと秒を刻む音が聞こえてくる。真白の姿もなければ、春田もいない。きっと先に起きて、御倉館から出て行ったのだろう。

「……ひとまず、お父さんに報告かな」

　深冬は頭を搔きながら、玄関で靴を履き、ドアを開けて外へ出た。異変に気づいたのは、このすぐ後だった。

　空は晴れ、白い雲が空をゆったりと泳ぎ、穏やかな風が吹いて木々の梢《こずえ》をさわさわと揺らす。午後の太陽がぽかぽかと背中を温め、汗ばむくらいに暖かい。庭の鉄扉を開けてあくびを嚙み殺しつつ、深冬は御倉館の前を通る道をふと見た。

　車が停まっている。路上駐車ではなく、道のど真ん中で停まっている。それも一台どころか、その後ろも、さらに後ろも、停まったままの車がずらりと並んでいた。対向車線も同じ状態で、信号が青になっているにもかかわらず、一台たりとも走ろうとしない。その上、文句を言う声すら聞こえなかった。

「ど、どうしちゃったの……？」

あたりは静まりかえっている。深冬はゆっくり車に近づいて、窓から中を覗き込んだ。無人だ。運転席も助手席ももぬけの殻、座席のホルダーに置かれた缶コーヒーを飲む人もいない。後部座席のチャイルドシートにはピンク色のガラガラが転がっている。

深冬はぞっとして、小走りで後ろの車を見に行った――水色の座布団を敷いた座席には、やはり誰も乗っていなかった。その次も、次の次の車も、人が姿を消し、抜け殻になった車と誰かがいた痕跡だけが残っている。

太陽で温められた背中が、今は凍えるように冷たく、深冬の膝が震えはじめた。

「お、落ち着け……どの車もドアは少し開いてるんだから、みんな自分で降りたんだよ」

そう言い聞かせても、体の震えはちっともおさまらない。気がついた時には深冬は走り出していた。誰かに会わなければ。会って何が起きたのかを訊かなければ。

しかしどこまで行っても誰もいない。歩道も、古書店街も、通りのどこも、無人だった。明かりは点《つ》いているし、シャッターも開いていて、売り物もきちんと陳列されている。それなのに誰もいない。人間だけがいない。歩道のアスファルトを、誰かが飲んでいたらしいペットボトルが風に吹かれてころころと転がって、側溝に落ちた。

読長町から住民が姿を消していた。

第四話

寂しい街に
取り残される

深冬は何度もまぶたをこすり、目を閉じてみた。深呼吸して腹にえいっと力を入れながら目を開け、あたりを見回す。以前、頭が青魚で手に銛《もり》を持つ魚怪人に追いかけられた夢を見た時、こうして夢から脱出できたことがあった。しかし効果はなかった。

相変わらず、道路には誰も乗っていない車が列を成し、聞こえてくるのは風の音ばかり。無人の車の中には、異変に慌ててブレーキを踏んだのか、対向車線にはみ出してしまっている車もあった。

「ちょっと……これ、マジでどうしちゃったの？」

誰でもいいから人を捜して、何が起きたのか教えてもらいたい。

人がいないのはどこも同じだった。誰ともすれ違わず、誰の背中も見ない。車はどれも停まっているのに信号機は機能していて、一定のリズムで青から黄、黄から赤、そして再び青へと、黙々とランプを光らせ続けている。

それでも深冬は律儀に横断歩道の前に立ち、青信号になるのを待って、向かいのスーパーマーケットに入った。自動ドアが開くと同時にＢＧＭと「いらっしゃいませ」の機械音声が聞こえ、少しほっとしたが、その安心もあっという間に霧散する。手前の生鮮食品売り場にも、商品が並ぶ棚の間にも、誰もいない。ぐるりと一周回って入口に戻った頃には、深冬の心臓ははち切れんばかりに早鐘を打ち、息がしづらくなっていた。

膝《ひざ》が震えて、果物売り場の台に手をつこうとした拍子にりんごがひとつ転がり落ち、床に当たったところがくぼんでしまった。しかし店員が駆けてくる気配もない。

「誰かいないの？」

大声で叫んでも、スーパーマーケットのフロアからは、ＢＧＭと冷蔵庫の唸《うな》る音しか返ってこなかった。

もはや冷静ではいられない。

深冬はスーパーを出て、通り沿いの家のドアベルを手当たり次第に鳴らした。携帯電話は電波がなく、交番に駆け込み、電話を手に取ったが、なぜか受話器から何の音もせず、ダイヤルを押しても何の反応もなかった。電気は通っているのに、なぜか電話が通じない。書店の引き戸を乱暴に開け、やはり誰もいないとわかると、弾丸のごとく外へ飛び出して次の店に入る。

父の柔道場も無人だった。いつもの土曜日なら、子どもたちもこの時間から練習をはじめているはずで、受け身の練習をするどすんばたんという音や、生徒を指導する崔の張りのある声が、外にいても聞こえるはずだった。しかし今は恐ろしいほど静かだ。重い引き戸を開け、中を覗《のぞ》く。思ったとおり、畳敷きの道場はがらんとしていた。

深冬の目にどんどん熱いものがたまり、視界が曇っていく。

「落ち着け、落ち着け。きっとブック・カースがどうかしちゃっただけだ。大丈夫」

袖口《そでぐち》で涙を拭《ぬぐ》い、ふうと息を吐く。

道場を後にした深冬は、もはや人を捜す気力を失って、うなだれながらとぼとぼと商店街へ向かった。

「ここは現実だ。あたしはちゃんとルールに従って、泥棒を捕まえて、盗まれた本を取り戻した。もうブック・カースは解けてる。だったら、街の外に出られるはず」

電車がどうなっているのか確かめたい。それに、入院中の父はどうなったろうか？

商店街には食べ物のにおいが混ざり合い、漂っていて、普段どおりだった。店先に並ぶ駄菓子たちは小学生を待ち、鮮魚店では青魚やヒラメが氷水につかり、鶏肉《とりにく》専門店では焼き鳥のたれが焦げる香ばしいにおいが溢《あふ》れて、食欲をそそる。青果店の緑色のざるに山と盛られた、赤く熟れたトマト。ただ、売る人も買う人もいない。

深冬は鶏肉専門店の前で立ち止まり、少し背伸びをして、油で汚れた窓から中を覗いた。いつもなら、大柄な体を窮屈そうにかがめて鶏肉を焼いていく店主のおやじさんがいるはずだが、壊れた換気扇がカラカラうるさい音を立てているだけだ。鉄の焼き器の上でひっくり返されないまま焦げていく鶏肉が忍びなく、深冬は窓から手を突っ込み、脇の下が攣《つ》りそうになりながら、やきとりの串《くし》を横の台の皿に移した。

甘辛いたれでべとべとになった指先を舐《な》めていると、商店街でかわいがられている猫が足に擦り寄ってきた。柔らかい尻尾《しっぽ》がふくらはぎにあたる。

「……猫はいるのか……」

深冬はしゃがんで、ごろごろと喉《のど》を鳴らす猫を撫《な》でてやる。耳の後ろから顎《あご》の下を掻《か》いていると、地面に小さな影がさっとよぎり、つがいのスズメが、パン屋の前でパン屑《くず》をついばみはじめた。ワンと声がして振り返ると、向こうから灰色のプードルが赤いリードを引きずりながらこちらに走って来るところだった。

「まさか散歩中に人がいなくなったのか」

深冬はひとまずリードを摑《つか》むと、飼い主が後で見つけやすいよう、すぐそばの標識柱に結びつけておいた。人間以外の生き物は残っている――それだけで少しはほっとする。

つまり今は人間だけがいない状況なのだ。暗かった状況にごくごく細い糸口がぽつんと現れたような感じがする。ただひたすら恐怖に足をすくませ、パニックに吞《の》まれるよりもずっとましだ。

「よし――早くみんなを見つけ出さないと」

商店街を抜けて、駅へ向かって坂道の階段を駆け上がる。駅前もまた無人で、人が立ち入らないよう線路を囲うフェンス越しに覗き見ても、電車は一輛《いちりょう》も停まっていなかった。それでも一縷《いちる》の望みを抱いて、券売機で隣駅までの切符を買い、自動改札機に通した。機械は普段どおりに動いて、あっさり深冬を構内へ入れる。ホームへの短い階段を上りかけたその時、電話が鳴った。

ぎょっとしてあたりを見回す。さっきは電話をかけようとしても、うんともすんとも言わなかったのに。しかし確かに電話が鳴っていた。どうやら音は駅事務室から聞こえてくるようだ。

心のどこかで、駅員が走って来て受話器を取ってくれないかと願ったけれど、案の定誰も出ることはなく、呼び出し音はしばらく鳴り続け、やがて止まった。

がらんとしたホームのプラスチック製のベンチに座り、電車が来るのを待つ。試しに自分の携帯電話で父の携帯にかけてみたが、やはり発信することはできなかった。柱にかかった時計の秒針は動いているし、空には雲がゆっくり流れているので、時間が止まっているわけではない。そのうち、電車は来るはずだった。

すると、プアン、と警笛の音がした。はっとして線路の先を見ると、思ったとおり、電車がホームに入ろうとするところだった。深冬は高鳴る胸を押さえながら腰を上げる。隣の駅に出て読長町から離れられれば、きっと人間に会えるし、大人、うまくすれば警察に相談することもできるはずだ。

しかし電車は一向にスピードを落とさない。この駅などまるで存在しないかのように、青色の車体は深冬の目の前を駆け抜けていく。勢いよく流れていく窓を見れば、乗客が乗っているのはわかる。しかし誰ひとり顔を上げず、駅を通過したことにすら気づいていない様子だ。

「ちょ……ちょっと！　ここ、急行も停まる駅なんだけど！」

深冬の叫び声は轟音《ごうおん》にかき消され、電車は呆気《あっけ》なくホームを通り過ぎ、線路の先へと消えていった。風が置き土産とばかりに木の葉を深冬の足もとに落とす。スズメの声ばかりが聞こえる。元の静けさを取り戻したホームで呆然《ぼうぜん》と立ち尽くしていた深冬は、ベルの音に我に返った。駅事務室の電話がまた鳴っているのだ。

躊躇《ためら》いながらも、深冬は駅事務室のドアのノブに手を伸ばし、ゆっくりとひねった。鍵《かぎ》がかかっているものと思ったが、不用心にも開いている。深冬はおそるおそるドアを開け、雑然とした、どことなく職員室を思わせる小部屋に入った。

電話は書類が積み上がったデスクで鳴っている。思い切って受話器を取って「もしもし」と応じる。

『――だ。三分も早く到着』

『わかりません、確か駅は』

「あの、もしもし？」

確かに人の声はぼそぼそと聞こえるが、いまいち遠く、受話器を耳にぐっと押し当てる。

「すみません、あの。助けてくれますか？　おかしなことが起きてて」

誰でもいい、この状況を一緒に困ってくれる相手がいてくれれば。しかし受話器の向こうの相手は、深冬の声など聞こえていないかのように、勝手に話し続けている。

『なぜ停まらない？』

『しかし、停まるべき駅がないので――』

これは会話だ。声色の違うふたりがしゃべっているのだ。まるで誰かの通話を、深冬が三人目として盗聴しているようだった。それでも駅についての会話には変わりなく、何か手がかりはないかと、聞き続けることにした。しかし音が小さい。深冬は親機の受話音量を上げるボタンを押したが、まるで変わらなかった。

『――勘違いだと？』

『そうです。読長なんて駅はないんです。路線図をご覧になって――』

『こちらの路線図にはあるが……いや、すまない、ないな』

深冬はぞっとして受話器を親機に戻し、電話を切った。

〝読長なんて駅はない？〟

信じられない、信じたくない。しかし急行停車駅にもかかわらず電車は通り過ぎ、電話は通じるがこちらの声は向こうに聞こえず、という状況を整理してみると、やはり街は封鎖されたままだと考えた方がよさそうだ。

真白の顔が思い浮かぶ。もし真白がここにいたら、きっと助けになってくれるだろう。しかし真白がいるのはブック・カースの世界だ。

駅事務室を出て、切符を自動改札機に通すと、ばたんと扉が閉まってエラーになった。乗車駅から移動することなく同じ駅で降車しようとするから出たエラーで、いつもなら駅員に相談せねばならないが、今は誰もいない。深冬は「だってしょうがないじゃん」と呟《つぶや》き、改札機に足をかけて扉を乗り越える。

駅は高台にあり、改札を出ると、読長町全体が見渡せる。太陽は傾きはじめ、黄色みの強くなった午後の光が家々の屋根を照らしていた。

あたりは不気味なほど静かだった。日頃の喧噪《けんそう》に慣れすぎて、何の音もしないとはこんなに恐ろしいことなのだと、はじめて知った。夕暮れの青々しいようなにおいを乗せた風が、髪を揺らし、深冬の汗ばんだ額に一筋へばりつかせる。

商店街へと下る階段の前に立ち、深冬は少し悩んでから、足を右に向け、階段には向かわず歩き出した。病院へ行こう。父、あゆむのことが気になる。

しかし病院の自動ドアが開いた瞬間、深冬の足はすくんだ。ＢＧＭのかかっていたスーパーマーケットや、動物たちがいた商店街、電車の音がした駅と違い、無人の病院の静けさときたら、寒気がするほどだった。白い壁や廊下、誰もいない受付と待合室の淡い色合いのソファ。使う者を失った松葉杖《まつばづえ》が床に転がっている。会計番号の呼び出し板に表示された数字が変わることはない。消毒液のにおいも不安に拍車をかける。いつかテレビで見た、病院の怪談話が頭をよぎり、あわてて首を振る。深冬は両手で自分の体を抱くようにして、寒々しい病院の奥へと進んだ。

エレベーターの前には、移動用のベッドがぽつんと置かれていた。きっと看護師が、患者を寝かせたまま運ぶ途中だったのだろうが、ベッドに残っているのは誰かが寝ていた証拠のくぼみのみ、もぬけの殻だ。

深冬はベッドに気を取られ、視線をそちらに向けたまま、エレベーターのボタンを押した。そのせいで、エレベーターが実は、深冬がボタンを押す前から動きはじめていたことに、気づかなかった。

ポーンという音ののちに、銀色のエレベータードアが開く。その瞬間、深冬は息を呑んだ——人間がいる！

「ひゃっ」

「うわっ」

情けない悲鳴が双方から上がる。深冬は後ろに飛び退き、エレベーターに乗っていた青年は、そのまま腰を抜かして尻餅《しりもち》をついた。深冬は胸に手を当て、暴れる心臓を浅い呼吸でなだめつつ、青年をよく見た。

「あっ……あんた、春田さん？」

わかば堂勤務のしめじ青年。先ほどのブック・カースを引き起こした本泥棒。

「そちらは御倉深冬さん。まさか、あなたがいるとは……」

そうこうしているうちにエレベーターのドアが閉まりかけたので、慌てて深冬がボタンを押し、その間に春田は腰を上げ、細い足をもつれさせながら外へ出てくる。

「いやはや。お見苦しいところを」

「いいから。あたしもびっくりしたし……っていうか、どうして春田さんはここにいるんです？

なんで他の人みたいに消えてないの？」

「そりゃこっちのセリフですよ。てっきり僕はもうひとりきりだと思って」

ふたりは同時にため息をつき、互いの顔を見合った。少しずつおかしさがこみ上げ、深冬は「ぷっ」と吹き出し、腹を抱えてげらげら笑い出した。つられて春田も笑う。しんと静まり返り、無機質さが際立つ病院内に、ふたりの軽やかで大きな笑い声が響く。

ひとしきり笑って満足すると、互いに情報を交換することにした。

「駅では変なことが起きてた。電車が通り過ぎちゃうの。そうしたら駅事務室の電話が鳴って、誰かと誰かが話してる声が聞こえてきた。でもあたしの声は向こうに届かなくて、まるで盗み聞きしてるみたいだった」

「ということは、読長の外には普通に人がいるんですね」

「うん。電車が通り過ぎる時、中に人がいるのを見たし。たぶんブック・カースがかかるとそうなっちゃうみたいに、あたしたちは街に閉じ込められているんだと思う」

春田は「なるほど」と呟いて、顎に手をやり考え込んだ。

「……で、あんたは？　どうして病院に？」

「え？　ああ……あなたのお父様に会おうと思ったんですよ。本を盗んでしまったことを謝らないとって」

春田は深冬よりも先に、ブック・カースの世界から御倉館に戻ってきた、という。

「あなたの姿は見かけませんでした。でも靴が残ってたので、まだ帰ってきていないのかと」

そして御倉館を出て、真っ直ぐに病院へ向かった。盗みを働いてしまったこと、今しがた見て来たばかりの奇妙な世界での体験のことで頭がいっぱいで、街に起きた異変には気づかなかった。病院に入ってからやっと、人がいなくなっていると気がついた。

「最初はストライキか何かが起きたのかと思ったんですけど、患者も人っ子ひとりいないからおかしいと。焦りましたよ……病院を飛び出して、駅前や商店街が無人なことに今さら気がついて。パニックで、電車に乗ることは考えずに、歩いて川を渡れるか試したんです」

「あ、橋か。どうだった？」

「渡れていたらここにいませんよ。橋が消えてるんです。あるはずなのに、どこに行っても橋にたどり着けなかった。いつもどおりに橋へ向かって歩いているつもりが、気がつくと道の角を曲がってしまったりして、川辺に行けないんです」

　読長町は二本の川に挟まれ、まるで中州のような土地にある。川が渡れなければ街からは出られない。

「電話も使ってみました。だけど電波がない。当然インターネットにも繋《つな》がりません。仕事場のWi-Fiも無効でした。どうしようもなくて病院に戻ったら、あなたがいた」

「……なるほど」

「しかし心配です。妹とも連絡が取れないし」

「妹さんいるんですね」

　すると春田は目をぱちぱちと瞬いて、深冬を見た。

「あれ、知りませんでしたか？　あなたと同じ高校ですよ。文芸部で。あなたに声をかけて振られたと言って」

「信じられない、あんたら兄妹《きょうだい》なの？」

電車を降りる間際に勧誘してきたあの女子生徒に違いない。そういえばメガネという共通点を抜きにしても顔立ちがどこか似ている。深冬が嫌そうに顔をしかめると、春田は眉《まゆ》をハの字に下げた。

「そんな顔をしないでやってくださいよ。あの子はあの子で、どうにかして御倉家と繋《つな》がりを持ちたかったんです」

「だったらなおさらお断りだし、一生無理って伝えといて。あーあ、結局みんな御倉のことばっか。知ってるけど、別に」

深冬はだるそうにため息をつくと、力のない指先でエレベーターのボタンを押した。たちまちドアがさっと開き、明るいクリーム色の光が深冬を迎える。

「どこへ行くんです？」

「父のところ。元々行くつもりだったんだから」

「あ、じゃあ僕も一緒に」

「……ついてこないでよ」

じろりと睨《にら》みつけると春田は一瞬たじろいだが、軽く咳払《せきばら》いをして、「頼みますよ」と言いながらエレベーターに乗ってくる。

「今となってはふたりしかいないんですよ……あゆむさんだって、やっぱり」

「消えてる？」

春田は言葉の代わりに頷《うなず》く。深冬はそれ以上答えず、春田を追い出すこともなく、乱暴に三階のボタンを押した。

三階にあるあゆむの病室に着くまで、ふたりは黙ったままだった。

四人部屋の、それぞれのベッドを仕切る黄みがかったカーテンが、ふわり、ふわりと揺れている。窓が開きっぱなしなのだ。深冬は意地を張るようにして顎を上げ、大股《おおまた》で病室を横切り、父がいたはずのベッドのカーテンを勢いよく開けた、春田の言葉どおり父の姿はなく、ベッドにはくぼんだ跡だけが残っている。

「……ほんと、どこ行っちゃったんだろ」

ベッドのテーブルには父の携帯電話と深冬が買ってきたばかりの本が置かれている。今日起きた出来事が多すぎて、この本を買ったのが午前中のことだったなどと、自分でもう信じられなくなっていた。

深冬は窓を閉めようとベッドを回り、カラカラとサッシを滑らせ、鍵をかけた。その時、枕元に見覚えのないものを見つけた。

「何だろう、これ」

茶色い革のカバーがかかった、手帳だった。こんなものを父は持っていただろうか？　近づいて手に取り、しげしげと眺めてみる。革のカバーはくたびれてしわが寄り、指の脂染みでところどころ変色していた。

深冬は春田をちらりと見る——春田は親族の邪魔をしないよう気遣っている見舞客のごとく、ベッドから少し離れたところに立ちながら、深冬の手元に視線をやっているようだ。

深冬は思い切って手帳を開く。ひとまずこれが何なのか、スケジュール帳なのかそれとも日記なのか様子だけでも確認しようと、ぱらぱらとめくるうち、深冬の眉間《みけん》にはどんどん深いしわが刻まれていく。

「何、これ。びっしり」

手帳の細く狭い罫線《けいせん》には、びっしりと隙間なく、ボールペンで書き込みがしてある。次のページも、その十数ページ先にも、五十ページ先にも。しかも、ざっと目を走らせた限りでは、これはスケジュール帳でも日記でもなかった。小説だった。筆跡は間違いなく父のものだ。その上、登場人物の名前がなじみ深い。嘉市、たまき、あゆむ。

「……お父さんってば、小説書いてる」

「えっ？」

春田が足早にやってきて、深冬から手帳を受け取ると、同じようにめくりはじめた。

「本当だ。自分の家をモデルにした、家族小説みたいですね」

「やだなー、うちの父ってば作家志望だったのかな」

本の神様を祀《まつ》るという御倉館裏手の神社に参拝にきては、絵馬に〝今年こそ小説の新人賞を獲《と》る〟と息巻いた誓いを書いていく作家志望者たちを、深冬は内心小馬鹿にしていた。すると春田が表情をむっとさせ、「いいじゃないですか」と言った。

「僕だって昔から、小説を書いたり、投稿したりしてますよ。神社に願掛けも行きます。下手くそですし、やっと一次選考を通るくらいですけど、小説家になりたいって夢見てもいいじゃないですか」

「別に、いいけど」

「ええ、いいんです。それにあゆむさんは御倉の人だ。小説に囲まれて生きている一家の一員ともなれば、物語を書きたくもなるんじゃないですか？」

　その時、深冬の頭の中で、記憶の一部が火花のようにちりりと瞬いた。そして、床にスケッチブックを広げ、覆い被《かぶ》さるようにして何かを一心不乱に書いていた自分の小さな手が、鮮やかに甦《よみがえ》った。

　スケッチブックには、クレヨンで不器用に描かれた女の子の絵があった。大きな目、髪の毛が肩までの長さで、頭にはふたつの三角の耳。女の子は大きな口でにっこり笑っている。

「どうしたんですか、ぼんやりして」

「……えっ？　あ、いや、何でもない。ちょっとぼうっとしちゃって」

「しっかりして下さいよ。それより、これ」

　春田があゆむの手帳のあるページを開いて差し出してきた。ページとページの間に、橙色《だいだいいろ》の毛束が挟まっている。指先でつまみ、すりあわせながら感触を確かめる深冬の目が、どんどん見開かれていく。

「これって……」

　明らかに動物の毛だ。愕然《がくぜん》とする深冬に春田が頷きかける。

「狐の毛です、間違いなく」

　病院を出るまでの間、ふたりは床や階段の隅などに目をこらし、狐の毛を探し回った。すると、これまではまったく気にも留めてなかったが、驚くほどたくさんの橙色の毛があちこちに散らばっていた。窓ガラスには爪で引っ掻いたような痕《あと》まで残っている。

ふたりは疲れた顔でよろよろと病院を後にし、今度は夕暮れに赤く染まる街にも、狐の形跡がないか捜した。毛はほとんど風に飛ばされたようだが、植え込みの枝に引っかかっているものはいくつか見つかったし、商店街のクリーニング店の前には泥だらけの足跡が残っていた。

商店街から書店の並びに出ると、春田がベンチに腰掛けたので、深冬も少し距離をとりつつ座る。背もたれに背中を預けると、ショルダーバッグに入れた父の手帳の硬い感触が当たった。

「……どういうことなんだろ」

「いや、深冬さんももうわかってるでしょ。みんな狐になっちゃったんですよ」

「待ってよ。それはブック・カース内の話だし」

先ほど終えた『銀の獣』のブック・カースでは、確かに、住民たちが全員狐の姿に変わってしまった。深冬と春田だけは、物語の世界で見つけた機械の影響で元の人間の姿に戻ったものの、他の住民はそのままだった。

「今までは、呪いが解けたら必ず世界は元に戻ってたの。真珠の雨もおさまったし、変な雨男になっちゃった崔君も、かっこつけ私立探偵になっちゃったサンショも、街と一緒にいつもどおりに直った」

「だけど現に、狐の形跡があちこちにあるじゃないですか。他に説明ができます？」

「できないけど。でも、だったらみんな狐になったままお店や病院にいるんじゃない？　仮にパニックになってどこかへ隠れてるとしても、ひとりくらい残ってても不思議じゃないのに、どうして誰もいないの？　みんなどこに行っちゃったの？」

「それは……疑問を増やさないで下さいよ」

　春田も言葉に詰まり、うつむいてしまった。

　茜色の空をカラスたちが鳴きながら飛んでいく。カラスは賢く、鳴いて仲間とコミュニケーションを取るのだと、いつだったかテレビで見たことがあった。夕焼け空を飛びながらさだめし「帰ろう」とでも言っているのだろう。

　深冬は腹が減って、喉も渇いていた。今日は朝から動きどおしで、しかもブック・カース中の世界と現実では時間の進み方が違うため、体感時間は二十四時間をゆうに超えている。

「……少し休みたい。お腹空《す》いたし、眠いし……あたし、今日ずっと動きっぱなしなの。もうブック・カースをふたつも連続でやったんだから。あんたと、あの蛍子さんのせいで」

「わかりました。もう夜になりますし、また明日《あした》考えましょう。僕も疲れました。その前に、ひとつ頼んでもいいですか」

「何？」

「さっきのあゆむさんの手帳。今晩だけ貸してもらえませんか？」

　春田の頼みごとはまるで予想外で、深冬は思い切り顔をしかめた。

「ええ？　何で？」

「読んでみたいだけです。盗んだりはしませんよ」

　そう言われても、さっき一家の大切な書庫から本を盗んだ人物に、おいそれと父の手記を渡していいものだろうか。深冬は疑いを隠しもせず春田をじろじろ見回したが、しかし他にどうしようもない。

父の手帳には、何か重要なものが隠されている予感がある。しかし深冬は小説を読むのが苦手だし、何より自分の父親が書いた文章を読むのはなんだか気恥ずかしかった。

「……明日になったら返して。絶対に」

「必ず。約束します」

深冬はむすっとしたままバッグのジッパーを開き、手帳を取り出して春田に渡した。

「何かしたら、あんたの妹をただではおかないから」

「脅迫ですか。いいですよ、わかりました」

しかし連絡を取り合おうにも、電波が入らないので、電話番号もメールアドレスの交換も無意味だった。

「明日の朝、十時に御倉館で落ち合うのはどうですか」

春田の提案に乗って、ふたりは別れた。

帰り道、商店街のパン屋の前にプードルがまだいるのを見て、標識柱に繋いだリードを解くと、首輪の住所を確認した。この近くだ。深冬はプードルをその家の庭に入れて柵を閉じた。家にはやはり誰もいなかった。

自宅アパートに戻ると、棟のどの部屋も明かりが点《つ》いておらず、建物は暮れゆく赤い闇に包まれ、黒ずんで見えた。鍵を開けて家に入る直前、父がいて、おかえりと言ってくれるのではないか、とかすかに期待したが、やはり誰もいない。

「そもそも入院中だっつうの」

深冬はひとりごち、ため息をつきながらポニーテールのヘアゴムを外して、長い髪をほどいた。冷蔵庫を開け、麦茶をコップに注いで一気に呷《あお》ると、すぐさまもう一杯注いで、息もつかずに飲み干した。それから袋入りの魚肉ソーセージを取ってフィルムを剝《は》がし、薄ピンク色の練り物をがつがつ口に詰め込む。

　空腹なのに、食欲があまり湧いてこない。玉子もカップラーメンもあるが、火をつけて調理したり、湯を沸かしたりするのが億劫《おつくう》だった。

　四本の魚肉ソーセージを食べ尽くした深冬は、洗い場の生ゴミ入れにフィルムを捨て、もう一杯麦茶を飲むと、そのまま寝室に向かい、着替えもせずベッドに突っ伏した。布団を頭からかぶり、自分のにおいがしみついた枕に顔を押しつける。すると突然、涙が溢れてきた。

　温かい涙が湧き出しては落ち、湧き出しては落ちて、枕を濡《ぬ》らしていく。深冬自身戸惑っていたが、やがて感情が追いつくと、声を上げて泣きはじめた。

「こ、このままだったら、どうしよう」

　言葉にしてみると一層つらくなったが、こうでもしないと胸のあたりが爆発しそうだった。

「お父さん。みんな。ど、どこに行っちゃったの？　こわいよ、こわいよお」

　ひとりぼっちで布団にくるまり、小さな頃に戻ったように激しく泣いた。誰かが慰めてくれることはなく、聞こえてくるのは自分の洟《はな》をすする音ばかり。次第に呼吸が落ち着いてきて、深冬は泣き疲れて眠った。

――深冬。あんたは御倉の子なんだからね。

はっと目を覚ますと、あたりは暗く、薄墨を流したような色の天井に、丸い形の照明がぼんやり浮かんでいた。深冬は呻《うめ》きながら首をもたげ、枕元の目覚まし時計を見る。七時五分。眠ってから二時間ほどが経過していた。

嫌な夢を見た気がする。覚醒《かくせい》してしまえばうっすらとした残滓《ざんし》さえ消えてしまうが、それでも嫌な後味がこびりついていた。たぶん、祖母の夢だった。

ぼさぼさになった髪を手で雑にときながら起き上がり、窓から外を見る。人の気配は相変わらずなく、飼い主が消えてしまってお腹を空かせた犬の吠《ほ》え声があちこちから聞こえてくる。気がつくとカーテンをぎゅっと強く握りしめていて、深冬は勢いよくカーテンを閉めた。

みんなが消えてしまったのは間違いなく御倉館のブック・カースのせいで、そのブック・カースを設定したのは祖母のたまきだ。なんてことをしてくれたんだ。深冬ははらわたが煮えくり返りそうなほど怒りながら、洗面所で顔を洗った。涙のせいで腫《は》れたまぶたをこすり、鏡に映った自分を睨み返す。

さっき見た夢はもうほとんど忘れたが、言葉だけはまだ耳のそばで鳴っている。

——深冬。あんたは御倉の子なんだからね。

「いつまでもいつまでもうるさいよ」

深冬は唇を噛《か》みしめると電気を消し、くるりと踵《きびす》を返した。

そういえば自転車を病院に置いたままだった。深冬は電灯が灯《とも》るだけの誰もいない暗い道を歩いた。ひとしきり泣いたせいか、祖母に怒っているせいか、心が甲羅に覆われた蟹《かに》のように硬くなっていた。不安も寂《さみ》しさも出てこない。むしろ大きなハサミでブック・カースに挑みたいくらいだった。

御倉館に着いた深冬は、まだ塀の外に置きっぱなしになっている蛍子の白いマウンテンバイクをちらりと見ながら、庭へ入った。鉄扉を閉める前、茂みが揺れる音がしたように思ったが、たぶん猫だろうと、飛び石の上を歩く。その時、「ばあ」という低い声とともに、人の顔が暗闇に浮かび上がった。

「ぎゃあああああああ！」

「あっ……すみません、僕です」

深冬が足をもつれさせて尻餅をつくと、庭の黒々とした茂みから、懐中電灯を持った春田が慌てて出てきた。手を差し伸べられた深冬は春田をぎっと睨みつけて自力で立ち上がり、腹立たしいことこの上ないとばかりに勢いよく尻を叩《たた》いて土を払った。

「何してんすか、人の家の敷地で」

「……すみません。どうしても気になって、何か手がかりはないかと」

「あたしがいなかったら入れないでしょ……ああ、泥棒だもんね」

「合鍵を持ってるのは蛍子さんだけです。彼女が戻ったらすぐ返します。僕はただ、外から様子を見るだけでも、少しは気分が落ち着くかと思って来ただけで」

「あっそ」

このまま春田を追い払ってやろうかと思ったが、考え直して玄関の鍵を開ける。たちまち古い本の、いつもの御倉館のにおいがした。

ふたりは靴を脱いで玄関を上がり、サンルームへ向かう。電気が消えた暗いサンルームから、まだひるねのいびきが聞こえた。電気を点けてみると、ひるねはいつものソファの上に横たわり、相変わらずよく眠っている。

　この光景は深冬にとってはいつもどおりすぎ、違和感も持たずにいたが、春田が指摘した。

「気になっていたんですけど。ひるねさん、なんでいるんですかね」

「え？」

「みんないなくなってるのに。不思議に思いませんか」

　深冬は「あっ」と小さく声を上げて、眠り続ける叔母《おば》を見つめた。年齢不詳の、若くも、老いても見える寝顔。この叔母はいつだって、深冬には理解不能だった。しかし今回ばかりは「ひるね叔母ちゃんだから」と片付けられない予感がしている。

「叔母ちゃん。ひるね叔母ちゃん、起きて」

　深冬はひるねの肩を摑み、揺さぶってみる。しかしひるねはまるで起きる様子もなく、いびきがひときわ大きくなっただけだった。

「どんだけ深く眠ってるんだよ」

「深冬さん。ひるねさんって、ブック・カースがかかる時はいつもどうしてるんですか？」

「どうって。今みたいにずっと眠ってるよ」

「……なるほど」

　春田は深冬の隣にやってきて、腰をかがめ、ひるねの鼻の上に手をかざしたり、頬をぺちぺちと軽く叩いたりした。やはり起こせないとわかると、肩にかけていたトートバッグから、あゆむの手帳を出して深冬に返した。

「これ、読んでみました」

「え、もう？」

「短いですから、一時間もあれば読めますよ」

深冬は自分が書いたものでもないのに、手帳を胸に抱いてどきどきしながら「ど、どうだった？」と訊《たず》ねた。「つまらなかった？」すると春田はふっと口元だけで笑った。

「いや、面白かったですよ。自分や、自分の家族をモデルにした小説でした。ジャンル的には私小説ってやつです。でも驚くほどしっかり書かれている。まるで本物の小説家が執筆したみたいだ」

深冬は安堵《あんど》し、手帳を握りしめていた手の力を緩めた。しかし春田の表情は、どんどん硬くなっていく。

「問題は小説のできばえより、そこに書いてある内容です。深冬さん、こんなことを聞いたことはありませんか。ひるねさんは、あゆむさんと本当の兄妹ではないって」

「……は？」

「僕は聞いたことがあるんです。たまきさんがある日突然赤ん坊を連れてきた、という話を、古参の住民から聞きました。その前までたまきさんのお腹は膨らんでいなかったから、不思議だったと。それから赤ん坊はひるねと名付けられ、あゆむさんの妹として育てられた」

「そんな嘘、どうせBOOKSミステリイのおやじが言ったんでしょ？　あいつ、うちの一家が嫌いだからって……」

「確かに要さんも言ってましたけど、この話をしたのは彼だけじゃないです。それにあゆむさんの手帳に書いてありました。ひるねさんはあゆむさんの実の妹ではないこと。それどころか、人間ですらないってことが」

深冬の手から力が抜け、手帳がするりと滑り落ちる。カーペット敷きの床に当たり、その拍子にページが開いた。何度も目にしてきた父の字――保護者面談のサインと同じ筆跡が、そこに連なっている。

「人間ですらない？」

深冬の頭は混乱し、めまいがしそうだった。しかしどこか腑《ふ》に落ちる気もする。ひるねは不思議な人だった。何を考えているのかわからないし、いつも浮世に住んでいるようで、あゆむや深冬が面倒をみてやらねば、食事さえまともにとれない。

その不思議な存在感は、真白とどこか似ているとも言えた。ブック・カースとも無縁ではないとわかっていた。本が盗まれるたび、ひるねの手にはあの御札が残され、深冬が読み上げると真白が現れるのだから。

深冬はゆっくりと膝を曲げて腰をかがめ、手帳を拾い上げた。あたしはこれを読まねばならない。父の字がびっしり書き込まれた薄い紙に触れ、ぎゅっと目をつぶる。そしておもむろに手帳を閉じ、ショルダーバッグにしまった。

「今は、やめよう」

「えっ？」

深冬の決断に春田は目を丸くする。しかし深冬はもう決めたのだと言わんばかりに、勢い込んで話した。

「どっちみちひるね叔母ちゃんを起こすのは無理だし、春田さんなら一時間で足りるかもしれないけど、読むのが遅いあたしがこの手帳を読み切るには、明日いっぱいかかっちゃうよ。それより街のみんなを捜さないと」

深冬はふと、夕方に駅で聞いた電話の会話を思い出した。

「そうだ。駅にかかってきた電話。あれ、たぶん街の外にいる駅員と誰かが話してるのが、なぜか聞こえたんだと思う。割り込み通話じゃないけど……」

「なるほど。電車も一応通過はしたんですし、駅はブック・カースが薄くなる場所なのかもしれませんね」

「うん、かもしれない。でね、それによるとこの駅そのものがどうも消えてるっぽかったの。片方はなぜ読長に停まらないんだって訊いて、もう片方は『読長なんて駅はないんです。路線図をご覧になって』とかって答えて。そうしたら、もう一方も、あれ、路線図にないな、って」

考えたくないことだが、予想が正しいとしたら危険だ。

「つまりさ、読長町を知ってる人がいたり、いなかったりしてて、路線図にもあったはずが、もう一度見たらなくなってた、てこと。これってもしかして、時間が経つごとに存在が〝薄く〟なっていくってことじゃないのかな。路線図からも消えて、最後は存在がなくなってしまう」

口にしてみると一層ぞっとする。気温は低くないはずなのに深冬は寒気がして、両手で肩をさすった。

「急いでみんなを捜さないと。明日になったら読長が本当に消えてしまうかもしれない」

住民が消えただけでなく、街の存在まで忘れられてしまったら——考えただけで恐ろしい。深冬は、川も渡れず電車にも乗れず、がらんどうの街に取り残され、本ばかりが豊富なむなしい生活を送る自分の姿を想像してしまった。

「……わかりました。じゃあ今晩中を目標に捜しましょう。といっても、どう捜します？」

春田が訊ねると、深冬は無言のまま壁に向かってつかつか歩いて行く。壁には作り付けの巨大な書架がある。

「深冬さん？」

首を傾げる春田に答えず、深冬は一冊の本を抜き取ると、戻ってきた。訝《いぶか》しげな春田にその本をずいと突き出す。

「はい」

「は？」

古く、分厚い本だ。深冬は読んだことがないが、『さよならの値打ちもない』と書かれている。

「早く、これを持って外に出て」

「えっ」

「盗むの。そうじゃないとブック・カースの世界に入れない。あなただって自分で言ってたでしょ。みんなは狐になった。現実とブック・カースの世界は違うはずだけど、きっと何かあったんだ。それをどうにかするには、あっちに行くしかない」

「……つまり、僕にまた泥棒になれと」

深冬が本を突き出すたびに春田が一歩後退るので、深冬は次第に苛立《いらだ》ってきた。

「他にやりようがある？　あんたがやらないなら、あたしがやる！」

憤慨した深冬は本を持って玄関に突進しようとした。

「わーっ、待って、待って！」

猪突《ちょとつ》猛進の深冬を春田が押しとどめる。

「わかりました、わかりましたよ」

ずり下がったメガネを上げながら、春田は、今にも鼻から蒸気を吐き出さんばかりに怒っている深冬の前に立つ。

「僕が泥棒になります。一度も二度も同じでしょ。それにあなたは御倉の子、自分の家の蔵書を持ち出したところで、泥棒とは認定されないかもしれない。まあそうでなくても、未成年に泥棒の烙印《らくいん》は捺《お》させられませんね」

春田はそう言うと深冬の手から本を取る。ようやく落ち着きを取り戻した深冬は、眉根《まゆね》をきゅっと寄せ「ごめん」と謝った。

「あたしが悪かった。ちょっとムキになりすぎたかも」

「いいんですって」

春田は『さよならの値打ちもない』をためつすがめつし、ふっと小さくため息をつくと、「申し訳ない」と呟きつつ肩にかけたトートバッグの中に本を入れた。

「じゃ、行きますんで。庭にいますね」

「……うん」

深冬はサンルームに残り、春田が廊下を進みはじめたのを見て、くるりと背を向けた。見送ってしまっては、盗まれたことにならないかもしれない、と考えたからだ。耳をすませ、春田が靴を履き玄関から出て行く音を聞き取ろうとする。

　バタン、と扉が閉まる音がした。いったいどうなることか、これから何が起きるのか、想像もしたくなかった。緊張ですっかり冷え切った両手をこすり合わせながら体の向きを戻したその時、深冬はぎょっと目を瞠《みは》った。

　ひるねが起き上がっていた。髪はもつれていたが、ソファに腰掛けた姿勢で、背筋をすっと伸ばし、顔は真っ直ぐ前を向いている。しかしその目はここにいないものを見ているようだった。

「ひ、ひるね叔母ちゃん？」

　おそるおそる近づき、ひるねの肩に手を伸ばす。指先が細い肩に触れ、そのまま手のひらを当てる。けれどもひるねは深冬には反応しなかった。しかし唇がかすかに開き、かすれた声でこう呟いた。

「〝この本を盗む者は、寂しい街に取り残される〟」

　次の瞬間、御倉館がぐらりと大きく揺れた。

「な、何？」

　深冬は咄嗟《とっさ》に近くにあった書架に摑まったが、揺れたのはたった一度だけだった。深冬はほっと胸をなで下ろしながら顔を上げる——ひるねはまた机に突っ伏し、眠りはじめていた。

　窓の外では、明かりにぼんやり浮かび上がった大銀杏《おおいちょう》が、枝葉をしならせたまま固まっている。どうやら春田はしっかり泥棒と認識されたようだ。

　ひるねの手には、どこから現れたのか、あの白い札が握られていた。深冬はごくりと生唾《なまつば》を飲み込み、叔母の手から札を抜き取る。そして声に出して読み上げた。

「〝この本を盗む者は――寂しい街に取り残される〟」

ひるねが今しがた呟いた言葉と同じだ。次の瞬間、背後に人の気配を感じる。深冬はほっと安堵して振り返った。真白ならきっと、街に起きた異変の原因、街の人々の行方を知っているに違いないと確信して。

「まし――」

「深冬」

低くしわがれた声にぎくりと身を強張《こわば》らせ、深冬の体は凍り付いたかのように動けなくなった。

目の前にいるのは真白ではない。

「あんた、今何をしたの」

小柄な老婆だ。白髪と黒髪が交ざり合って灰色になった髪を高く結い上げ、鼈甲《べっこう》のかんざしで留めている。萌黄《もえぎ》色《いろ》の着物、白い帯に真紅の帯留め。その顔は色白で小さいが、眼光鋭く、視線だけで相手を縛り付けられるほどのすごみがあった。

「た……たまきばあちゃん」

老婆は深冬の祖母、御倉たまきだった。足袋《たび》を履いた足が絨毯《じゅうたん》の上をずるりと動き、一歩、また一歩と近づいてくる。深冬は冷や汗がどっと噴き出すのを感じ、いやいやをするように首をゆっくり振りながら後退った。

「嘘。ばあちゃんは死んでるはず。死んだのに、どうして」

たまきが亡くなった日のことはよく覚えている。深冬は小学三年生で、葬儀に出るために遠足を休んだのだ。ばあちゃんと一緒に入れてあげなさい、と父に持たされた白い菊を、恐怖のあまり茎が折れんばかりに握った。棺《ひつぎ》の中で横たわるたまきの顔は菊と同じくらい白く、蠟《ろう》で固められたようで、間違いなく命が消えているのがわかった。

　しかしたまきは目の前にいる。

「深冬。あんたは今、何をしたの。ばあちゃんは見逃さない。ここで見張ってる。また知らないやつ、ばあちゃんが許していないやつを、館《やかた》に入れたんだね。しかも盗みをしやがったんだ」

　深冬は顔を引きつらせ、どんどん後ろに下がる。ついに足がローテーブルにぶつかり、もんどりうって倒れた。

「ば、ばあちゃん。しょうがなかったの。みんなを助けるにはこうするしか方法がなかったの」

「言い訳とは見苦しいね。あの時、二度はないよと言ったはずだよ」

　たまきは片手を上げ、細い指先を深冬に突きつけながら、口を開けた。虚《うろ》のように黒々とした口腔《こうこう》から深冬は目を離せない。

　その時、どこからか風が吹き、たまきの萌黄色の袖が翻《ひるがえ》って腕に巻き付いた。

白い風だった。白い風はつむじ風となって深冬のそばに留《とど》まり、犬の耳を生やした白髪の少女に姿を変える。

「真白！」

「深冬ちゃん、こっち来て」

　たまきの顔が豹変《ひょうへん》し、口も目も切り裂けてつり上がった。

「真白、邪魔をするのかい！」

　しかし真白はたまきの叱責《しっせき》に耳を貸さない。深冬の腕を摑んで強く引っ張り、床を蹴《け》って大きく跳躍すると、階段に飛び乗って二階へと駆け上がった。廊下を抜け、巨大書庫の扉を開ける。すでに灯火《ともしび》が灯っており、真白は深冬を突き飛ばすようにして中へ入れると、急いで扉を閉めて閂《かんぬき》をかけた。たまきがすさまじい金切り声を上げながら一歩一歩階段を上る気配がする。あんなに小柄な老婆なのに、震動がここまで伝わってきた。

「早く奥へ！」

「で、でも」

「いいから早く。たまきさんはこの煉獄《れんごく》にしかいられない。あっちに行ってしまえばもう大丈夫」

真白に言われるまま、書架と書架の間の暗くて狭い道を進む。奥の壁にたどり着くと、真白はふさふさとした自分の尻尾をかきわけ、一冊の本を取り出し、深冬に手渡した。白い装幀《そうてい》に、簡素なフォントで『人ぎらいの街』とタイトルが書かれている。

「読んで、大急ぎで」

扉が叩かれ、爪で外側を引っ掻く音がする。深冬は無我夢中でページをめくった。

◆◆◆◆

二ヶ月続いた多忙な日々が一段落し、ひさびさの休暇を取った俺は、愛車を駆って旅に出た。行き先は決めず、ただ気ままにアクセルを踏んでハンドルを回し、好きなように進むひとり旅だ。後部座席のナップザックには下着と靴下を二枚ずつと、ビスケット、少々の金だけを詰めてきた。

足りないものはすべて現地調達すればいい。

　カモメがクウクウと泣きながら悠々舞う下、俺は海沿いの道を快調に飛ばした。空の色はまるで、水をたっぷり含んだ筆で水彩絵の具で色づけしたように、ほのぼのと柔らかい。窓を開けると心地よい潮風が吹き込んで、少し伸びすぎた前髪が額をくすぐる。俺は片手をハンドルから離して髪をかき上げた。

　まだ春先でシーズンオフだからか、それともこのあたりは穴場なのか、道は空いていて、対向車線を走ってくる車も片手で数えられるほどしかない。波打ち際で泡立つ波、白色から淡緑色、濃紺へ色合いを変える美しい海には、波を待っているらしいサーファーたちの小さな影が、点々と見えるだけだった。道路沿いには潮風にさらされ続けて色あせた家がぽつぽつと立っている。海水浴用品を売る小さな店や、ホテルもあったが、ほとんどが閉店中だ。

　ようやく一休みできそうな店を見つけたのは、間もなく海岸線が途切れ、トンネルに入ろうという頃だった。

　その店もご多分に漏れず、壁のペンキは風雨と潮に傷んで剝げ、建物から受ける印象はずいぶんみすぼらしかった。しかし隣の駐車場に車を停め、どのようなものか様子を見ようと近づいてみると、ドアの窓から漏れる明かりは温かく、ガラスもよく拭《ふ》かれており、できるだけ清潔を保とうとする店主の心意気が感じられた。〝ＯＰＥＮ〟の札がかかったドアノブをひねって中に入れば、たちまちコーヒーの馨《かぐわ》しい香りが漂う。

「いらっしゃい」

　落ち着いた雰囲気の薄暗い店内、黒い蝶《ちょう》ネクタイと赤いチェック柄のベスト姿の初老のマスターが、カウンターから顔を出す。他に客はなく、俺は奥の卓につくことにした。天井も床も客席も木でできており、どこもかしこもよく磨かれて、木目には光沢があった。丸テーブルの真ん中で煌々《こうこう》と火をともす小型のランプは、台が銅製で古めかしく、火力調整のつまみはあるが電源はない。アルコールランプだろうか。

辺鄙《へんぴ》な場所だと思ったが、俺はどうやら良い店を見つけたらしい。ブレンドコーヒーを注文して待つ間、上着のポケットから地図を出し、紙のしわを伸ばしつつ赤ペンでマークをつけた。自宅からここまでは二百キロメートル以上も距離がある。我ながらずいぶん走ったものだ。

「どこからいらしたんです？」

ブレンドコーヒーを俺の前に置いてくれながら、マスターが訊ねてきた。

「北の都市から。久々の休暇で、どこへでも行ってやろうと思ってね。あてもなく車を飛ばして、今はここにいる」

「なるほど」

マスターは微笑んだが、ムスタッシュと呼ぶにふさわしい、豊かで先端がぴんと尖《とが》った口髭《くちひげ》をつまんで、思案げな顔になった。

「しかしそろそろ戻られた方が良さそうです。この先は何もありませんからね」

「トンネルの先のこと？　マスター、俺はかまわないんだよ。むしろ何もないところに行きたい。人混みはしばらく遠慮したいんだ」

白磁に濃紺の線が入ったコーヒーカップを持ち上げ、琥《こ》珀色《はくいろ》の液体を口に含む。そして鼻の奥を、焙煎《ばいせん》したコーヒー豆のふくよかな香りが通り抜けるのを感じ――いや、一向に感じられなかった。

　思わず顔をしかめ、もうひと口飲む。やはり香りを感じない。奇妙なことに、コーヒーは無味無臭だった。カップの中でたゆたう濃い色の液体を覗き込み、手で湯気をあおいでにおいを嗅《か》いでみるが、香りどころか熱くもなかった。見ていると液体の色はどんどん濃くなっていくようだった。どこまでも黒く、水面に何も映していない。天井の電灯の光の輪すら映っていない。すべてを呑み込むブラックホールのように暗かった。

「マスター、いったいこれは何だ？　コーヒーではないようだが」

　顔を上げてみると、マスターは忽然《こつぜん》と姿を消していた。いつの間に？　いや、それどころではない。温かな光を放っていたランプが消え、うっすら寒気がするほどあたりは暗くなっており、俺は思わず腕をさすった。様子がおかしい。上を見ると、美しく光沢があったはずの天井はぼろぼろで、ネズミが齧《かじ》ったかのように板目に穴が空いていた。さっきまで確かに灯っていたはずの天井の照明には電球すらない。蜘蛛《くも》の巣が張り、埃《ほこり》が落ちてくる。

　驚きのあまり立ち上がると、その拍子に椅子が倒れた。もろくなっていたのか、椅子は床に叩きつけられるなり砕け散った。まるで店全体が何十年も時を早回ししたようだ。テーブルも虫食いだらけで、アルコールランプの磨《す》りガラスは割れていた。

　マスターがここにいた形跡は、古びて灰色になったテーブルの上の、白いコーヒーカップだけだった。しかしカップは空だ。無味無臭のコーヒーすら消え、ソーサーのまわりを蛆《うじ》が這《は》っている。

「ひっ」

不気味な蛆に背筋が凍り、思わず後退る。その時、口の中に異変を感じた。何か――薄っぺらい異物が舌の上にある。ゆっくり舌を出し、震える指で異物をつまみ上げた。それは一枚の紙切れだった。

〝己《おの》が街に拒まれたならば　カラスの居所をもとめよ〟

カラスだと？　いったい誰がこんな気味の悪いメモを？　それより、なぜこんなものが俺の口の中に？　コーヒーカップがかたんと音を立てて倒れ、ソーサーの上でゆりかごのように揺れた。恐怖で身の毛もよだつとはこういうことを言うのだろう。俺は取るものもとりあえず駆け出して、店から逃げた。

外は雨が降っていた。先ほどまであんなに穏やかな晴天だったのが嘘のようなどしゃぶりだった。俺はシャツの襟を引っ張り上げて頭を覆い、すっかりぬかるんだ空き地を走り、愛車に飛び込んだ。何が起きているのかさっぱりわからない。心臓はまだ早鐘を打ち、頭も混乱していたが、一刻も早くここを去ろうとアクセルを踏んだ。

雨の勢いはすさまじく、いくらワイパーを動かそうが、視界はけぶってわずかな先も見えなかった。屋根を叩く雨粒の音はまるで機関銃の掃射音だ。それでも来た道を引き返すくらいはできるだろう――そう思ったはずなのに、いつの間にか俺はトンネルに入り、暗い道を進んでいた。

Uターンしなかった理由はひとつ。後ろからはまだ激しい雨音が聞こえるというのに、トンネルの向こう、長い闇の果てに開いた出口には、晴れた空が見えたからだ。俺はほとんど本能的にアクセルを踏み続けた。突然の豪雨や、時間の進み方がおかしい不審な店がある方が、異常だと感じていた。

本当の〝俺が走って来た道〟はあっちなのだ。きっとぼんやりしていただけで、すでにトンネルを通っていたんだろう。トンネルを抜ければ、あの美しい海沿いの道に出るに違いなかった。実際、トンネルの先には海が広がっていた。白い砂浜に打ち寄せる波、かすかに泡立つ海面、淡緑色から濃紺へ変化する色合い。しかし妙だった。道はトンネルが終わるとほどなく途切れ、代わりに、線路が延びていた。

自分の誤りを悟った俺は、路肩に車を停めて降り、断ち切られたアスファルトの道路の端に立った。突然はじまる線路――敷き詰められた石に枕木が等間隔に渡され、その上を鉄のレールが真っ直ぐ走っている。

やはりトンネルに入るべきではなかった。後悔が胸をよぎる。来た道を振り返ってみると、もはやトンネルの姿すら見えない。静かな海と淡い色の空、日光に白む短い道路があるきりだ。トンネルを出てからそれほど長く走った気はしなかったが、俺の勘違いなのだろう。しかたがない。元々あてのない旅をするつもりだったはずだ。

この先は左手を海、右手を高い土手に阻まれているため、車ではもう進めない。俺は後部座席からナップザックを取って担ぐと、線路を歩きはじめた。レールが二本しかない単線ならば、電車は前からしか来ない。やってきたら海の方へ逃げればいい。

しかし行けども行けども電車は来なかったし、風と鳥の声の他は何の音もしなかった。

俺は汗みずくで、晴天を恨んだ。心地よかったはずの潮風は肌を刺激し、髪はべたつき、何度ももう引き返そうと思った。しかし気持ちとは裏腹に足は止まらず歩き続ける。

その時、右手の土手がふいに途切れ、下へ向かう階段が現れた。やった！　俺はすぐさま階段を駆け下りた。海沿いの道はしばらく勘弁してほしいと思いながら。

階段の先には商店街があった。トンネルを通る前に見た、海水浴客狙いの小さな店とは違う、立派な店たちが、俺を迎えた。

理髪店、雑貨店、精肉店、青果店、居酒屋、中華料理店、酒屋、花屋。大人が三人横に並べばいっぱいになりそうな狭い道を、さまざまな店が両側から挟む。昔ながらの商店街だ。

しかし、やはりこの場所も奇妙だった。人の声がしない。店先に品物は溢れんばかりに陳列されているのに、つやつやした赤いトマトを買う者も、食欲をそそるにおいを漂わせる煮込み料理を食べる客もいない。

「誰か、いませんか？」

俺は腹に力を入れて呼びかけた。

「誰もいないんですか？」

立ち並ぶ建物の内側か外側か、とにかくどこかにいるはずの人に届けと願い、できる限り声を張った。しかし返答はない。聞こえるのは、ただ、カラスの鳴声だけだ。

振り仰ぐと、電線にカラスが留まっている。俺はふと、先ほど口の中で見つけた、あの不気味な紙切れを思い出した。

深冬は深呼吸をして本を閉じた。物語の途中ではあったが、もう充分だろう。表紙を開き、一文目に目を這わせてすぐに周囲から音が消え、書庫のドアを引っ掻いていた祖母の爪の音も聞こえなくなっていた。今もそれは変わらない。隣には真白だけがいる。

「読めた？」

「……うん」

深冬は暗い表情で、手の中の本に視線を落とした。これまで、真白から渡された本を読むたび「どの内容もおかしな世界ばかりだ」と思っていた。真珠雨を降らせる男だとか、暴力的な夜の世界に生きる孤高の探偵だとか、不思議な物質を生む獣と蒸気機関だとか。面白がる以前に非現実的すぎてついていけなかった。泥棒を捜すためにしかたなく読んでいたようなものだ。

だが今回は状況も、読んでいる間に心に折り重なっていく感情も、今までとは異なっていた。『人ぎらいの街』と題されたこの本の主人公の境遇が、深冬にはよく理解できたのだ。現実ではあり得ないことが起こり、戸惑い、混乱しながら逃げ出した先に、さらに奇妙な現象が待ち受けている。しかも、誰もいない無人の街にいる恐怖は、まさに今、深冬が体験していることだった。

「真白。どうしてこの本を選んだの？」

「え？」

「この本。今のあたしとそっくり。これまでは、本の中にある別世界にあたしが入っていく感じだったのに、『人ぎらいの街』って、まるであたしの方に本が寄ってきたみたいなんだもん」

真白は少し困ったように眉根を寄せて、小首を傾げる。

「それは、深冬ちゃんが〝今読むべき本に呼ばれた〟んじゃないのかな。たまたま」

しかし深冬は強く首を横に振って否定する。

「違う。たまたまじゃない」

「でも……」

「真白。本って、いつもどうやって選んでるの？」

「どうやってって」

深冬が詰め寄ると真白はますます困った顔になって、頭のてっぺんに生えた白い犬の耳がみるみるうちに伏せられていく。

「……私が選んでるんじゃないの。泥棒に本を盗まれると、ひるねが起き上がって、私が呼ばれる。気づくと私は深冬ちゃんに読ませるべき本の前に立ってるの」

「だけど、いつも真白はすでに本を読んでるじゃない」

「そりゃあね。何しろ私はいつも御倉館にいるんだもの。深冬ちゃんには見えてないだけで。外には出られないし、暇だから、書架にある本を端から読んでるだけ」

今度は深冬が困惑する番だった。

「いつも御倉館にいる？　あんたが？」

「うん。ぼんやりした膜の中にいるような感じだけども。書架だけがはっきり存在してて、深冬ちゃんたちの姿は分厚い磨りガラス越しに見ているみたいに、おぼろげにしかわからないの。だから外で何が起きているのかも詳しくは知らないし、話しかけても声は届かない。でも本泥棒が現れると、分厚い磨りガラスと現実の間に行くことができる——つまり、深冬ちゃんに本を渡す時の状態ね」

「そうだったんだ」

「あの空間、私はどっちつかずの〝煉獄〟って呼んでるんだ」

「煉獄？」

「カトリック教会の用語なんだ。死んで、天国に行く前に、まだ魂がきれいじゃない人が清められる場所のこと。ようは、天国でも地獄でもない場所かな」

　それなら真白は幽霊なのかとは、深冬は訊けなかった。『銀の獣』の世界で、獣に食べられた直後、平然とした顔でハッチも開けずにゴンドラの中に入ってこられたのは、元々幽霊だったからなのかと、訊ねる勇気はなかった。

　いや、もし幽霊だとしても別にいい。それよりも、自分の鈍さだ。

普段の真白はどこにいるのか疑問に感じたことはあったが、御倉館にいたと聞かされると、深冬の心はちくりと痛んだ。真白からはぼんやりとではあっても見えているのに、深冬は彼女の存在に気づかなかったのだから。

　――真白は、ご飯はどうしてるの？　親は？　ひとりぼっちなの？　いつからここにいるの？　ずっとひとりで、本に囲まれて生きてるの？

　そう問いかけたかった。けれど深冬が言いよどんでいるうちに、真白が深冬の手首を摑んでぐいと引っ張り、書庫の外へ行こうと促してくる。

「さあ外に出よう。泥棒を捕まえなくちゃ！」

　元気よく進もうとする真白に、深冬は「あっ」と声を上げた。そうだ、春田のことを忘れていた。

「待って、真白。泥棒はいないの」

　書庫から出る前に、深冬は真白に説明した。『銀の獣』の世界から戻ると、読長町の人々が姿を消していたこと。本来なら停車するはずの電車も通過してしまい、読長町じたいが忘れられつつあるかもしれないこと。読長町に今いる人間は深冬と春田のふたりだけであり、どうにもならなくなって、再び本の世界に入るしかなかったこと。

「……それで、春田さんにまた本を盗んでもらったの。こっちの世界に来る方法が他にわからなくて。まさか、ばあちゃんが甦って怒るだなんて」

　説明をしている間、真白は犬の耳をぴんと立てて、真剣な面持ちで深冬を見つめていた。だからこそ余計に、深冬は視線を外さざるを得なかった。たまきの声が今にも聞こえてくるように感じたから。

「あたし、小さい頃に近所のお姉さんを御倉館に入れて、こっぴどく叱られたことがあったんだ。ばあちゃんはきっとそれでまた」

「大丈夫。もうたまきさんはいないよ。たまきさんは〝煉獄〟にしか現れないから。普段は姿も見かけないのに、今回現れたのは、そういう理由だったんだね」

　そう言って真白は深冬の手をぎゅっと握ると、書庫のドアを開けた。彼女の言うとおりたまきはもういなくなっていた。

　庭に出ると、春田が玄関前に座って待っていた。大きな耳と尖った鼻面、ふわふわした毛に覆われた小さな体。しっかり狐化していて、話すことができないようで、深冬が「春田さん」と呼びかけると尻尾をぶうんと振って返事をした。

「ごめんね、春田さん。やっぱり泥棒狐だとしゃべれないんだ。『銀の獣』であたしが狐になった時は人間語が話せたんだけど。なぜなんだろう」

　それでも無事に再会してほっとする深冬とは反対に、真白は『銀の獣』での出来事をまだ引きずっているのか、むっつりと顔をしかめ、少し距離を取った。

「深冬ちゃん、まだこの世界にいたいならその狐に触っちゃだめだよ。泥棒を捕まえたってことになっちゃう。本はどこに？」

　すると春田は紫陽花《あじさい》の茂みの下に走り、トートバッグの紐《ひも》をくわえて引きずり出して戻ってきた。黒い鼻と牙《きば》を器用に使ってマジックテープを開け、中身を見せる。深冬が春田に盗ませた『さよならの値打ちもない』だった。

「どうしようか。とりあえず本棚に戻すか。なくしたら困るし」

　深冬は本を拾い上げ、御倉館に戻る。

　盗ませた本を元の位置に戻すと、まるで待ち受けていたかのように、本と本の隙間にするりと収まった。整然と並べられた本。深冬は曾祖父《そうそふ》と祖母が作り上げた一家の書棚を見上げ、ふっとため息をついた。

「どうしてなの、ばあちゃん。どうして他人に本を貸したがらないの」

　一家のルールを破ったのは深冬だが、縁を切ると言わんばかりの激しさで詰め寄ってきた祖母の態度は、行き過ぎていると思えてならない。

「読書嫌いのあたしが言うのもなんだけど、本って人が読むものでしょ。読ませてなんぼじゃん。なのにあんなに怒るなんて」

「それは、何度も盗まれたから」

「うん、ばあちゃん本人からも聞いたからわかってるけどさ。この春田さんとか、他の書店の人とか、万引きされて絶望しても、営業はするじゃん」

「経営とか収入の問題が……」

「そうなんだけどさ！」

真白の返答に深冬は頭を掻きむしり、地団駄を踏んだ。言いたいことはあるのだがうまくまとまらない。

「ああ、まあいいや。他人を信用できないから厳しいルールの呪いをって、そんなばあちゃんの方がよっぽど信用ならないよ」

そして、前から芽生えていた疑問がはっきりとした形になる。

「……みんながいなくなってからずっと引っかかっていたんだけど。まさか、読長町の人たちがいなくなったのって、ブック・カースの暴走とか、不具合とかじゃなくて、もともとそういうシステムだったのかな。ううん、そうとしか考えられないよね」

これまではブック・カースにバグか誤作動のようなものが起き、読長町の人々が巻き込まれ、姿を消されたのだと思おうとしていた。しかしもし必然だったとしたら？

「変だと思ってたの。泥棒が狐に姿を変えられるのは、まだ理解できる。なんで狐なのかはわからないけど、人間とは違う姿になった方がこっちは見つけやすいし、本人は逃げにくいしね。でもどうして時間が経つと、無実の他の人たちまで狐になっていくのか、疑問だった。これまではみんなが狐になっちゃう前に泥棒を捕まえられたけど、『銀の獣』では完全に狐になっちゃった。もしかしてこれがブック・カースのルールなの？　何の罪もないのに、呪いの中で狐になったら現実でも消されちゃうってこと？　それがばあちゃんの作った〝厳しいルール〟ってやつなの？」

深冬は書架を睨みつけると、足音を響かせながらどすどすと大股で玄関に向かい、真白と春田が慌てて後を追いかける。

きっと祖母はこの御倉館のどこかにいて、真白がいつもそうしていると言ったように、磨りガラス越しに孫の行動を観察していることだろう。下足場に置きっぱなしの靴を履き、深冬は振り返って、書庫が並ぶ廊下に向かって言い放った。

「幽霊なのかなんなのか知らないけど、ばあちゃん。もし街のみんながいなくなった原因がうちにあるなら、絶対に許さないからね」

　すると御倉館の奥で、ごとん、と音が鳴った。真白も春田も深冬と一緒におり、ひるねはまだ眠っているはずだ。深冬は唾を飲み込み、祖母が再び姿を現さないうちにと、御倉館のドアを開けて外へ飛び出した。

　深冬の心の中には、本の世界に入れば再び読長町の人々に会えるのでは、という期待があった。けれども街には人っ子ひとりいない。ただ、『人ぎらいの街』の世界に入ったのは間違いなかった。

　夜が姿を消して真っ青な空が広がり、海が見える。通りに並んでいた無人の車はすっかりなくなって、代わりに見覚えのない線路が、どこかへ向かって走っていた。

　海はそこにあるのに波の音がせず、まるで時を止めたように静かすぎて耳鳴りがしそうだ。人のいない闇夜も恐ろしいが、明るい昼間に人の気配を感じられないのもまた、ひどく不気味だった。深冬は思わず隣の真白の手を握る。真白の手はいつもどおりだが、深冬の方はじっとりした汗が滲《にじ》み、ひんやりと冷たい。

「深冬ちゃん、怖い？」

「これが怖くないわけある？　なんで海なのに波音がしないの」

　深冬は大きく深呼吸すると、「よし」と声に出して気持ちを奮い立たせ、前進した。

「どこに行くの？」

「喫茶店」

「え？」

戸惑う真白に答えず、深冬はずんずん進む。動いていなければ自分も固まってしまいそうな気がしてならず、恐怖を振り払うように、大股で通りを歩いた。手を繋ぐふたりの後ろを狐姿の春田が追いかけてくる。

　その喫茶店は、道場と商店街の間、書店街よりも手前の、ひっそりとした路地にあった。隣には煙草屋とパブが並んでるが、いずれもひなびた雰囲気を漂わせていた。

　この建物は深冬が生まれるずっと前、昭和の時代からあり、ざらざらした外壁の白いペンキはところどころ剝げ、蔦《つた》が這っている。木の格子枠がはめられたガラス戸の中は、いつも薄暗く、深冬にはまったく興味の持てない店だった。父のあゆむは通っていたようだが。

　人はいないはずだが、軒下のランプは橙色に灯り、〝亜炉麻《あろま》珈琲《コーヒー》店〟という看板を照らしている。深冬は胸の高鳴りを感じる。きっとここで正解だ。それでも勇気が出ず、金属製の古めかしいドアノブを見つめたまま躊躇っていると、真白が不思議そうに訊ねてきた。

「どうしてここに来たの、深冬ちゃん」

「……『人ぎらいの街』だよ。あれに喫茶店が出てきたでしょ」

「トンネルの手前にあった不思議な喫茶店ね」

「そう。実はさ、あのマスターに覚えがあるんだ。この喫茶店のマスターは、いつも蝶ネクタイで、赤いチェックのベストを着てる。それに〝ムスタッシュ〟も」

そこまで口にして、深冬ははっとした。この店のマスターを〝ムスタッシュ〟と呼んでいたのは、父だ。

呆然とする深冬の下で爪の引っ掻く音がする。狐の春田が早く開けろと言わんばかりにドアを前足でこすっていた。

「うん。中に入ろう」

ドアノブを回し押すと、からんからんとベルを鳴らしながらドアが開いた。窓が少なく薄暗い店内にコーヒーの香りが満ち、いかにもさっきまで誰かがここでコーヒーを淹《い》れていたようだが、ここもやはり無人だった。照明は消え、たったひとつだけ、奥の丸テーブルに置かれたランプだけが、煌々と光っている。

「本のままだ」

深冬は足音を忍ばせながら丸テーブルに近づき、真白と春田がその後に続く。テーブルのランプは円筒型のガラスと液体入りの半透明の台を組み合わせた、アルコールランプだった。まだ子どもの頃、いつだったか父と一緒にここに来た時も、こんなランプを見た覚えがある。父のカップからひと口飲んだコーヒーは苦くてまずく、慌てて自分のオレンジジュースで口直ししたのだ。

そんなことを思い出しながらふとランプの横を見ると、いつの間にかコーヒーカップが置かれていた。黒色の液体で満たされ、誰かに飲まれるのを待っているようである。深冬は真白に目配せをし、ごくりと喉を鳴らす。『人ぎらいの街』に倣うなら、飲まなければならない。

「行くよ」

えい、とばかりに勢いよくカップの把手《とって》を摑み、息を止めて中身を一気に飲み干す。味があったかどうかもわからないが、少なくとも、飲み干した後で呼吸を再開してもコーヒーの香りはしなかった。

「……どう？」

顔を覗き込んでくる真白の、真剣さと不安が入り交じった瞳《ひとみ》を見つめながら、深冬は口の中で舌をごろりと転がした。何もない。前歯と奥歯を舌先でまさぐってみても、何もなかった。もう一度カップがどうなっているか見ようと手を伸ばしたその時、びくりと動きを止めた。

不快な感触。ごわごわした小さなものが、口の中、左の奥歯あたりにある。舌先で確かめようとするとどんどん大きくなり、深冬は恐怖で目を丸くしながら、口を開けた。その中には一枚の紙きれが乗っていた。

『人ぎらいの街』を読んでいないせいか、最も驚きを見せたのは春田だった。キュウともギュムともつかない声を上げて、床に尻餅をつく。

深冬は舌を突き出して、紙をゆっくり指でつまむと、広げてみた。よくあるメモ用紙だ。

「何て書いてあるの、深冬ちゃん？」

「……〝己が街に拒まれたならば　神の居所をもとめよ〟」

サインペンで殴り書きしたような字だった。その字には見覚えがある。

「……お父さん」

これで確信した。深冬は紙片を固く握りしめると、そのままジーンズのポケットに突っ込む。

「わかった。『人ぎらいの街』の作者は、うちのお父さんだ。あのマスターのことを〝ムスタッシュ〟って呼んでたし、この字は間違いなくお父さんの字。ううん、『人ぎらいの街』だけじゃない」

父の手帳。そこに記されていたのは家族についての私小説だった。父に小説を書く才能があるとは思いも寄らなかったが、今なら信じられる。

「きっと、ブック・カースをかけるための本は、全部お父さんが書いたんだ。だから作者の名前も書いてなかったし、普通には売ってない。『繁茂村の兄弟』も『BLACK BOOK』も『銀の獣』もみんなお父さんが書いたもの。御倉館の――ばあちゃんのために」

どんな仕組みなのかは深冬にはわからない。なぜこの紙片は父の字で書かれているのか？　父が以前ここに来て仕掛けたのか？　それともこの世界の〝作者〟だからできるのか？

「お父さんはどうしてこの紙を用意できたんだろう。あたしの口に入るように仕向けた？」

「……物語の作者は物語世界の神。あちこちに作者の指紋がついている」

「なるほど」

作者の指紋。しかし、深冬はそれだけではない気がしている。この本は今の深冬の状況に合わせて用意されたように思えるのだ。物語の作者と読者の間にあった分厚い壁が、膜ほどに薄くなっているような感覚。父は、深冬がここに達する、いつか誰もいない街を経験すると予期していたのではないか。

「やっぱり、こうなる予定だったんだね」

「どういうこと？」

「『人ぎらいの街』を用意する必要があるとわかってた、ってことだよ。ひょっとしてこのメモにある〝神〟は、作者、つまりお父さんって意味なのかな」

　そう言って深冬はショルダーバッグから父の手帳を出した。すると、床で尻餅をついた格好のまましゃがんでいた春田が、何ごとかわめきながら跳んだりはねたりをはじめた。

「どうしたんだろう？」

「泥棒狐にノミでもたかったんじゃないかな」

　真白が素っ気なく言うと春田はますます激しくわめき、後ろ足で立ち上がって深冬の手を指す。

「あたしの手がどうかしたの？」

　春田は業を煮やしたように首を振り、喫茶店の壁に近寄ると、尖った爪で何やら引っ掻きはじめた。しかし何をしようとしているのかわからない。

「ふん、あの泥棒狐、猫みたいに爪を研ぎはじめたよ」

「……真白ってわりと根に持つタイプだよね」

「泥棒は泥棒！」

「まあそうだけどさ。あ、見て。字を書いてたんだ。泥棒が狐になるとやっぱり口をきけないんだね。なぜなんだろう」

　四苦八苦しながら狐の爪で引っ掻いた後には、ひらがなが連なっていた。いわく〝てちようをかしてください〟。

「てちよう？　ああ、手帳ね」

　父の手帳を春田に渡すと、彼は一心不乱にページをめくりだした。そしてあるところに来ると手を止め、深冬に向かってずいっと差し出してきた。受け取って横書きの最初の文から目を走らせてみる。左のページはほとんど埋まっていたが、右ページは空白だ。その最後の一文にこうあった。

「――〝この手記の存在を知っているのはひるねのみ。〟」

いったいどういうことだ？　次のページをめくってもあとは白紙で、どうやらこの一文で終《しま》いのようだった。深冬は手帳と真白、春田を見比べる。

「これって、つまり。たまきばあちゃんはこの手帳のことを知らないってこと？　でもそれに何の意味があるんだろう」

深冬の呟きに春田は身振り手振りで応《こた》えようとするが、どうにも伝わらない。気落ちしてうなだれる春田を励ましてやりたくても、背中を叩いたら「泥棒を捕まえた」と認定されるかもしれず、深冬は「ええと、まあ、ちょっと考えてみるよ」と言葉で励まそうとしたが、春田の背中はますます丸まっていく。

仕方がない、読んでみるか。深冬は手帳をぱらぱらとめくって一番先頭に戻った。そこではっとする。冒頭にリストが記されていたのだ。それも〝ブック・カース・ルール〟と題されたリストが。しかしさっきまでなかったはずだ。

「マ、マジで。こんなもんがあったの！」

ブック・カースに入ったから出現したのだろうか。ともあれ深冬は夢中で、震える指先で一行ずつなぞりながら読んでいく。

「禁。御倉家に縁のない者、御倉館の蔵書を一冊も外に出すなかれ。せんばん禁破らるることあらば、即呪術《じゆじゆつ》、ブック・カース発動するものとす。

一つ。盗人《ぬすびと》、その体、狐にへんげするなり。この時託《か》言《ごと》禁ずる故、舌封ずることとす。

一つ。盗人現れしのちは御倉館と社のほかへんげし、世界は定めし本に基づく。

……何これ、半分以上意味わかんないんだけど。特に最初の託言って？」

古めかしく堅苦しい言葉の羅列でショートしそうな頭に、真白が助け船を出す。

「つまり御倉館から本を持ち出した泥棒は、狐に変身させられて、託言、つまり言い訳とか嘆願とかそういうのを言わせないために、しゃべれないようになるってことだね」

それで狐になった春田は話せないのか。確かに深冬も、『銀の獣』から戻った後、春田の言い分をある程度受け入れたために、今も一緒に行動している。

「なるほどね。次を読んでみよう。

一つ。定めし本はあゆむが記し、ひるねが選び使うものとす。

一つ。あゆむおよびひるね終いしときは孫深冬および真白に託すものとす。

何だって？」

深冬はどうしたらいいかわからず地団駄を踏み、頭を掻きむしった。あまりにも苛立っているので春田がひょんと椅子に飛び乗って避けたほどだ。

「いつの間に人のこと巻き込んでくれてんの。いやもう巻き込まれてますけど。わかってますけど」

「深冬ちゃん、落ち着いて」

「落ち着いてるよ！　落ち着いてなかったらこのへんの椅子とか机とか全部ぶっ壊してるよ」

ほとんど吠えるように言い返して、深冬はその場でうろうろと歩き回った。

「っていうかこの〝定めし本はあゆむが記し、ひるねが選び使うものとす〟ってことは、やっぱりあの時のひるね叔母ちゃんは」

先ほど、春田に本を渡して御倉館から持ち出させた直後、眠っていたひるねが突然起き上がり、「〝この本を盗む者は〟」と唱えて再び眠りについた。ひるねがどのような存在なのかまだよくわからないが、ここに書かれたルールにあるとおりならば、ひるねこそがブック・カースの元になる本を「選び使う」のだろう。そして真白が現れ、深冬に本を渡し、世界は変化する。

「真白と最初に会った時、『そこの人に呼ばれた』って言ってたのってこういうことだったの？」

「なあに？」

名前を呼ばれて嬉《うれ》しそうにする真白に、深冬はげんなりしながら続きを読んだ。知るべきことと整理すべきことが多すぎる。

「とりあえず全部片付いたら、御倉館を売り払ってやる」

「み、深冬ちゃん！」

「だってもうそうするしかないでしょ、こんな大迷惑な館。ばあちゃんの幽霊は真白に任せた。それより、最後の一文がまだ残ってるんだよ」

深冬はえへんと咳払いすると、残っていた文章を読み上げた。

「以上の呪術はすべて社、読長神社に祀りし神、本読《ほんよみ》の尊の御加護のもとにて執行される……はあ？」

手帳を取り落としそうになり、すんでのところで持ち直して何度も読み返す。読み間違いかブック・カースによるいたずらかと思ったが、どう読んでもひっくり返しても、文は変わらなかった。

読長神社は御倉館のすぐ裏手、読長町全体にとってもなじみ深い場所だ。深冬は急いでポケットに入れたメモを再び出して広げてみる。〝己が街に拒まれた〟はおそらく今の状態を指すのだろう。問題は〝神の居所〟だ。

「これ、物語の神、つまり作者だと思っちゃったけど。まさか本当に神様のこと？」

思い返せば確かに、『銀の獣』で変化した街の中で、御倉館とともになぜか神社もそのままの形で残っていた。しかし読長神社の歴史はそれほど古くない、本の神を祀るようになったのも近代に入ってからだという噂もある。深冬の曾祖父嘉市が生まれたのは一九〇〇年。

深冬はふと思い出した。子どもの頃に神社の境内で遊んでいると、着物に日傘という出《い》で立ちの祖母が参拝に訪れた。砂利を植え込みに並べて「お店屋さんごっこ」をした時も、氷鬼で遊んだ時も、雨ふりの中、傘をテント代わりに置いて中で遊んでいた時も、祖母の姿を見た。いつもこちらを見もしないで真っ直ぐ社へ向かうのだ。

「そうだ、ばあちゃんはよくお参りをしていた」

神社の本読の尊の堂の前には、ある動物の石像が祀られている。

「おいなりさん。狐だ」

深冬の呟きに春田の橙色の毛がぶるりと震えた。


ふたりと一匹は喫茶店を出ると、言葉も交わさずに走り出した。いつの間にか夜になっている。もしかしたら会話を誰かに聞かれていたのかな、と深冬は思った。

塗り潰したように深い闇の中、御倉館へと続く道を、電灯が真珠の首飾りのように連なって照らす。まだ夏の前で夜風は肌寒く、走れば走るほど肺が痛んだ。しかし胸が苦しいのは、身を絞られるような強い緊張のせいだ。

なぜ狐なのだろう、と深冬も不思議には思っていた。犬でも猫でも熊でもなく、この世にいない架空の生物でもなければ、無機物でもない。泥棒を本か動かない石にでも変えてしまえば捜すのも捕まえるのも楽なのに、なぜ跳ね回って逃げる狐なのだろう、と。

そもそも街全体を本の世界に変えてしまうなどという魔法を、どうして祖母が使えたのだろうか。ブック・カースなんて、普通の人間の力で実行するなど不可能だ。あの読長神社にはその力がある？　深冬は息を切らしながら首を振った。信じられない。けれど、他に説明できるだろうか？　神社は現実に目の前にあるこの奇妙な世界を説明する、あてはまるパズルのピースだとは思う。

相変わらず無人なのに色を変え続ける信号機を無視し、小さな三つの影が道路を横断する。冷たく光る電灯の下、御倉館を通りすぎ、読長神社へ向かう。

『銀の獣』と同じように、丘も鳥居も社も元のまま残っていた。普段、陽射しの下で見る神社は、緑の葉をたっぷり茂らせた楠《くすのき》が、温かで穏やかな印象を人々に与える。しかし今は、夜空よりも濃い影となり、まるで巨大な怪物が両手を広げて待ち構えているかのようだ。

風が強く吹く。楠が枝葉をしならせ、幾重もの葉擦れがざわめきとなって、境内の鳥居から下方へ吹き下ろされる。石の階段に片足をかけると、風はますます強く、空気圧で押し流そうとするかのように、ふたりと一匹の行く手を阻む。風はもはや神社を守る巨大な盾、巨大な壁だった。その上、ちぎれた木の葉が刃《やいば》となって次々襲いかかってくる。

石の階段はどんどん傾斜がきつくなり、四つん這いで進むほかなくなった。木々と風のざわめきはまるでこの世ならざる者たちによる抗議の声に聞こえ、耳のいい真白は何度も耳を塞《ふさ》ごうとして手を離しては、ころころと下に転がっていった。体が小さく非力な春田は、深冬のショルダーバッグに爪を立ててしがみついている。

轟々と鳴り続ける音、前も見えぬほど吹きつける風、深冬はたまらず声を張り上げる。

「あ……あたしは御倉深冬！　たまきばあちゃんに代わってここに来たの！　通して！」

しかし一向に風はやまない。深冬は唇を噛みしめ、体を支える腕に力を込めた。

「うるさい、黙れ！　ばあちゃんもお父さんもいない今は、あたしが御倉の主《あるじ》だ！」

その時、深冬は横から殴られた。正確には、風が巨大な拳《こぶし》となって横薙《よこな》ぎに吹きつけてきたのだが、深冬は体を思い切り叩かれたように感じた。

一撃を食らわされた深冬は横倒しになって頭を打ちかけたが、犬に変化した真白が素早くクッションになった。しかしその弾みでショルダーバッグが深冬の肩から抜けてしまう。

「春田さん！」

すんでのところで深冬はバッグの紐を摑んだが、しがみついていた春田の手が離れてしまった。強風に乗って鳥居の奥へ飛んでいく橙色の小さな体。すると真白が唸りながら後ろ足で階段を蹴り、飛翔《ひしょう》して追いかけた。

深冬に見えたのはそこまでだ。真白が春田を助けようと飛び出した瞬間、この世の終わりかと思うほどの猛烈な突風が正面から殴りつけてきて、そのまま深冬は後ろに吹き飛ばされた。いつか崔に教わったように、頭を打たないよう顎《あご》を引き、受け身を取るだけで精一杯だった。

道路に体ごと着地して、痛みに顔を歪めつつ神社を見上げる。風は、荒れ狂っていた勢いが嘘のように、ぴたりと止んでいる。ショルダーバッグは深冬の手の中にあったが、春田も、真白の姿もない。

深冬は声も出せなかった。

痛む肩や腰を手で押さえ、よろめきながら立ち上がり右腕に走る鋭い痛みに呻く。それでも階段を上った。傾斜は元に戻り、ゆるやかないつもの階段に戻っていた。

やがて階段を上りきり、頂上に着いた。鳥居も、楠も、平然として、先ほどまでの狂騒などなかったかのようだ。しかし深冬はその場で凍り付いた。

境内――鳥居から社までの敷地に、無数の小さな像が隙間なくぎゅうぎゅう詰めに並んでいる。闇夜の黒雲を風が流し、月が顔を出す。二十センチほどの高さしかないその小さな像の群れが、月明かりを受けて浮かび上がる。すべて、尖った耳と太い尻尾を持った狐の形をしていた。みなが同じ方向、社の方角を向き、まるで何かが現れるのを待っているかのようだった。

風に乗って鳥居の奥へ飛んだはずの春田の姿は見当たらない。しかし真白はいた。正確には、大量の小さな狐像の行列の先頭、社のすぐ手前に、静かに座っている。

「……真白」

しかし何の返答もなく、音も聞こえない。あれほど騒がしかった楠の葉も、物音ひとつ立てず、深冬の声だけが浮かんで消える。

真白は動かない。遠目にも、真白が他の像と同じく、石になっているのがわかった。

第五話

真実を知る羽目になる

まるで時が止まったかのようだった。

風はなく音も消え、闇夜の中、神社の境内にあるものすべてがぴたりと動きを止めていた。楠《くすのき》の巨木も梢《こずえ》を揺らさず、小石が転がるかすかな音もない。

つい先ほどまで強烈な暴風が吹き荒れていたというのに。暴風は神社の奥からやってきて、真白と春田を深冬の目の前から攫《さら》うと、満足したのか静かになった。

ひとりぼっちになった深冬は、鳥居の下で呆然《ぼうぜん》と立ち尽くしていた。鳥居から本殿まで、狐の形をした白く小さな石像が、歩く隙間もないほどびっしりと並び、闇に冷たく浮かび上がる。深冬の目はそのさらに向こう、足もとを埋め尽くす動かない狐の群れの先に、釘付《くぎづ》けになっていた。社の前に座る真っ白い犬の石像。ひときわ大きく、さながら、この奇妙な石像集団のリーダーのようだ。

この犬の石像の正体を、深冬は確信していた。深冬を物語の世界へ導いた者、忠実な白髪の少女、犬耳を生やした友達。

「……真白！」

呼びかけても返事はない。近づこうにも、境内一面鮨詰《すしづ》め状態の狐の石像が邪魔だった。気が急《せ》いている深冬は、像が倒れようがかまわずに蹴飛《けと》ばしてでも突き進んで、真白の元へ行こうとした。しかし片足を上げたところで、躊躇《ためら》い、結局はやめた。狐の石像はほとんどがこちらに背を向け、真っ直ぐ本殿を向いていたが、手前にいた一体だけはこちらを振り返っていた。その弧を描く三日月のような細い目と目が合い、深冬はたじろぐ。命のない石の像のはずなのに、咎《とが》める意志と息づかいを感じる。

深冬はしゃがんで、狐の石像と向かい合う。つんと尖《とが》った鼻先は濡《ぬ》れているようで、口もかすかに開いて牙《きば》が見えていた。

「何か言いたいことでもあんの？……もしかして商店街の誰かだったりする？」

話しかけて鼻面をつついてみても返事はない。冬尽く頃に出回る小ぶりのタケノコくらいの大きさの石像を、思い切って持ち上げてみる。

「あわわ」

石像は予想よりも重く、指にしっかり力を入れていなければ落としてしまいそうだったので、いったん膝《ひざ》に乗せた。

石の狐は裸ではなく、洋服が彫刻されていた。その奇抜な格好には見覚えがあり、よく見ると耳にはイヤリングがぶら下がっている。

「これって……まさか蛍子さん？」

以前、深冬を翻弄《ほんろう》した女性。春田を御倉館に連れてきた人物。深冬は蛍子と思われる狐の石像に話しかけ、こすったり叩《たた》いたりしてみたが、うんともすんとも言わない。さっき息づかいを感じたのは気のせいだったのだろうか。

仕方なく元の位置に戻し、他の石像も見てみる。腰に前掛けをつけて魚を小脇に抱えているのは鮮魚店の主人だろうし、背中が曲がっているのはＢＯＯＫＳミステリイの老爺《ろうや》かもしれない。

両手を前に出してやきとりの串《くし》を握っているのは鶏肉《とりにく》専門店の店主、駅員帽をかぶっている狐もいる。

間違いない。ここにいる狐たちは全員、消えてしまった読長町の人たちだ。数百から数千もある大量の石像を、どこかの彫刻家がわざわざ作ったとも思えず、これもブック・カースの影響なのだろうと深冬は考えた。

「みんなここにいたんだね」

話しかけても相変わらず返事はなく、狐の石像たちは静かに佇《たたず》んでいる。深冬は立ち上がった。とにかく真白だ。いったん石像をどかして、奥の本殿までたどり着かなければ、真白に触れることもできない。

しかし道を空けようにも、石像の置き場所は鳥居の外の階段しかなく、ひとつ移動させては戻り、またひとつ移動させては戻りを繰り返す羽目になった。石像の大きさはまちまちだったが、いずれも胴回りは太く、重さがあり、力をゆるめれば落としてしまいそうでやたらと気を遣う。万が一割れたり欠けたりしたら、街の人が死んでしまうかもしれないと考えると、汗がどっと噴き出た。

ようやく本殿にたどり着き、社の前に座る真白の石像に達した時には、深冬はへとへとに疲れてしまっていた。それでも、だるくなった腰を叩きながらそばに寄り、白い石の肌にそっと触れた。

石像は、石に変身した真白の姿そのものだった。犬の耳、長い鼻、前足と後ろ足をきちんと揃えて座り、尻尾《しっぽ》は太くて立派だ。まぶたはうっすら開かれ、瞳《ひとみ》が覗《のぞ》いている。深冬は真白の目の前に手をかざしてゆっくりと振り、瞳が動きはしないかと期待したが、何も起こらない。

「真白、聞こえる？　どうして石になっちゃったの？　ねえ。他の人もみんな石になっちゃった。動けるのはあたしだけ」

返事をしない真白の頬や頭を優しく撫《な》でると、石の肌は不思議に温かく、生きているように感じられた。やはりこれは真白本人なのだ。よけいに鼻の奥がつんとして、視界がどんどん曇っていく。

読長町から人がいなくなっても、真白がいるなら大丈夫だと思っていた。

本の世界で何度も危険な目には遭った。ハードボイルドな世界で撃たれかけたり、口を開けた銀の獣をすり抜けて避《よ》けたり、銀の獣に追いかけられたり。それに真白は食べられても戻ってきた。だから今回も無事だと思っていたのに。

「これからどうすればいいの。あんたまで石になっちゃったら、もうわからないよ」

洟《はな》をすすり、ポロシャツの袖口《そでぐち》を引っ張って目元を拭《ぬぐ》うが、涙は後から後からこぼれてくる。

「……いつもいつも、あんたはあたしを助けてくれたよね。変なやつ。あたしが落っこちそうになると真っ先に飛んでくるし、さっきだって庇《かば》ってくれたし」

深冬はぐずぐずした鼻声で言いながら、真白の尖った耳の間を撫でる。

「犬だから？　犬って飼い主に忠実だもんね。でもあたし、あんたの飼い主になった覚えはないんだけど」

ひょっとして祖母のたまきが真白の飼い主なのかな、と深冬は思った。そうだとすれば、祖母が孫を守るように犬に命じたと考えられる。けれど御倉館でたまきに追いかけられた時、真白はたまきではなく深冬を助けた。

ずっと、真白のことを知っているような気がしていた。真白と話していると、こちらは顔も名前も忘れてしまったのに、相手が人混みの中から自分を見つけ出して、再会を喜んでくれているような、そんな感覚があった。

真白はあたしのことを知っている。けれどあたしは真白を知らない。

でも本当に？

空っぽの病院で、父の手帳に書かれた小説について春田と話していた時、深冬の脳裏にある光景が過《よ》ぎった。クレヨンを握りしめ、スケッチブックに覆い被《かぶ》さるようにして描いていたのは、頭に三角形のふたつの耳をはやした女の子の絵だ。大きな目、にっこり笑った口。

ひとつの情景が甦《よみがえ》ると、芋蔓式《いもづるしき》に他の記憶の断片までもがずるずると引き揚げられる。深冬が犬耳を生やした少女を描いたのはそれが最初で最後ではなかった。お気に入りで、何度も何度も繰り返し描いては、絵を見に来た父や叔母《おば》に「おともだちなの」とまで言ったのだ。深冬は出来上がった女の子に名前をつけたことも思い出した。

〝ましろ〟。

そうだ。小さかった頃に父が読み聞かせてくれた絵本に出てくる、白ウサギから取った名前だった。確かはじめは「ま」の字のくるりとしたところを逆に書いて、祖母に「まだひらがなもまともに書けないのかい」と呆《あき》れられたのだった。

どうして忘れていたんだろう。

「あんたを描いたのはあたしだったんだね」

真白は時々、切ないような目つきで深冬を見ていた。何か言いたげで、けれど口にはせずに、深冬が自力で思い出すのを待っていたのかもしれない。しかしやっと思い出し、いまなら伝えられるというのに、石になってしまった耳に声が届いているとも思えず、深冬は一層泣いた。母親が死んだ時も同じだった。墓石の前に立って話しかけたところで、母親にはもう二度と届かない。もっと早く、ちゃんと生きているうちに話すべきだと後悔したのに。

「忘れてごめん。ごめんね……」

固く締めていた栓がはじけ飛ぶように、言葉では言い表せない感情がどっと溢《あふ》れて、深冬は石になった真白の首に抱きついた。風が再び吹きはじめ、深冬の熱くなった頬や体をすり抜けていく。楠がさわさわと梢を揺らし、夜空にかかっていた薄い雲が流れ、月が顔を出す。白い三日月だ。真白の尾のように白くしなった形は、空を飛ぶ時の姿に似ている。

いつから〝ましろ〟を描かなくなったのだろう。祖母の冷たい視線を恐れたせいだろうか。それとも、想像上の友達とは遊ばない年齢になり、自然に心から消えていったのだろうか。

そもそも、なぜ深冬が描いた少女が、実体を伴い、ブック・カースの道案内人として現れるようになったのか。

深冬は泣き止み、真白の石像からゆっくりと体を離した。

ショルダーバッグに手を伸ばす。中をまさぐって目的のものを捜しあてると、そっと抜き出した。あちこちに脂のしみやしわがついた革の手帳。今まで娘の前から隠し通してきたのに、なぜ今になって父は、病室の枕元という、わかりやすい場所に置いたのだろう。書いている最中に体が狐化して、隠しそびれたのかもしれない。ともかく深冬は、「これを読め」という父からのメッセージと受け取った。父は御倉館の秘密の当事者であり、深冬がこういう目に遭うとわかっていたし、結末も予想していたのだ。

風が少しずつ強くなる。狐の石像たちに落葉が吹きつける。青白い月明かりが手帳を浮かび上がらせ、深冬は大きく息を吸って、ページをめくった。

御倉あゆむの手記

本に囲まれて生きる者は、本に愛されるようになるものだろうか。

少なくとも祖父の嘉市はそうであった気がする。祖父は私が六歳の時に亡くなったので、祖父の姿といっても、記憶の片隅にこびりついたちっぽけな面影と、母や近所の人々から聞いた話をかき合わせて作り上げたものでしかない。しかしそれでも充分なほど、本を愛し、本から愛される人だったのはわかった。

当時、御倉館を訪れた人がはじめにしたことは、巨大な書架の狭苦しい隙間から、枯れた柳のように細く、背中の曲がった祖父を捜し出すことだった。祖父は何でも読んだ。祖母がお茶請けに出した羊羹《ようかん》の説明書きから、水道料金の請求書、肩に貼る湿布の注意書き、駄菓子の箱にくっついていた〝ここをあける〟のオレンジ色のシールまで、文字ならば何でも読んだ。誕生日には水無月祭に出かけ、人々が書いた絵馬をじっくりと読み込んだ。アルファベットでもキリル文字でも簡体字でもハングルでもアラビア文字でもなんでも、何かに記された言葉ならば例外なく目を留めた。大きなメガネ越しにじっと見つめ、次の瞬間には辞書を持ってきて、もぐもぐと口を動かし呟《つぶや》きながら、文字の意味を調べる。そんな祖父の姿を私はよく覚えている。

　祖父の、本や文字への愛が本物だったことは疑うべくもない。では本の方は、祖父を愛していたのだろうか？

　本に意志があると書くと笑われるだろうが、私はそれが真実だと知っている。なぜなら、祖父が読みたいと口にした本は、どんなに希少で価値が高かろうとも、たまたま立ち寄った古書店でさらりと見つかってしまうか、まるで磁石に吸い寄せられるがごとく、自宅か御倉館に届けられたからだ。その現象は本が自ら祖父の手の中に入りたいと願っているかのようだった。

　祖父は本を愛し、本もまた祖父を愛した。それだけでなく、祖父は本と相思相愛の関係を結べる読書家をひとりでも増やそうと、御倉館の書架を開放し続けた。幼い頃の私にとって御倉館は公共の図書館と同じであり、まさか我が家の持ち物とは思わなかったくらいに、いつも大勢の人がいて、本を読み、本について語らっていた。

　母はあの頃から、苦々しく思っていたに違いない。

　愛情の激しさという点においては、祖父よりも母の方が上だった。母、たまきは、自分の本を鍵付《かぎつ》きの書棚に仕舞い、決して他人には触れさせなかった。祖母、つまり母の母親でさえたまきの書庫に近づくことは許されず、閲覧できたのは嘉市だけだった。当然息子である私も母の蔵書を見ずに育った。母の蔵書を収めた分館が、土蔵の形をとった座敷牢《ざしきろう》と化しているのは、母の潔癖ぶりの象徴だろう。

　彼女の持論によれば、本は神聖なもの、読者との関係は不可侵の聖域であり、他人とは分かち合えないものらしい。物語を読み味わった体験は、個人の心の中にだけ存在すればよく、意見の交換など愚にもつかない行為と考えていた。それどころか、本の解釈は自分の考えだけが正しいと思っていた節もあった。だからたまには読書を通じた友人がひとりとしていなかったし、結婚した夫は本にまったく興味を持たない人だったという。夫は妻が息子を身ごもった後、愛人の元で暮らすようになり、父親としての任をすべて放棄した。だから私は父の顔も、姓も知らない。母は母で、御倉館を継ぐ跡取りさえできれば良かったようで、父への態度はあっけらかんとしたものだった。

そんな家庭に生まれれば、自然と英才教育を受けることになる。全国から本の蒐集家《しゅうしゅうか》や読書家が集うほどの蔵書を有する一家で育った宿命だった。

逃げ道はなかった。小学校に上がるまでは存命だった祖母が、強硬に私を柔道の道場へ通わせてくれていなかったら、もっと閉鎖的な生活を送る羽目になっただろう。もし私が本を嫌いになったらどうなっていたかと思うが、幸か不幸か、私もまた本が好きだった。

いや、正しくは、本を書くのが好きだったと言うべきかもしれない。

物心つく頃には、画用紙やもらった紙などに、お話を書くようになった。読書家と作家はイコールではなく、祖父も母も、あれほど本を読んでいながら、自分で物語をしたためようとは露ほども考えなかったそうだ。しかし私の場合は違った。文字に誘われるまま物語の道を歩いて行くと、別の物語へ続く扉を見つけてしまうのだ。幼かった私は、その扉をどんどん開けて、衝動のまま新しいお話を書き散らした。

祖父は喜んだが、母は戸惑っていた。私の古い記憶の中には、画用紙に書いた他愛もない物語を母に見せた途端、能面のような無表情で奪い取られた場面が、ありありと残っている。母たきにとって物語はすでに綴《と》じられたものであり、目の前で紡がれていくものではなかったのだろう。それに、母は死ぬまで私にこう言っていた――お前が書いている物は、創作ではなく、既存の物語の亜流に過ぎない、と。

　しかし祖父が亡くなってから二十年後、母は私の物語を利用することになる。

　祖父を永遠に失った御倉館は、読書の楽しみという輝きも一緒に失ってしまった。この時はまだ祖父の遺言を守り、人々への本の貸し出しも行ってはいたものの、冊数はひとり一冊と極端に少なくするなど、規律がひどく厳しくなった。御倉館全体も、これまでは快活に笑っていたのが、陰気で厳格で、ぴくりとも感情を動かさない人になってしまったように、雰囲気が重く堅苦しく変化した（私が思うに、〝あれ〟の芽はもうこの頃には吹いていたのではないか）。

　その年の六月にあの事件は起きた。母が腰を痛めたので、しばらくの間、学校が休みの日は御倉館の管理は私がやることになった。梅雨の頃で、私は十二歳だった。責任の重大さを理解していたと、胸を張って言える年齢ではなかった。

　御倉館で受付をしている間、好きな本を読み、友達がやってきたら話をし、誰が入館して誰が出て行ったかのチェックはなおざりだった。

　その日は、裏の神社で水無月祭が開かれていて、私はいつも以上に気もそぞろだった。当時気になっていたクラスメイトの女子が、晩に祭りへ行くという噂を耳にしていたのだ。やがて閉館時間の夕方五時を過ぎたので利用客を追い出そうと書庫を回った。そこでやっと、祖父の蔵書棚から二百冊ほどの本が、そっくり消えてしまっていることに気づいた。ヒグラシの声がやけにうるさく聞こえたのを覚えている。

怒り狂った母から折檻《せっかん》を受けたことは言うまでもない。私の尻《しり》には今も、竹の鞭《むち》で叩かれた痕《あと》が残っている。とはいえ、私を責めたところで意味がないことは、母もわかっていた。警察には通報したが、翌日から彼女は「警察などあてになるものか」と息巻いて、あらゆる手を尽くした。読長町中の家の戸を叩いて、出てきた住民の襟首を摑《つか》んで詰問し、かえって警察を呼ばれたこともあった。

母は吹き荒《すさ》ぶ暴風だった。盗難に同情してくれる人すら傷つける、誰も止められない嵐だった。もし、祖父の親友であった読長神社の神主が私と一緒に町中を回り、謝り続けてくれなければ、泥棒を捕まえるどころか、御倉家は読長町から出て行かざるを得なかっただろう。

永遠に続くかと思われた母の暴風が収まりはじめたのは、事件からふた月ほど経った頃のことだ。

父の手帳を読みふけっていた深冬は、はっと我に返った。つい先ほどまであたりは暗く、境内の電灯のぼんやりとした明かりで文字をなんとか追っていたのに、突然、真昼のように明るくなったからだ。

顔を上げてわかった。「真昼のよう」ではない。あたりから夜が消え、本当に昼間になっていた。空には太陽が輝き、白い雲が高いところをゆっくりと流れていく。しかしそれよりも驚いたのは、あれほど大量に並んでいた狐の石像が、ひとつ残らず境内から消え失《う》せていたことだ。その上、自分の隣にいたはずの真白の石像までなくなっている。

深冬は周囲をきょろきょろと見回しながら立ち上がった。がらんとした境内の砂利の上を、赤い落ち葉がかさこそと転がっていく。楠の巨木は色づき、いつの間にか初夏から秋に変わっていた。それだけではない、社のしめ縄や賽銭箱《さいせんばこ》も、新しくなったように思える。

その時、階段を誰かが上ってくる足音が聞こえた。深冬は慌ててどこかに隠れようとしたが、間に合わない。

鳥居の下、石の階段の縁からせり上がるようにして、女性が姿を現した。黒髪をぴっちりと後ろに梳《くしけず》った頭、険のある顔、萌黄《もえぎ》色《いろ》の着物を着た体が順に見え、やがて白足袋《しろたび》に黒の下駄《げた》を履いた足が境内へと一歩踏み出す。

深冬は動けなかった。髪に白い部分がなく、顔のしわもほとんど消えてつるんとしているが、この女性は祖母、たまきに間違いなかった。

「ば、ばあちゃん」

頭の中の自分は「逃げろ」と叫んでいる。だが足が地面にくっついたかのように動けず、目も離せなかった。御倉館の〝煉獄《れんごく》〟で追いかけられた恐怖が甦り、背筋が寒くなった。

しかしたまきはちらりとも深冬に注意を払わず、前を通りすぎる時もまるで無視だ。肩を怒らせ着物の裾《すそ》をさばき、真っ直ぐ境内を突っ切って本殿に向かっていく。何をしようというのだろう？

ようやく体が動いて、深冬はたまきの後を追った。そばに立っても、目の前で手を振っても、反応しない。おそらくたまきには深冬が見えていないのだ。

たまきは賽銭箱に小銭を放り投げると、鈴緒を摑んで乱暴に鈴を鳴らし、柏手《かしわで》を打つ。そして両目をかっと見開いたまま、喉《のど》の奥から絞り出すような声で呻《うめ》いた。

「……神様とやら、あんた見てたんじゃないのかい。この高台からうちの御倉館はよく見える。どいつが盗んだのか知ってるだろう。それとも、御神酒《おみき》で酔っ払っちまっていたかね」

「盗んだ？」

御倉館を閉鎖するきっかけとなったという、例の盗難事件が深冬の頭をよぎる。

「ばあちゃんは若いし、神社も新しくなってるみたいだし……まさかあたし、〝過去〟にいるの？　……いてっ」

突然後頭部に何かが当たって、深冬は痛むところをさすりながら振り返り、目を瞠《みは》った。そこには文字どおり〝文字〟が浮かんでいた。

「はっ？　何これ？」

五センチ四方ほどの文字が連なる文章が、支柱も吊《つ》り下げるワイヤーもなしに、宙にふわふわと浮かんでいる。フォントはよくある小説の文字に似ていて、色は白い。

〈母たまきはある日、行き先を告げずに外出した。その行き先が、御倉館の裏に昔からある神社だったことは、もっと後になってから知った。〉

「……な、なるほど？」

深冬が読み終わると、文章は煙のように消え、今度は違う文章が現れた。

〈信心など持った例《ため》しがなく、祭りや初詣《はつもうで》に行ったこともなければ、祖父と親しかった神主のこともなかば軽蔑《けいべつ》していた母が、神社に用があるだなんて、よほど切羽詰まっていたのだろう。母は神主に詰め寄り、あの盗難があった日、怪しい人物を見なかったかと問いただした。

しかし無駄だった。〉

「わかった。これはタイムスリップじゃない。お父さんの手記の中に入っちゃったんだ」

しかし先ほど『人ぎらいの街』の世界に入ったはずなのに、さらに別の本の世界へ入ってしまうとは。深冬は頭をひねったが、どうにもよくわからない。そもそも、この父の手記がいつブック・カースを発動させたのだろう。深冬は何も盗んでいないのだが。

首を傾げて考えていたちょうどその時、本殿の裏手でドアが開く音がした。禿頭《はげあたま》の老いた神主が社務所からのんびりした足取りで出てくるところだった。

後は宙に浮かんだ文章のとおり、たまきが神主に詰め寄り、数分にわたって一方的にまくし立てた。しかし、やはり無駄だったらしい。神主は父親が子を躾《しつけ》るようにぴしゃりと叱りつけ、階段を下りていってしまう。たまきはその背中に罵声《ばせい》を浴びせかける。

再び宙の文章がかき消え、新たな文字が現れる。

〈神主は何も見ていなかった。無理もない、あの日は昼から水無月祭で、神社にはたくさんの屋台が並び、大勢の人で賑《にぎ》わっていたのだから。おそらく泥棒も、祭りの混雑を利用して、大量の本を運んだのだろう。食材やガスコンロなどの運搬物を装って、リヤカーに乗せれば、二百冊の本くらい一回で運び出せる。とりわけ、屋台が裏通りから丘の上の境内にも並ぶこ

の日であれば、高台からの視界も妨げられる。泥棒にとっては絶好のタイミングだったろう。〉

祖母は苛立《いらだ》たしげに爪を噛《か》み、賽銭箱の前を行ったり来たりしている。その姿を目で追いながら、深冬は考える。

「リヤカーね……うん。確かに、御倉館の書庫から人が出払った隙に段ボール箱に詰めてしまえば、本は気づかれずに簡単に運べる。お父さんの気が散っていたならよけいに」

深冬はそっと本殿から離れ、境内のまわりを囲う灌木《かんぼく》や木々のそばに寄って、ついと首を伸ばして下を見た。確かに御倉館はよく見える。もし祭りがなく、神主か参拝客か巫女《みこ》か誰かがこのあたりに立っていたら、不審者に気づいたかもしれない。しかしそれも偶然が味方をすればの話だ。祖母はやはり理不尽だと深冬は改めて思った。

「いてっ」

また現れた文章が頭のてっぺんに当たり、深冬はむっと唇を尖らせつつ読む。

〈ここで母と神社の関係が終わってしまえばよかった。しかしそうはならなかった。神社の中に住んでいる何者か——私にはとても神とは呼べない、得体のしれない何者かが、母に力を貸したのだ。〉

「……えっ」

急に突風が吹きつけ、次の瞬間、あたりが暗くなった。夜ではない。まるで窓も電灯もない締め切った部屋に閉じ込められたような闇だった。またどこか別の世界に飛ばされたのかと思ったが、次の文字が浮かび上がり、続きを見ているのだとわかった。

〈〝それ〟がどう接触してきたのか、母は死ぬまで語ってくれなかった。〝それ〟がどんな形で、どんな声で、本に呪いをかけるよう母を誘惑したのか、私にはわからない。〉

「つまり真っ暗になっちゃったのは、書き手であるお父さんが知らない場面だからってわけ？」

そう口に出して言うと、文字の隣にセピア色のモノクロのフィルムが出現し、カタカタと音を立てて回りはじめた。上部に〈活動写真〉というキャプションがついている。

〈ただ、ひとつだけわかっていることがある。〉

「そんで映像解説ですか。ご親切にどうも」

フィルムは古い時代を映し出していた――瓦屋根《かわらやね》の小さな家々、馬が荷車を曳《ひ》き、着流しに洋風の中折れ帽をかぶった男性や、髪を結い上げた女性、大きな箱を担いだ行商人が行き来している。通りの横には丘があり、筆で書かれた幟《のぼり》が立っていた。そこには〝読長稲荷神社〟とある。

場面が切り替わって、神社の絵馬がクローズアップされた。書かれている願望は健康を祈願するものや、縁結びなどさまざまだが、本にまつわるものはない。

〈現在の読長神社は、本の町の象徴的存在で、本や物語に関する悩みや願いを持った人が多く訪れている。けれども、以前は違った。よくある稲荷神社のひとつだった。郷土資料館の埃《ほこり》をかぶった古い記録を読んで知った。〝本の神〟を標榜《ひょうぼう》するようになったのは、祖父と神主のアイデアだったのだ。〉

フィルムに映る〝稲荷〟の幟が消え、新たに〝本読之尊〟という幟が現れる。

「……ええっとつまり、本の神様ってのは後付けの、町おこしだったたってこと?」

〈よく考えれば、本の神などというものが古くから存在するはずがなかった。印刷機が生まれて、書物が庶民の手に渡るようになったのは近代に入ってからなのだから。しかし祖父と神主の無邪気な企《たくら》みは、広く知られ、人気を博し、昔からこうだったかのように街に居座った。おそらくはこれこそが、〝それ〟の因子なのだと思う。〉

「なんだかよくわからないけど、原因は曾祖父《ひいじい》さんと神主さんにありそうだな」

すると闇の先に小さな光が生まれた。深冬は戸惑いつつも光を目指して歩きはじめる。その間も、新たな文章が道路標識のように右や左に現れた。

〈ともあれ、深夜に帰宅した母は、ずいぶん落ち着いた様子に変わっていた。〉

〈盗みを働いた犯人の目星がついたのかとこちらが勘違いしたくらいに、母の表情はすっきり

していたのだ。〉

〈本当はそうではなかった。早く気づいて、あの時点で止めていれば、私の家族を妙なことに巻き込まなくて済んだのに。〉

〈当時、私たちはまだ売り払う前の、最初の御倉の家に暮らしていた。古くて広い日本家屋、誰もいない家でひとり母を待っているのは、とても心細かった。母は決して、そばにいて安らげる人ではなかったが、それでもそばにいてほしいものだった。柱時計の音とはどうしてああも人を不安にさせるものなのだろう。〉

〈私はなかなか帰らない母を寝ずに待っていた。玄関の引き戸が開く重い音がした瞬間に立ち上がり、走って出迎えた。しかし「おかえりなさい」を最後まで言えなかった。母は小さな子どもを連れていた。まだ一歳になっているかいないか、腕の中で眠っている。〉

〈母は私に向かって「今日からこの子はあんたの妹だ」と言うと、にっと笑って見せた。母が笑うのを見たのは数えるほどしかなく、あれはその一度に入る。母はふらつく足取りで家に上がり、真っ直ぐ自分の寝室に向かうと襖《ふすま》を閉め、丸二日間出てこなかった。〉

〈その間、いや、その瞬間からずっと、私は女の赤ん坊の面倒を見た。しかし彼女はまったく眠らない。〉

「何だって？　叔母ちゃんが眠らない？」

ぎょっとしてつい文字に触れようとすると、瞬時に形を変えて次の文章が現れる。

〈赤ん坊といえば眠るのが仕事だ。このまま眠らずにいたら死んでしまうかもしれない。そこで私はよく眠るように、〝ひるね〟と名付けた。彼女は大きな目で私を見上げ、それからひるねは私の妹となった。〉

今とまるで違う叔母の様子に驚きながら、深冬は次の父の言葉を追った。

〈ひるねは私の本当の妹ではない。あの子は母と〝それ〟の間に結ばれた約束から生まれた、いわば証文のような存在であり、トリガーであった。〉

目の前で光が弾《はじ》け、あまりの眩《まぶ》しさに両手で目元を覆う。そしていつの間にか自分が御倉館の中にいることを知った。

御倉館は、深冬が知る今の状態よりもずっと、図書館に似ていた。サンルームには読書用のテーブルと椅子が複数並び、ひるねがよく寝ている長椅子には埃よけの布がかけられ、掃除も行き届いている。

サンルームには青年の姿をした父がいた。黒い詰襟をテーブルの上に無造作に置き、三角巾《さんかくきん》にエプロンという格好だった。若く、深冬のクラスメイトか先輩だと言われても何の違和感もない。たまきと同じく、手記の中の登場人物たちには深冬が見えないようで、深冬はしばしば透明人間の気分を味わいながら椅子に腰掛け、自分と近い年頃の父親をじっと見つめる。頭ではわかっているはずの、「親にも自分の人生があった」ということを、改めて知らされたような気がした。

父は雑巾で床を拭《ふ》き終わると、上に向かって声を張った。

「ひるね！　そこにいるよね？」

すると「うん」とも「ぬう」ともつかない返答がある。興味を惹《ひ》かれた深冬は立ち上がり、声がした二階に上がった。壁にずらりと並んだ書架の前で、五歳くらいの子どもが本を読みふけっている。絵本ではなく、分厚い、大人向けの本だ。

「いや、大人が読んだって難しいんじゃないの、こんなの」

人間ではないとわかってから、ひるねを叔母と呼んでいいのか迷っていたが、驚きを通り越して呆れた。やはりひるねはひるねだ。

「そりゃこんな小さい頃から本が読めたら、うちの蔵書も分館の蔵書も読み切っちゃえるよね」

どうせ見えやしないのだからとひるねの傍らにしゃがむ。ひるねの両目はぎょろぎょろと動き、猛スピードで文字を追っていた。試しに深冬も読んでみたが、何行も読み終わらないうちに、ひるねはページをめくってしまう。

深々とため息をついて顔を上げると、また文章が宙に浮いていた。


〈ひるねは本を吸収した。書棚にある本の隅から隅までを、まるでページごと食べて、血肉にするかのように。〉


「ひるね！　晩ご飯の買い物に行くよ！」

下からあゆむの声が聞こえてくる。深冬はてっきり、ひるねはその場から動かないものと思った。しかしひるねはあっさり本を閉じて丁寧な手つきで書架に戻すと、階段を駆け下り、あゆむの元へ向かった。

〈ひるねは生き物ではない――一睡もしない生物がいるものか。しかし姿形は人間だし、人間と変わらない振る舞いをし、魂の形も人間と同じだ。本を読んでいない時は私とよくしゃべった。私たちは仲が良かった。馬が合ったのだ。それこそ母よりも。〉

青年のあゆむと小さなひるねが手を繋《つな》いで外へ出て行く。

〈こうして振り返ってみると、私はきっと、同志が欲しかったのだと思う。祖父が集めた本に囲まれ、母に英才教育を施されてみると、やがて、自分には他の友達と共有できない孤独があるのだと気づく。私が知っていることを友人は知らず、友人が知っていることを私は知らない。私はヨーロッパの本が読めるが、テレビで流行《はや》っている歌を歌えない。そのうち、風変わりで話の通じない相手として扱われるようになる。子どもには荷が重すぎる孤独だ。その寂しさを、ひるねは共に分かち合ってくれる存在だった。〉

次の瞬間、サンルームの様子が再び変わった。図書室を思わせたテーブルと椅子はなくなり、長椅子からは埃よけの布が取り払われ、代わりに中学生くらいに成長したひるねが、ゆったりとくつろぎながら本を読んでいる。

〈御倉館は、例の大量盗難があってから一度も開くことなく、閉鎖したままだった。もはや御倉家のためだけの蔵書庫となったわけだが、母は実際のところ、ずっと以前からこの状況を望んでいたに違いない。御倉館とひるねの面倒をみるのは私の役目で、それは大学を卒業し、柔道の師範の免許を取ってからも続いた。〉

廊下から人の気配がして、成人し、しっかりとした大人になったあゆむが姿を現した。今よりも若いが若すぎもせず充実した気配をまとっている。肩にナップザックをかけ、ひるねの様子を一瞥《いちべつ》すると、電気ポットの前に立った。

コーヒーの香りが立ち上るマグをふたつ持ち、あゆむはひるねのそばのローテーブルに置いた。もうひとつは自分で持ったまま二階に上がる。深冬は父の後についた。

廊下には、今はない机と椅子が置いてあった。あゆむはジーンズのポケットから鍵を出し、机の下の抽斗《ひきだし》を開けた。そこにはワープロが隠してあった。

あゆむは椅子にどっかりと腰掛け、ワープロの電源を入れると、軽やかなタッチでキーボードを叩きはじめた。カタカタカタと切れ目なく続く音につられて深冬は父に近づく。

ワープロの傍らにはノートが開いてあり、手書きの文字が罫線《けいせん》いっぱいに連なっている。父はそれを見ながらワープロを打っているらしい。横から覗き込んでノートを読んでみた深冬は「あっ」と声を出した。

リッキー・マクロイという名前が読める。これは『BLACK BOOK』だった。

〈御倉館のメンテナンスにかこつけて、私は小説を書いていた。自宅では母の目があるし、御倉館でなら、他の本の養分を吸うことでいい物語ができる気もしたからだ。それでも、鷹《たか》のように鋭い母の目は誤魔化せなかったらしい。〉

「あゆむ！」

鋭い声が響き、深冬はぎくっと体を強張《こわば》らせた。たまきがやってきたのだ。あゆむもひどく慌てた様子で抽斗にワープロを隠す。

「何、母さん」

「さっさと下りておいで。ひるね、あんたもいったん読むのをおやめ。それで最後なんだろう？」

最後？　深冬は引っかかりを覚えながら、急いで父の後を追う。サンルームへ戻ると、ひるねは命じられたとおりにローテーブルに読みさしの本を置き、姿勢を正して、次に起こることを待っているようだった。

たまきは、怪訝《けげん》な表情の息子と、殊勝な顔をした娘を交互に見比べると、突然にっこりと笑った。

「ふたりとも、今日までよくやってくれた」

急に優しげに振る舞う母にあゆむは戸惑いを露《あら》わにしたが、ひるねはじっと一点を見つめたまま身じろぎもしない。

「あれまあ、どうしたんだって顔をしているね、あゆむ。あんたも御倉の一員なら嬉《うれ》しいと思ってくれるはずなんだけど……ひるねがね、蔵書をすべて読み終えるんだよ。この一冊が最後だ」

緊張したあゆむの肩から力が抜けるのを、深冬は見た。しかし現在の状態を知っている深冬は胸騒ぎを抑えられない。文章が再び浮かび上がる。

〈なんだ、そんなことかとはじめは思った。ひるねは昼夜眠らずに本を読み続けているのだ、いずれ蔵書を読破するのはわかっていたし、それが母は嬉しかったのだろう。しかしそんな意味ではなかった。〉

たまきは口元では笑みを作りながら、ひやりとするほど冷たい視線を息子に送った。

「まだわからないのかい。そうか、ひるねがあんたに教えなかったんだろうね——ひるねがここにあるすべての本を読み終えたということは、すべての本に〝呪い〟がかけられたということだ。この子は私と、あの面妖《めんよう》な神とが交わした約束の証文であり、〝呪いの護符〟だ。西洋ではブック・カースと呼ぶもの、そのものなんだよ」

「何だって？　母さんはおかしくなってるよ」

「おかしい？　ちっともおかしくなんかないさ。あんたはこの子の正体が何だかも知らないんだねえ。この子はあんたが自分で書いた子だというのに」

「……母さん？」

「覚えてないのかい。まあ、小さかったから無理もないだろうが。あんたはね、私が目を離した隙に、私の手帳の隅っこにこの子のお話を書いてたのさ。眠ることなく本を読み続ける女の子の話だった」

深冬は拳《こぶし》を握る。爪が手のひらの柔らかい肉に食い込んで痛むのにもかまわず、強く握りしめる。

「だからひるねはあんたに懐いたし、私もそのままにさせておいた。その方が、あんたはがんばって小説を書くだろうからね」

「……さっぱり意味がわからない」

「これから教えてあげよう。ブック・カースはひるねを通してかける。けれど呪いそのものは別に作る必要があったんだ。それがあんたの役割だよ、あゆむ。お話を作ることができるあんたのね。

泥棒が本を盗み、御倉館から一歩外に出る。すると、呪いが発動する——読長町が、あゆむの作ったお話の世界に変わるんだ。泥棒は物語の檻《おり》に閉じ込められる。

この魔力は神様の力で行われる。けれど少々厄介でね。タダで魔力をくれようっていうんじゃない。まあ商売として当然だけど、つまり代償が必要なんだ。もし泥棒を捕まえることができなかったら、つまり時間切れになったら、街の人たちも泥棒と一緒に神様に差し出す。そういう仕組みだよ」

〈神の餌食。〉

宙に文字が並んだかと思うと、再び周囲が暗くなったが、それだけでなく地面が斜めになった。まるで一方の支えが崩壊して巨大な滑り台になったかのごとき床を、深冬は恐怖で顔を引きつらせ叫びながら滑り落ちる。

〈なんということを母はしたんだろう？〉

御倉館にあるものすべてが滑り落ちていく。ソファ、テーブル、書棚、本、何もかもが暗闇の底へ落ちていく。深冬は悲鳴を上げ、手足をばたつかせて何かにしがみつこうとするが、指は空を切るばかりだ。

〈はじめのうち、私は母がついに狂気に取り憑《つ》かれ、ありもしない虚言を吐いているのだと思った。しかしそうではなかった。母は翌日、昔なじみの古書店主の妻を連れてきて、本を一冊持って行くように言った。優しい声で——私は、どうせ何も起こりやしない、神だのブック・カースだの、すべては妄想だと母が気づいてくれることを祈って、止めなかった。やはり異変はなく普段どおりに過ごしていると、ふいにひるねが私のところにやってきて、本を差し出した。私自身が書いた物語だった。〉

猛スピードで闇に落ちていく深冬は手を伸ばし、浮かぶ文章に摑まろうとする。しかしあとわずかのところで文字が変形し、すかっと空振りした。

〈本を読むとたちまち読長町の風景が変わり、住民たちが揃いも揃って私の物語を演じはじめた。混乱した私は、導こうとするひるねを振り払って街中を走った。そして狐の姿に変わり果てた彼女を見つけた。それで私はやっと、母は虚言を吐いているのではなく、本当に呪いをかけてしまったのだと理解した。〉

床の傾斜はますますひどく、ほとんど垂直に近い状態になった。深冬は体がふわりと浮くのを感じ、慌てて体勢を整えようとする。次の瞬間、上から本が数冊降ってきて頭にぶつかりそうになったのを、すんでのところで避ける。

「あっぶな！」

そしてぎょっと目を見開く。数冊どころの騒ぎではない、今まさに大量の本が白いページをばたつかせながら雪崩となって落ちてくる。

このままじゃ巻き込まれる！　深冬は反射的に両膝を曲げ、足裏で斜面を蹴り、闇へと躍り出た。そして身をくねらせた瞬間、ちょうど宙に新しい文章が浮かんだ。

〈哀れな古書店主の妻は、現実に戻ってきて一週間も経たないうちに、読長町から出て行ってしまった。彼女は御倉館で何が起きたのかを大勢の人に話して理解してもらおうとしたが、当然のごとく、誰も信じなかった。〉

深冬はまるで網戸に飛びかかった猫のように、文字と文字の間に指を引っかけてしがみつく。すると間髪を容《い》れず本の雪崩が押し寄せ、先ほどまで深冬がいた場所を直撃し、無数の紙をまき散らしながら奈落《ならく》の底へと落ちていった。

「マジでもう勘弁してよ……うわっ」

しかし命綱代わりにしがみついていたのも束の間、文章が消えてしまい、深冬は宙に投げ出されかけた。すぐさま次の新しい文章が登場して、危ういところで手を引っかける。

〈母は「要さんの奥様はどうしちまったのかねえ」と平然ととぼけ、私も、絶対に口外するなという母の命令を守った。残された店主は私たちを疑い、恨むようになった。当然の結果だ。〉

〈だ〉の文字にぶら下がりながら、深冬は大声で叫ぶ。

「なるほど、だからあのＢＯＯＫＳミステリイのクソジジイはあたしのことが嫌い……って言ってる場合じゃないんだけど！　娘がこんな目に遭ってるってわかってるのかな、うちのお父さんは！　あっ」

再び文章が消え、深冬はそのまま落下するが、運良く真下に次の文章がやってきて、足場になった。上がったり下がったり、予測できない動きに翻弄され、深冬はぜいぜいと肩で息をする。

〈私とひるねは、御倉館から離れるわけにはいかなくなった。母がどんな呪いをかけようと、盗難さえ起きなければいいのだ。だから私たちは御倉館に留《とど》まり、誰かが侵入することのないように見張った。それでも数回は泥棒がやってきて、本を盗み、私とひるねが捕まえることになった。時々、マンガや映画の主人公の気分になり、自分は悪を成敗するヒーローだと勘違いしそうになった。調子に乗りかける私を諫めてくれたのはひるねだ。

そんな時、私は恋に落ちた。御倉館に関わる人数を極力少なくしたがった母は反対したが、だからこそ私は結婚の道を選んだように思う。〉

文章の上に立った深冬は、行ったり来たり片足を上げたりして足もとを読みながら首を傾げた。

「結婚。あたしのお母さんと出会ったってことだよね」

そう呟いた途端、文章は再び消え、深冬はバランスを崩して落ちた。きっとまた新しい文章が現れてくれるだろう——しかし一向に文字は出ない。深冬は真っ逆さまになりながら、暗闇の底の方で光が瞬くのを見た。

光は爆発のようにすさまじい勢いで広がり、闇を白く染め、深冬はぎゅっと目をつぶった。

遥《はる》か高い場所から落下したはずなのに、衝撃はない。まぶたの裏に感じていた眩《まばゆ》さが消え、おそるおそる目を開けてみると、深冬はいつの間にか部屋の中に立っていた。質素なアパートの一室、深冬がよく知っている和室だった。

ここはうちだ。しかしいつもとは違う。足裏に畳の柔らかさを感じながら、壁際にあるはずの箪笥《たんす》や、ごみごみしたパソコンデスクのない、すっきりと片付いた真新しい部屋を見回す。

小さな窓から差し込む陽の下、おむつで膨らんだ尻を畳に落ち着かせた乳児が、きらきらと光る埃の粒を不思議そうに眺めている。

煩わしい文章が出てきて説明してくれなくてもわかる。あれはあたしだ——深冬は呆然と乳児を見つめた。

「深冬、何してるの?」

ぎょっとして振り返ると、和室の戸口に若い女性が立っていた。細面の顔、ベージュの部屋着にカーディガン、長い髪をサイドに結んで垂らし、華奢《きやしや》な鎖骨が隠れている。

「お、お母さん」

深冬が小学二年生の時に亡くなった母親だった。心配そうに眉《まゆ》をひそめながらこちらに近づいてくる——ショックで硬直している深冬の前を素通りし、畳に座る乳児の深冬を抱き上げた。

「よしよし。お日様を見ていたのかな」

深冬はぽかんと口を開ける。死んだはずの母親と、その腕に抱かれた自分自身から目が離せなかった。

これは本物なのだろうか? 過去にタイムスリップしたのだろうか? それともやはり父親の作った物語にいるだけなのか? しかし頭に浮かぶ疑問はシャボン玉のように次々とはじけて消えてしまう。母親が目の前にいる。二度と会えないはずの人が。

目頭が熱くなり、涙がふっくりと膨れ上がって頬を伝う。めまぐるしい少女時代を送っている最中の十五歳の深冬にとって、八年の歳月は気が遠くなるほど長いものだが、こうして動いている母親の姿を見ると、一緒に生活していた日々がほんの昨日のことのように思える。

洟をすすりながら一歩一歩、静かに近づき、手を伸ばして母の背中に触れようとする。指先は母のカーディガンを、何の抵抗もなくするりと通り抜けた。

その時、頭にこつんと何かが当たった。また文章だ。

〈私は和音《かずね》と結婚し、御倉の家を出ることにした。とはいっても、母も家を売りたがっていたし、不動産として最後に残ったアパートの一室に住まわせてもらったわけだから、母屋から離れに移動したようなものだった。私は道場を開いて自活をはじめたが、結局は御倉館とひるねの世話からは離れられない。ひるねは蔵書を読み終え、ブック・カースが始動して以降、まるでこれまでの分を取り返すかのようにひどく眠るようになっていた。〉

「……お父さんのアホ」

深冬は濡れた頬やら洟やらをポロシャツの肩口でぐいと拭うと、顔を両手で挟むようにしてばちんと叩いた。

「しっかりしろ、あたし。これはホームビデオと一緒だよ。ただ、昔の映像を観ているだけ」

自分にそう言い聞かせる。そうでもしないと、急激にしぼんでしまった心がべちゃんと潰《つぶ》れて、どこかへ吹き飛んでしまいそうだった。

「大丈夫。付き合うよ。お父さんの回想に」

すると、まるで深冬の答えを待っていたかのように、新しい文章が浮かんだ。

〈和音と深冬には苦労をかけてばかりだ。本当にすまない。〉

「……お父さん？」

〈和音は御倉館とブック・カース、なによりも私の母についていけず、何度かこの家を出て行こうとした。それを止めてしまったのは私だ。彼女は若いうちに癌を発症して亡くなった。頭では、避けようがないことだとわかっていても、もし彼女を解放していたらそんな運命は歩まなかったのではないかと、今も後悔をする。〉

幼い深冬を抱き上げる母親の姿が、まるで水彩画に水を落としたように滲《にじ》み、どんどん薄くなり、消えてしまった。そして白っぽかった風景に影が落ち、御倉館がせり上がってきて、深冬の目の前で父母が口論をはじめた。母の手にはスーツケースが握られており、父は必死で彼女の行く手を阻む。

視線を感じて館《やかた》を見上げると、サンルームの窓辺に幼い自分と、祖母たまきがいた。祖母と目が合ったと思ったとたん、景色が反転して入れ替わり、気がつくと深冬は御倉館の中にいて、青いジャンパースカートを着た四、五歳くらいの幼い自分と、枯れ木のように細く老いた祖母の隣に立っていた。

たまきは窓ガラス越しに見える息子と嫁の口論から視線を離すと、腰をかがめて、幼い深冬の手から落書き帳を取った。紙には大きくクレヨンで真白の絵が描かれている。

「……あんたはどこにも行かせないよ。だってあんたは」

深冬はこの台詞《せりふ》に覚えがあった。先ほど仮眠を取った時に見た夢の名残。

深冬の思考に呼応するかのように、言葉が目の前に現れた。

〈「あんたは御倉の子なんだからね」〉

〈母たまきは、私と娘の深冬に言葉の呪いをかけた。〉

そうだ。祖母は幼い深冬にも何度となくそう言って聞かせたのだった。

子どもの深冬の回りに、数冊の絵本が用意される。深冬はそれらを楽しんだが、外へ遊びに行こうとしたり、お絵かきをしようとすると止められ、次の本を押しつけられる。目の前にみるみるうちに本が並び、堆《うずたか》く積み上がる――泣き叫ぶ小さな深冬を本が埋め尽くし、体が見えなくなった。

気がついた時には、深冬は拳を言葉に叩きつけていた。〈「あんたは御倉の子なんだからね」〉の文字が粉々に砕け散る。

「……思い出したよ。あたし、小さい頃は結構本が好きだったの。でも嫌いになっちゃったんだよ、ばあちゃん」

部屋の中にいても、知らない世界に連れて行ってくれる物語。塔に幽閉されたお姫様の物語や、怪物が跋扈《ばっこ》する危険な道を行く勇者の物語、小熊が街の人々に郵便物を届けてまわる物語に、魔女と冬に支配された物語。心の奥底に隠した穴の中から、愛《いと》しかった物語たちが甦ってくる。

真白に連れられて物語の世界を駆け抜ける時、深冬はかつてと同じようにわくわくして、愛情がふつふつと湧いてくるのを感じた。もっと読みたいと思った。楽しかった。

だがそれは〝御倉家の深冬〟だから味わえる喜びではない。御倉の人間じゃなくても物語は味わえるのに、たまきは〝御倉〟であることにこだわり続けた。誰が入ってもよかった館を閉ざし、御倉の家族だけの場所にしてしまえば、深冬も、ひょっとするとその次の世代の子も、本の申し子になれると信じていたのかもしれない。しかし空気がなくては花は育たない。

深冬はもう一方の拳を握り、〈言葉の呪い〉の文字に勢いよく叩き込む。文字は乾いた骨のように脆《もろ》く、破片となって崩れ落ちた。

「よおし！」

勢いを増して叫ぶ。

「呪いなんてくそ食らえ！」

そういったとたん、猛然と風が吹いた。そのすさまじい勢いに、泣き叫ぶ幼い深冬も、取り囲んでいた本も、祖母も、父も母も吹き飛び、最後に御倉館がばらばらと解体されて風に乗り、彼方《かなた》へ消えていった。

たったひとり取り残された深冬は腕で顔を守り、両足を踏ん張ったが、一層激しくなった風によろめいた瞬間、体を攫われた。両手をばたつかせて何か摑めるものを探したが、ただ空を切るばかりで、父の文章が再び宙に現れることもない。代わりに革の手帳がどこからともなく落ちてきて、慌てて摑み取る。

「お父さんの手記はもう終わっちゃったってこと？　うわっ」

風はどこまでも高く吹き上がり、自分の体がぐんぐん上昇させられているのを感じた。ふいに視界が明るくなり、はっとまわりを見回すと、風景が元に戻っていた。眼下には家々が広がり、朝焼けに屋根が光っている。遠方に川が見えた。ここは読長町の上空だ。

　風は吹いた時と同じく、唐突に止んだ。両腕を広げ頭を下にしていた深冬は、推進力を失った飛行機のようにきりもみ落下しながら、両目をつぶる。

　今度こそ地面に激突する！　――死の恐怖に気が遠くなりかけたその時、前方からひとかたまりの雲が素早く流れてきて、深冬の体を柔らかく受け止め、ゆっくりと降下をはじめた。

「た、助かった……」

　首をもたげて雲の様子をよく見る。手触りはがさがさしていて、雲というよりは巨大な真綿と呼んだ方が良さそうだった。これも父の手記の産物だろうか？　首を傾げながら真綿を突《つつ》いたり伸ばしたりしていると、下から低い呻き声が聞こえてきた。

「は？　ちょっと、今何か言った？」

　しかし声はくぐもっている上、風の音が邪魔をしてよく聞き取れない。深冬は伏せて真綿に耳をつけた。

「……ん」

「え、何？」

「ごめ……」

「あのさ、よく聞き取れないってば」

「ねて……ら。ねすぎ……声、かすれて」

　深冬は目を見開いて体を起こした。

「まさかひるね叔母ちゃん？」

すると綿が伸び縮みしたので、深冬は相づちの代わりと受け取ると、頭痛をなだめるようにこめかみをさすった。よく聞けば聞き覚えのある声だ。叔母が空飛ぶ真綿になって助けてくれた。しかもこれまで寝過ぎたので、声がろくに出せないらしい。

いくら妙な出来事が立て続けに起こるといっても、なかなか慣れない。顔をしかめて状況をかみ砕こうとしていると、ひるねが再び呻いた。

「び……りした？　びっくり……」

「ああ、まあ驚いたけど。叔母だと思ってた人が真綿になって助けてくれるとは思わないよ普通。でもお父さんの手記を読んで、だいたい把握したから」

ひるねと父は、深冬にとっての真白との関係によく似ている。もしこの真綿が真白だったらあたしはきっとこうするだろうと、深冬は真綿をそっと撫でた。

「叔母ちゃん、お疲れさま。昼寝ばっかりしてる変な叔母ちゃんだと思ってたけど、ずっとばあちゃんの言うとおりにやってたんでしょ？　大変だったよね」

「いや……寝てたのは……眠かっ……」

「なんだ」

気が抜けてため息をつく。やはりひるねはひるねだ。しかし叔母は続けて気になることを言った。

「でも……呪いには必要……力をたくさん使……」

深冬は顔をしかめる。

「ブック・カースのために眠る必要があったってこと？」

「……そう。巻き込……ごめん」

「巻き込んでごめん？　ああまあそうね、あたしはめちゃくちゃ大迷惑を被ってる。ほんと賠償もん」

真綿になった叔母の上で深冬はあぐらをかき、偉そうな素振りでうんうんと頷《うなず》いた。

「てか、なんであたし？　お父さんがいない間ってことだよね？」

「それも……ある。でもいずれは深冬が……たまきは深冬を買ってたし」

「だからあたしが継ぐ、ってこと？　冗談やめてよ、あたしは御倉館を売るつもりだからね」

あっさり言い放つと、急に真綿がぶるぶる震えはじめた。

「そ、そんなこ」

「そんなこったもパンナコッタもないよ。あたしは絶対ばあちゃんの言うとおりにはならない！」

叔母はそれ以上反応せず、突然スピードを上げて急降下をはじめた。深冬は慌てて真綿を握りしめ、下腹に力を入れて振り落とされないように踏ん張る。風圧に耐えて片目をうっすら開けてみると、小高い丘と鳥居、境内が見えた。

「神社だ」

真綿は弾むように地面に着地すると、悲鳴を上げる深冬を放り出して消えた。急にはじき飛ばされたものの、どうにか灌木に引っかかった深冬は、体中についた小枝や葉を払いのけながらよろよろと立ち上がった。朝日が差し込む境内には、狐と真白の石像が変わらず並んでいる。

「叔母ちゃん、どこ？　消えちゃったの？」

真綿はいない。しかし鳥居のそばに人が横たわっているのを認めると、深冬は急いで駆けつけた。やはり、人間の姿に戻ったひるねだった。深冬はひるねを抱き起こすと、鳥居の柱に背中をもたせかけた。

「叔母ちゃん、大丈夫？　しっかりして！」

細い肩を揺さぶると、ひるねはうっすらと両目を開けた。

「大丈夫……眠いだけ……」

そう呟いて再び眠りに入ろうとするひるねを必死で揺り起こす。

「いや、起きて！　眠っちゃだめだって！　あたしはこれからどうしたらいいの？　お父さんがくれた手がかりも終わっちゃったし、次のヒントもなかったし！　みんなをどうやって元に戻したらいいの？　あたしがどうにかしなきゃいけないんでしょ？　叔母ちゃんがこのブック・カースの護符なんでしょ？　だったら教えてよ！」

「……ヒント？」

ぼんやりとうつろだったひるねの瞳に、わずかな光が差す。

「……いつもと同じよ、深冬。いつもと。捕まえるの」

「捕まえる？　誰を？　今回の本を盗んだ春田さんはもう石像になってるよ！」

「……そっちじゃない。最初のやつよ。チャンスは一回、間違えちゃだめ」

しかし深冬が聞き返す間もなく、ひるねはいびきをかきはじめ、ぐっすりと深い眠りについてしまった。いくら大声を出して呼んでも、頬を叩いても無駄だった。

こういう時、真白がそばにいてくれたらと思う。だが彼女は石になってしまった。助けられるのは自分だけだ。

諦《あきら》めて立ち上がり、深冬はいったん息を大きく吐き出すと、肺いっぱいに吸い込んだ。体も心も頭もへとへとで、いっそこのままひるねと並んで眠ってしまおうかとも思ったが、夏草のにおいを運ぶ朝の清々《すがすが》しい空気を味わうと、頭がカチカチと働きはじめる気がする。

水無月祭。本が盗まれた日に行われた祭り。現在もちょうど水無月祭がはじまるところで、街はその準備に追われている。ブック・カースの発端となった事件は、その祭りの最中に起きた。

「つまり最初のやつってのは、その時の泥棒ってことだよね」

しかし目撃者はいない。祭りで賑《にぎ》わい、街の外からも大勢の人が訪れていただろう。当時の警察でもわからなかった事件を、ろくな情報も持たないひとりの高校生に解けるだろうか。

深冬は静かにあたりを見回した。狐の石像——街中の人たちがここに揃っている。まるで全員が泥棒で、罰を受けている最中といわんばかりに。

「……ばあちゃんさ、これが本当の目的だったんじゃない？　本当は全員石にして動けなくさせて、自白させたかったんじゃないの？　もしくは、全員を疑ってたから、連帯責任ってやつかも。この街の人全員が同罪。ほんと、嫌なばあちゃん」

悪態をつきながら、ずらりと並んだ狐の石像をひとつひとつ見てまわる。いつの間にか、どかしたはずの石像が社を守るように元の位置に戻っていた。衣装や特徴から、顔見知りならばなんとなく誰かはわかった。商店街の人々、師範代の崔、春田や春田の妹、体育教師のサンショ。

深冬は丁寧に一体ずつ調べていき、ある石像のところで手を止めた。

曲がった腰。頑固そうなへの字の唇。

「ＢＯＯＫＳミステリイのクソジジイ……そういえばこの人が春田さんたちに盗めってそそのか

したんだっけ」

この店主、要翁が御倉家を恨むようになったのは、彼の妻を、たまきが実験台に使ったせいだ。なぜたまきは彼の妻を選んだのか？

「仲が良かった？　ひょっとして選びやすかった、とか？　でも〝選びやすい〟って何だろう」

さまざまなパターンを考えてみる。とても親しい、自分が心を許せるような相手だったら物事を頼みやすいが、実験台にできるだろうか。あんな狐の姿にさせるなんて、大事な相手ならできるはずがない。ある程度嫌いか、無関心でいられる相手。

「しかしだよ。ばあちゃんは街の人全員嫌いっぽいからなあ」

あるいは、復讐《ふくしゅう》。すでに何かされていたとか。そう考えて、深冬は「あっ」と呟いた。

「犯人。もしかしてばあちゃんは、ＢＯＯＫＳミステリイのジジイが、二百冊盗んだ犯人だと考えていたんじゃない？　古書店の店主なら、本を盗んでも売るあてがある。だから仕返しに奥さんに嫌がらせを」

確信を持った様子で大きく頷き、手を伸ばして石像に触れようとする——盗まれた本はここにないけれど、こいつが泥棒だと宣言すれば、みんな元に戻るかもしれないという期待を込めて。

——チャンスは一回、間違えちゃだめ。

先ほどのひるねの言葉が耳の奥で繰り返される。いや、大丈夫。大丈夫だ、きっと。

しかしあとほんのわずかで指先が要翁の尖った耳に触れようとした瞬間、誰かの声が聞こえた気がした。社の方角からだ。

「……真白？」

社の前にいる石像は、犬の姿をした真白だけだ。深冬は要と真白を交互に見比べ、ゆっくりと体を起こすと、「違う」と呟いた。

「ばあちゃんは要ジジイを疑ってた……きっと警察も調べたはずだよね。でも逮捕されてない。本当に無実だったからじゃない？　だいたい、もしうちから本を盗んで売ったって、狭いコミュニティだもん、誰か気づいたよ。御倉館の印も捺《お》してあるし、消せない。そうだよ。だいたい、こんなでかくて有名な図書館から本を大量に盗んだって、いいことなんて何もないんだ」

じゃあ、なぜ？

風が再び吹きはじめた。木の葉がこすれ合い、何かがざわざわと囁《ささや》いている。父が手記で〝それ〟と呼んだ存在を思い出し、深冬の背中はぞくりとした。

「誰か、いるの」

深冬は慎重に歩き出した。狐の石像を踏まないように気をつければ気をつけるほど、足の置き場がなくなり、社から離れていく。狐の石像をどかして道を空けようと試みれば、なぜか先ほどよりもさらに重くなっており、とてもではないが運べない。全身の毛穴から汗が噴き出してきた。阻まれている——何者かに邪魔をされている。

読長神社は元々ごく一般的な稲荷神社のひとつであり、本の神を名乗りはじめたのは、嘉市と親友の神主の思いつきからだった。伝統も何もない、〝新しく作られた〟神なのだ。

これまで、ただ境内に石像が並んでいるだけだと思っていた。でももしこれが考えられてのことだとしたら？　石像を境内に並べる必要があったのだとしたら？　境内の向こうには社がある。そして今も妨害されている。

深冬は滴る汗を拭い、にやりと笑った。

「本の隠し場所、わかった」

たちまち強い風が襲いかかる。しかしそれを予想していた深冬は地面を蹴り、風に乗って飛び上がった。風は深冬を社から遠ざけようとするが、深冬は楠にしがみついて離さない。

楠の茂みで姿を見失ったのか、風が弱くなっていく。深冬は音を立てないよう枝を伝い、社に近づくと、腹を決めて手を離した。慌てた様子で風が吹くが、今度は下から吹き上げたために、深冬の体は狐たちの頭上を越え、一ミリでも先へ進もうと思い切り手足を伸ばす。風がようやく深冬の意図に気づいて止んだ頃には、目論見《もくろみ》どおり、深冬は社の手前までたどり着いていた。

賽銭箱の上に着地すると「しっつれい！」と言いながら即座に飛び降り、そのまま勢いに任せて、細いしめ縄と紙垂《しで》で封印された障子に、体ごと突っ込んだ。風は間に合わなかった。

埃とかびに満ちた空気が鼻を刺激して、障子の上に倒れた深冬はくしゃみを連発した。

「あーっ、もう！　掃除もっとちゃんとやんなよ！　神様のいるところなんでしょ！　いるかどうかもわかんないけどさ！」

しかし、掃除が行き届いていない理由はすぐにわかった。社の内部はひどく暗く、妙に暑く、おかしなにおいがする。卵が腐ったような、温泉のそばのような……これは硫黄の臭気だ。これでは人は近寄りたがらない――たとえ神社の人間でも。参拝客から見えない場所ならなおのこと、放置を決め込むだろう。

「……何なの、ここ。気味が悪い」

深冬はぶつけた肩をさすりながらおそるおそる奥へ進んだ。

社の内部は狭く、奥の壁に手が触れるまで十歩もかからなかった。その間に硫黄の臭気と熱気はますます強くなり、深冬は早くここから出たくてたまらなくなったが、それでも勇気を振り絞って目的のものを捜し続けた。

「二百冊も収納できるなら、それなりに大きいもののはずだよね。だけど誰も騒がなかったってことは、普段は目につきづらい場所にあるから。神社のお社なんて特にそう」

朝日はもう昇っているというのに、視界は不良でほとんど見えず、壁を手でなぞり、床に膝をついて捜すほかない。喉が埃でひりひり痛み、何度も咳《せ》き込む。

「邪魔しないでよ。ったく、自分が悪いんでしょ？」

深冬は涙目になりながらも暗闇を睨《にら》みつけ、姿の見えない何者かを叱責《しつせき》した。

「もういい加減に諦めなよ。悪いと思ってるなら、手伝って！」

その時、床をまさぐっていた指先が、凹《へこ》みに触れた。床板が一枚、ほんの数ミリほど沈下している。板目に爪を引っかけて持ち上げてみると、床板は案外やすやすと外れ、下に空洞があるのがわかった。

「あっ、そうだ。ケータイ」

深冬はショルダーバッグから携帯電話を取り出し、充電が切れかけている赤いマークに舌打ちしながら、画面を懐中電灯代わりにして床下にかざした。つづらのような大きな箱が見える。急いで隣の床板も外すと、腕を穴に肩まで突っ込んだ。幸い箱には鍵がかかっておらず、い草で編まれた蓋《ふた》を指先で持ち上げただけで、ずるりとずれた。

荒い息を吐きながら腕を抜いて、携帯電話をかざす。本があった。見るからに古めかしく、湿気とかびでぼろぼろになってしまった本が、大量に収められていた。

「見つけた……！」

しかし安堵《あんど》も束の間、外ですさまじい風が吹き、社も激しく揺れる。硫黄の臭気で胃がせり上がり、堪《こら》えきれずに少し吐いた。

「本は見つけたけど、どうしたらいいの」

ここに本を持ち込んだ犯人はわからない。深冬を妨害し続けているこの得体の知れない何者か、父いわく〝それ〟が、本を盗んだのだろうか。しかし、ブック・カースの世界ならまだしも、現実に本が宙を飛んだり、忽然《こつぜん》と消えるなどあり得るだろうか？

なおも込み上げる吐き気をどうにか堪え、深冬はもう少しよく見ようと、床下のつづらに明かりをかざした。本は曾祖《そうそ》父《ふ》の嘉市がいかにも集めそうな古い外国のミステリーや雑誌ばかりだが、ひとつだけ、御倉館の蔵書にはない特徴があった。

赤いスタンプだ。小さな丸いスタンプを捺《お》した小さな紙が、見える範囲のすべての本の表紙に貼られている。深冬は再び腕を穴に入れて、どうにか一冊抜き取った。間近で見ると、紙のスタンプにはこう記されていた。

〝寄付品　御倉嘉市贈〟

「な……何だって？」

全身から力が抜けた。

寄付品も何某《なにがし》贈も、意味はわかる。学校の校庭に置かれた彫刻の背中や、図書館に飾られた絵の額縁の隅に書いてあるものと同じだ。

これらの本は盗まれたのではない。曾祖父が寄贈したのだ。

父の手記によると、本が〝盗まれた〟とされる日は、曾祖父が死んでから六年が経った頃のことらしい。六年。中途半端な年だ。

しかしはっとして、深冬は再び父の手記を取り出し、ぱらぱらとめくって最初の方を読んだ。

曾祖父と、親友だったという一代前の神主との間に、何らかの取り決めがあったのではないか。そうだとして死後六年という条件にどのような思いが込められていたのかは、今さら知りようもない。だが誕生日が水無月祭と同じであることは、重要だ。

「曾祖父《ひいじい》さんの誕生日が、水無月祭」

「誕生日には水無月祭に出かけ」。

「あの日の水無月祭、曾祖父さんの誕生日に、この蔵書を神主さんに寄贈する約束をしていた。それで運び出された。お父さんは好きな女の子のことで頭がいっぱいで、誰かが来てそう伝えたとしても、聞いてなかったのかもしれない。十二歳の子どもだったし、運び出すよとも言われなかったのかも。それに神主さん側だって、あのたまきばあちゃんに言うのも面倒くさくて、ろくに説明してなかったんじゃ……」

誰もがろくに把握しないまま本は運び出され、蔵書に並々ならぬこだわりを持っていたたまきは事情を知らされず、大騒ぎとなった。神主もあの怒り狂った祖母を前に、言い出そうにも言い出せなかったに違いない。たまきの嵐がいつか自然と収まることを期待して、知らぬ存ぜぬを決め込んだのだ。けれどたまきの執念は深すぎた。

そしてせっかくの寄贈本は、部外者の立ち寄れない社の床下にしまわれ、忘れられ、かびて、虫食いだらけのぼろぼろになってしまった。

「ひどい話だ」

誰かが一言告げていれば、誰かが誰かを信頼していれば、こんなことにはならなかったのかもしれないのに。

何だか気が抜ける。

「泥棒はいなかったってわけ……？　でも、待てよ」

深冬は闇の向こうにいる誰かを真っ直ぐに見つめる。

「うちのばあちゃんにブック・カースを与えたやつ。呪いに誘ったやつ。あんた、泥棒なんていなかったってわかってたんでしょう？　ここに住んでるんだもんね？」

ふいに社が、不安を表すかのように再びカタカタと揺れはじめる。

「ねえあんた、うちのばあちゃんを利用したんじゃないの？　そうして街の人たちを狐の石像にした——理由は、たとえば奴隷にするとか、食べるとか？　まさか友達が欲しかったとか言わないでよね」

図星を突かれたのか、外を吹く風がまるで言い争おうとするかのように建物を揺らす。

「怒ったってしょうがないでしょ。だって利用するのはよくないよ」

しかし人間ではないもの相手に、これ以上どうすればいいだろうか。

その時、ふとひとつのアイデアが頭に浮かんだ。少し恥ずかしいが、言ってみる価値はあるかもしれない。

もし、この本を盗んだ者がいるとするなら——。

深冬はつづらから取り出した、曾祖父の寄贈本をぎゅっと両手で握りしめ、祈るように目をつぶった。

「〝この本を盗む者は――〟」

風が甲高く鳴って悲鳴を上げる。

「〝読長町からいなくなって、街の人を元に戻せ！〟」

大声で宣言した瞬間、風は止み、あたりは静まり、硫黄の臭気も消えた。

朝日が差し込んで部屋全体を明るく照らす。先ほどまで空気に満ちていたまがまがしさも感じない。ごく一般的な木製の祭壇を持つ、平穏な社の姿があるだけだった。

深冬はそっと立ち上がり、倒した障子をまたいで外に出た。そして目を丸くした――あれほど大量にあった狐の石像がひとつ残らず消え、がらんとした元の境内に戻っている。真白の石像もない。

その時、地面が一度だけ大きく揺れ、丘の底から半透明の靄《もや》のようなものが、膨らみながら空へと昇っていった。その奇妙な靄には、太い尻尾と、尖った耳があったように見えた。

街の人々は、自分たちが狐になっていたことなど、まったく覚えていなかった。狐になる直前に着ていた服を着て、車に乗り、買い物を続け、店を商った。実際には半日分の記憶がごっそり失われているはずなのだが、どういうわけか彼らが目覚めた時、ごく平凡な記憶、これまでもその人に起きた平均的な日常の出来事をコピーしたような記憶が、欠けた時間を補完していた。まるで映画のフィルムから公開できない部分を切り取り、別のフィルムと差し替えて、続きを繋ぎ合わせて編集するかのように。

日常は滞りなく進んでいく。電車が読長駅を通り過ぎたことも事実ではなくなり、ニュースにもならず、クレームの電話もかからない。

それに、わかば堂を訪れてみると、春田はまるで深冬と冒険したことなど忘れた様子だったし、道ばたで会った蛍子は知らん顔で深冬の横を通りすぎた。

読長町でブック・カースのことを覚えているのは、深冬ただひとりだった。

あの日、神社に住み着いていた得体の知れない何者かを追い払った深冬は、鳥居のところで眠っていたはずのひるねが、忽然と姿を消しているのに気づいた。呼べど叫べど現れない。呼びかけに応えないのは、真白も同じだった。

深冬は不安を抱えながら病院へ向かい、あゆむが寝ているはずの病室に飛び込んだ。父はそこにいて、どうしたんだと目を丸くして深冬を迎えた。その様子があまりにも普通で、深冬はどこから話したらいいか迷い、「ひるね叔母ちゃんは？」と訊《たず》ねた。するとあゆむは太い眉をひそめて「ひるね？」と首を傾げた。

「何の話をしているんだ、深冬。昼寝がしたいのか？」

あゆむは妹のことを忘れていた。深冬はショックを受けつつもどうにか言いつくろい、適当におしゃべりをした後、御倉館に戻った。

御倉館は静かなままだが、これまで深冬が感じていた威圧感が消えていた。毎日必ずいるはずのひるねはおらず、時計だけがコチコチと音を立てている。ただし、ゴミ箱いっぱいのゴミと、食べ物のかすはまだそこにあった。ひるねという人物がいた証ごと消えてしまったわけではないと知った深冬は、少し安堵した。姿と記憶以外のもの。その人がいた痕跡《こんせき》は残っていた。

二階へ上がり、書庫の扉を開いて、ずらりと並んだ書架をひとつずつ見ていく。真白はどこへ行ったのだろう。あゆむが書いた本はなく、いつもの本たちだけがここに並んでいる。

深冬があの者にここから出て行くように命じ、そのとおりになった。つまり、ブック・カースの魔力を授けていた者が、いなくなったというわけだ。

しかしショルダーバッグには父の手帳があり、ひるねの食べたものの形跡もある。

それから毎日、深冬は学校帰りに御倉館に寄って、書架に詰め込まれた背表紙を一冊ずつ丁寧に見ていった。どこかに、この胸に残るもやもやを解消してくれる手がかりがないかと願って。

深冬には不思議と、真白は消えていないという確信があった。真白が〝煉獄〟と呼んだそこに、まだいると思えるのだ。本の呪いは必ずしも魔力によるものではない——あの異形の、いつからか読長神社に住み着いていた何者かだけが使える魔法ではないと、信じていた。

夏が過ぎ、秋が終わり、冬が来て、また春が訪れる。あゆむはとうに退院して、御倉館をどうしようか、と悩んでいた。

「いつまでもたまきばあちゃんのこだわりを抱えているのもなあ」

食器を洗いながら、あゆむは深冬に相談する。

「このまま蔵書を売ってしまうのはどうかな。少しは金になるし、改装すれば住めるぞ。広い家に住みたいだろ?」

深冬は椅子に膝を抱えて座り、襖のへりにハンガーを引っかけたままの洗濯物や、ごちゃごちゃしたテレビの前を眺めた。

「……広い家は家で、きっと汚すよ。どこに住んだって」

「売りたくないのか？　前はよく売ろうと言ってたじゃないか」

「そうだけど」

深冬は『ＢＬＡＣＫ　ＢＯＯＫ』の世界で、真白と話した時のことを思い出した。街灯がぽつんと灯《とも》る下で、友達にもそう言えないことを聞いてくれた相手。

「なくしたものは簡単に返ってこないよ。改装したら元に戻らないし。あたし、あれの価値をまだよくわかってない。だから」

「なるほど。深冬の口からそんな言葉が出るなんて、たまきばあちゃんは喜ぶだろうな」

たまきばあちゃんのためじゃない。そう言い返したかったが、深冬は髪をいじるにとどめて口をつぐんだ。

売る代わりに、あゆむは御倉館を一般公開することにした。一週間のうち土日だけという限定つきだが、受付を深冬が担当するからにはそれしか方法がない。人々が少しずつ訪れるようになり、おっかなびっくり本を眺めたり、借りていったりするのを、深冬はひるねがよく座っていた長椅子の上から観察する。

あゆむは時々、料理を作ったり御倉館の蔵書整理をしたりする時に、ふと手を止めて、ぼんやりすることがある。ある日など、深冬が父の部屋の前を通ると、少し開いたドアの隙間越しに、アルバムの写真を食い入るように確かめる父の姿が見えた。他にも、試しに深冬が「昼寝でもしようかな」と言うと、父はぴくりと眉を動かす。

父は叔母のことをどこかで覚えているのだろう。深冬自身、真白に会いたくてたまらなかった。

記憶がある分、つらかった。

公開から丸一年がたち、夏のはじまりの青々しさが世界に満ちていく中、深冬はまた御倉館を訪れた。少し背丈が伸び、バッグには読みさしの本が一冊入っている。御倉館を開放してから、御倉家云々《うんぬん》と言われることも減って、読書にも抵抗がなくなってきた。もうたまきがかけた御倉家の呪いからは逃れられた気もする。

それに、無性にすかすかする胸を埋められるのは、本しかなかった。あの冒険、魔法のかかった世界を駆け回った経験が、どうにも恋しい。もう一度ああいうことをしたいと心の底から願っている自分に気づいた時、なぜ父が抵抗の意志を抱きつつもブック・カースをそのままにし続けたのか、理解できたように思った。

平日で誰もいない御倉館のサンルーム、以前はひるねがよく眠っていたソファに腰掛け、本を読む。文字をたどっていくうちに冒険の道が開け、主人公と手に手を取って作品の世界に浸れば、どうにか寂しさを紛らわせることができた。

急に読書をはじめたせいで視力が悪くなりはじめたが、メガネをかければ支障はないし、何より本から離れがたかった。こうして物語から物語へと渡っていけば、いつか真白に再び会える漠然とした予感もした。

ある日、深冬は数百冊目の本を読み終わり、書架に戻すため二階の書庫へ向かった。サンルームの窓から外を見て、いつかブルドーザーを連れてきてこの館ごとぶっ潰すのも爽快《そうかい》だな、と思う。いつかそうしたい。ぜひそうしたい。

だがその前に、やはりふたりを連れ出す必要がある。あの物語の世界から。

二階の張り出し廊下に立ったところで、深冬は手記の中で会った、父の背中の幻影を見た。それからノートとシャープペンシルを買ってきて、テーブルに広げた。

シャープペンシルを顎に当て、しばらく思案してから、おもむろに書きはじめる。

読長町の御倉嘉市といえば、全国に名の知れた書物の蒐集家で評論家であり、おぎゃあとこの世に産まれ落ちてから縁側で読書中にぽっくり逝《い》くまで、読長に暮らし続けた街の名士であった。「わからないことがあったら御倉さんに訊《き》け」「本探しなら御倉さんで一発だ」「悩みなら医者よりまずは御倉さん」等々、生き字引と珍重されていた御倉嘉市だが、その書庫に果たして何冊の本が詰め込まれているのかは、誰も知らない。

読長町は角のまるい菱形《ひしがた》をしている——太い川が分岐し、いったん北と南に分かれ、また合流するちょうどその間、島のように周囲から切り離された地形にできた街である。

この菱形の真ん中に立つのが〝御倉館〟だ。床や柱の改修補強工事を繰り返し、嘉市が死ぬ頃には地下二階から地上二階までの巨大な書庫と化したこの御倉館は、かつて「読長に住む者なら幼稚園児から百歳の老人まで一度は入ったことがある」とまで言われるほどの、街の名所だった。

一九〇〇年に産まれた嘉市が大正時代からこつこつ集め続けたコレクションは、同じく優れた蒐集家だった娘、御倉たまきに引き継がれ、ますます増殖していった。

そして本のあるところには蒐集家がやってくる。蒐集家にも善人と悪人がいる。

たまきはある日、御倉館に所蔵された稀《き》覯本《こうぼん》の一部、約二百冊が書架から消え失せているのに気づいた。その前後から本の盗難はしばしば起きており、一度など、たまきは父の知己である古書商を脅して古本取引所を張り、高額で転売しようとする輩《やから》を怒鳴りつけて警察に突き出したこともあった。

しかし一度に二百冊の稀覯本が失われたのを見て激昂《げきこう》したたまきは、ついに御倉館を閉鎖することに決めた。近所の住民たちは、大手の警備会社から来た作業員たちが、たまきの監視下、一日がかりで、建物のあらゆる場所に警報装置をつけているところを目撃した。これ以降、御倉一族以外は誰ひとり、館内に入ることも、本の貸し出しもできなくなった。たとえ父の親友であろうと、名の知られた学者であろうと、頑として拒んだ。

御倉館は閉ざされた。その結果、これまで盗難が発覚するごとに聞こえていたたまきの叫び声も、二度と聞こえなくなった。やれやれこれで平和になる、御倉館の蔵書に触れられないのは残念だが、今や読長は書物の町、本を読むのに苦労することはない。そう言って街の人々は胸をなで下ろした。

しかしたまきが息を引き取った後、ある信じがたい噂がひっそりと流れた。

その噂とは「たまきが仕込んだ警報装置は普通のものだけではない」というものだった。たまきは愛する本を守ろうとするあまりに、読長町と縁の深い狐神に頼んで、書物のひとつひとつに、奇妙な魔術をかけたのだという。

この物語は、たまきの子どもで、現在の御倉館の管理人である御倉あゆむとひるねの兄妹《きょうだい》のうち、あゆむが入院した数日後よりはじまる。

だが主人公はあゆむとひるねではない。そのさらに下の世代、あゆむの娘、御倉深冬である。

文体は、先ほど読み終わった本に似せれば良かった。思ったよりもずっとすらすらと書け、小気味いいくらいだ。深冬は他人が書いた物語を読むよりも没頭して、自分の心から生まれてくる物語を紡いでいく。主人公は自分。気怠《けだる》くて、いつもと何も変わらない日常。かつてあった父の姿、ひるね叔母の思い出。そして不思議な出来事が起きる。

得体の知れないものを触ってしまったと、慌てて御札を手放した瞬間、どこからともなく風が吹いて深冬の体にまとわりついた。いったいどこから吹いてるの？　と驚き振り返ったが、サンルームの窓はきっちり閉じている。

風はまるで意志があるかのように深冬から離れると、御札をふわりと宙に吹き上げ、くるくると旋回させて、廊下の壁際にある本棚の前に落とした。

そこに人の足があった。

真っ白い運動靴と靴下を履き、深冬と同じ高校の制服を着て、すっくと立っている。あどけない顔をした少女だった。

声を限りに深冬は叫び、後退《あとじさ》って尻餅《しりもち》をついた。少女は幽霊だと思った。何しろ物音も気配もなく突然姿を現したし、肩にかかるくらいの髪は、雪のように真っ白だったから。

その時、書庫のドアが開く音がして、懐かしい声が聞こえた。

「深冬ちゃん」

顔を上げると、真っ白い髪に犬の耳を生やした少女が立っていた。

「おばけじゃないよ。よく見て」

いつだったか、巨大な獣に食べられかけて、ゴンドラに戻ってきた時と同じことを言う。涙でにじむ両目でふと横を見ると、いつもの寝《ね》坊《ぼ》助《すけ》もいつの間にかそこにいて、軽いいびきをかいてまだ眠っていた。

父に言わなければ。それよりもまず——。

深冬は満面の笑みで両手を広げ、友人を抱きしめた。温かい。友人の手が自分の背中に回される。

もう離れるつもりはなかった。

初出　「文芸カドカワ」２０１８年８月号～２０１９年６月号

深緑野分（ふかみどり　のわき）
1983年神奈川県生まれ。2010年「オーブランの少女」が第７回ミステリーズ！新人賞佳作に入選。13年、入選作を表題作とした短編集でデビュー。15年に刊行した長編小説『戦場のコックたち』で第154回直木賞候補、16年本屋大賞７位、第18回大藪春彦賞候補。18年刊行の『ベルリンは晴れているか』では第９回Twitter文学賞第１位（国内編）、19年本屋大賞第３位、第160回直木賞候補、第21回大藪春彦賞候補になる。

この本《ほん》を盗《ぬす》む者《もの》は

2020年10月８日　初版発行
2021年２月５日　５版発行

著者／深緑《ふかみどり》野《の》分《わき》

発行者／堀内大示

発行／株式会社KADOKAWA
〒102-8177　東京都千代田区富士見2-13-3
電話　0570-002-301(ナビダイヤル)

印刷所／旭印刷株式会社

製本所／本間製本株式会社

●お問い合わせ
https://www.kadokawa.co.jp/（「お問い合わせ」へお進みください）
※内容によっては、お答えできない場合があります。
※サポートは日本国内のみとさせていただきます。
※Japanese text only

定価はカバーに表示してあります。

ISBN 978-4-04-109269-9　C0093